シャルリとは誰か？

人種差別と没落する西欧

エマニュエル・トッド
堀茂樹［訳］

文春新書
1054

Emmanuel TODD
QUI EST CHARLIE?
Sociologie d'une crise religieuse

Cartes et graphiques de Philippe LAFORGUE

日本の読者へ

『シャルリとは誰か？』の日本語版が刊行されることを格別にうれしく思います。というのも私の意識するところでは、日本はこの本の生成に関わりがあるのです。本書本文の冒頭で説明したように、テロ事件に反発したデモ行進から数週間、フランスでは、シャルリ現象の意味に関してわずかな疑いも表明することは不可能でした。そこで私は、フランス国内での新聞雑誌や視聴覚メディアのインタビューをすべて断りました。ムハンマドの諷刺をフランス社会の真の優先事項と見なすことを拒否するがゆえに、私はいっとき孤独で、自分の属する社会から切り離されたように感じていました。ある土曜日の朝、非常に早い時刻に——今も鮮明に憶えています——『読売新聞』の鶴原徹也記者が東京から電話をかけて来ました。私は彼と話すことを承諾し、そのインタビューの中で、フランス社会の大勢に与《くみ》することへの自分の消極姿勢を語りました。そうすることで私は、正真正銘の安堵感、解放感、孤独からの脱出感を味わいました。数日後、パリの自宅に別の日本人記者を迎え入れました。今度は、『日本経済新聞』の竹内康雄記者でした。その折のインタビューが日本で新聞に掲載されると、それがＡＦＰ通信社の東京支局によって要約され、パリに逆輸入する形で報道されました。私の態度はフランスではきわめて異端的と受け取られましたが、ＡＦＰの記事は私に贈り物をしてくれていました。その記事は、私の態度が、他者の宗教を頭《あたま》から批判することには消極的な日本人の態度に近いということを示唆するフレーズで締めくくられていたのです。かくして私は、フランスの思想論争劇場の舞台に独りぼっちでではなく、一億三〇〇〇万人の日本人に暗黙のうちに支持されているかのような形で再登場したのでした。そのとき私は、自分にとって日本が何であるのかを意識しました。日本は私にとって、知的な足場の一つであり、心理的安定の拠り所なのです。

日本とのコンタクトという回り道をしたことで、本書執筆に振り向けるエネルギーが力強く補給されました。

『シャルリとは誰か？』のフランス語原典が出版されたのは二〇一五年五月初旬でしたが、刊行直後から多くのメディアで激昂のリアクションが起こりました。著作は全体として冒瀆的なものと解釈されたのです。著者の私にとって、その経験は心理的には耐え難かったものの、知的な安心につながりました。『シャルリとは誰か？』は、フランスが二〇一五年一月の初めにヒステリーの発作に襲われたということの確認から始まっています。その出版がまた新たなヒステリーの発作を引き起こすのを目の当たりにするのは、著作の中心的テーゼがテーゼとして有効であることのなんと雄弁な裏づけであったことか！

事態のその後の推移も、現在のフランス社会を支配している中産階級が自己批判能力を欠き、経済的特権の中に閉じ籠もり、宗教的不安によって内面を穿《うが》たれ、イスラム恐怖症にのめり込んでいるという診断の正しさを示しました。現在のイデオロギー・コード名は『ライシテ〔世俗性〕』のための闘い」です。失業率が上がり続けています。都市郊外の環境が劣化し続けています。そんななかで、中等教育課程の歴史の教員は今後、あらかじめ失業の見込まれている生徒たち相手に、世俗的・非宗教的道徳の授業をしなくてはなりません。不公正であって、しかも蟻地獄のようなこのメカニズムはきっと、拒絶としてのイスラム原理主義を活性化させるでしょう。

シリア難民危機に際して、フランスのメディアはまたもナルシシズムの頂点に達し、世界の現実がまったく見えていないことを示しました。二〇一五年一月、「私はシャルリ」運動は、もはや自由も平等も友愛も実践していない社会のただ中で、フランス的諸価値の卓越性を宣言しました。二〇一五年九月～一〇月、フランスのメディアは難民受け入れに関する広範な討論に打って出ました――報道界はどちらかというと賛成、人びとはどちらかというと反対でした――が、それでいて、実際にはフランスへの入国を望むシリア難民はごく少数だという事実を見てもいなかったのです。いったいどうして、失業率の高いフランス、反ムハンマドのデモ行進で有名になったフランスが、多くはきちんと教育されていて、イスラム教徒でもある難民を惹きつけることができるというのでしょうか。

ここで私は、フランスが今日最悪のネイション〈国民〉であるという印象を与えたいわけではありません。フランスを批判するのは、そうすることがフランス市民としての自分の義務だと考えるからであり、また、フランスがひとつの人類学的ケースとして特別に興味深く、他のさまざまなネイションの現実を考察する上でも非常に参考になると思えるからです。フランスの人類学的二元性――同一の国土に平等主義気質と不平等主義気質が共存していること――に注目すると、比較研究の手法により、したがって格別の精確さをもって、先進世界の宗教的危機、平等原則の失墜、そしてこの二つの崩壊に起因するスケープゴート探しを分析することができるのです。

本書はたしかにフランスについての本ですが、私の確信するところでは、先進国のあらゆる読者に語りかけ、話を通じさせることができるはずの本です。この本にはフランスに関して宗教、格差、外国人恐怖症の変数が挙げられていますが、読者はきっと即座に、それぞれ自分の国の変数を当てはめてみるでしょうから。

フランスはおそらく、ここで取り上げた宗教的・社会的危機が最も顕著になっている国ですらないでしょう。本書の中にも書き記しておきましたが、ヨーロッパにおけるイスラム恐怖症の重心は欧州大陸のプロテスタンティズムの地域――すなわちデンマーク、オランダ、ドイツ北部――に在るのです。それゆえ、シリアやアフガニスタンその他からやって来る難民の波に対してドイツが大々的に門戸を開いたことは、そのこと自体もしっかり分析すれば本が一冊出来上がってしまうでしょうが、おそらくはあの国の歴史における新たな危険の始まりです。ドイツでは現時点ですでに、難民への敵対行為が事件に発展するケースが他のどの国の場合よりも多いのです。フランスが不朽の規範的諸価値を掲げる自己讃美に凝り固まろうとしているように見える一方、ドイツのほうは、過剰で、冒険的で、欧州大陸全体を不安定にするような振る舞いへの道をふたたび辿り始めているようです。グローバルなもの、世界的なもの、普遍的なものを称揚するイデオロギーが地球全体を覆っているにもかかわらず、歴史の現実がわれわれの前に繰り広げるのは、経済的な試練とポスト宗教の精神的空白の中で諸国民がもともとの姿に立ち返って、たしかにかつてほど攻撃的ではないにせよ、ますます自己陶酔的になっているありさまです。市民たちのウルトラ個人主義が、実際には、自らに取り憑かれて他の国民に対する分別を欠く傾向をますます強めていくような、そんな「求心的な」諸国民を生み出していいます。最近では、ドイツのナルシシズムは、フランスのナルシシズムにいささかも劣りません。

宗教的空白と、格差の拡大と、スケープゴート探しというこの問題設定において、日本はどう位置づけられるべきでしょうか。

もし私の変数から極端に単純化した等式を引き出すなら、**宗教的空白＋格差の拡大＝**（つまり）**外国人恐怖症**（に到る）、となります。これを日本に当て嵌めるならば、等式の左辺〔上〕には一致を、右辺〔下〕には謎を確認することになります。

等式の左辺は完璧に再現されます。日本の**宗教的空白**は、ヨーロッパのそれと同じくらいに徹底した空白です。神道は、ローカルな共同体と農耕社会の儀礼に根ざしていましたが、大々的な都市化により組織が深い部分で解体されました。仏教は、戦後の一時期には新たな形の宗教性の発展によって活力を取り戻したものの、ここ二〇年、三〇年の推移を見ると、カトリシズム同様に末期的危機のプロセスに入ったように見えます。葬儀におけるその役割までもがかなり本格的に疑問視されるようになっているのですから。

日本における**格差の拡大**は著しい現象です。日本はもはや、国際比較の統計表の中でスカンジナビア諸国と並ぶ平等の極の一つではありません。まだアングロサクソンの国々の格差のレベルには達していませんが、そのレベルに近づいてきています。宗教的空白および格差の拡大（等式の左辺）を見れば、日本はまさに西洋の国です。あるいはむしろ、ヨーロッパの国です。米国には宗教性――これはより適切に定義される必要がありそうです――が存続していますから。

しかし、右辺についてはは何といえばよいのでしょうか。いうまでもなく日本は、ヨーロッパのあらゆる国がそうであるようにはイスラム恐怖症であり得ません。イスラム教徒は日本国内にはほとんどおらず、地理的に近くもなく、海の向こうの存在です。実のところ日本は、人口の問題があるにもかかわらず、ドイツとは逆に、その問題の解決策としての大量移民の受け入れを、移民がイスラム教徒であるとないとにかかわりなく拒否してきました。では、日本の政治的行動はどうか。イスラム恐怖症に相当するような、内実をともなったどんな外国人恐怖症の擡頭も、私はそこに見出しません。すこぶるリアルな中国の脅威に対しても、日本のリアクションは穏健そのもののように思われます。ヨーロッパに見られるようなロシア恐怖症さえ観察できません。近代日本の歴史において日露戦争が占めている中心的な位置を考慮すると、ロシア恐怖症は容易に発生しそうなものなのですけれども。

しかし、私の知見はここまでです。私は日本の専門家ではなく、日本語も話しませんから、日本人のメンタリティーの推移をよりよく理解するのに役立つような調査探究を自前で遂行する手立てをまったく持っていません。それにしても、くだんの等式の右辺の謎が残っています。――ヨーロッパのいたるところで観察されていることに反して、宗教的空白と格差の拡大が、日本ではどんな外国人恐怖症にもつながらない、などということが可能でしょうか。

普遍的人間というフランス的概念に大きく影響を受けてきた私にとって、自分が普遍的と考える社会学的法則を免れて日本が存在するという仮説は、簡単に受け入れられるものではありません。もしかすると、従来の宗教的信念と社会経済的同質性の崩壊によってぐらつく日本は、世界の果てよりも少し彼方に、あるいは少しでも「世界の外」の方に、不安を鎮める妙薬を探そうとしているのではないでしょうか。それはイスラム恐怖症とは異なる種類のリスクですが、ひとつのリスクには違いありません。

二〇一五年一〇月二五日

エマニュエル・トッド

外国語版の読者へ

西洋のどの国の社会にも、シャルリが眠っています。西洋のどの国の社会にも、高学歴者たちと高齢者たちから成る支配的な階層、すなわちグローバリゼーションから利益を引き出す中産階級が存在して、社会の周縁に追いやられている人びと、すなわちその国の労働者たちや移民二世たちに対し、いざとなればいつでも自分たちの特権を、とりわけ、自分たちは何も悪くないという意識を護る構えでいます。西洋のどの国の社会でも、高等教育の発展によって市民集団の同質性が溶解しました。そして、貿易の自由化によって所得格差拡大のプロセスが始まりました。自由主義的なデモクラシーが徐々に、実質的な意味のある市民の資格を人口のせいぜい半分にしか与えないような寡頭支配システムに変容してきています。西洋のどの国の社会でも、市民としての実際の権利を享受するこの特権的集団は、不安におびえ、熱に浮かされ、日々増大する経済的不安定によって、また、宗教的価値の代わりに株価を追いかけたり、通貨を偶像化したりする文化の空虚さによって蝕まれています。いたるところにシャルリが君臨していますが、シャルリは自らがどこへ向かっているのかを知りません。ポジティブな普遍的価値を意識的に標榜するときにさえ、無意識にはスケープゴートを探し始めているのです。いたるところで、かつては民衆層に特徴的だった外国人恐怖症が社会構造の上半分に浸透し、人心がイスラム恐怖症とロシア恐怖症の間で延々揺れ続ける現象が始まっています。

したがって、「フランス風」集団ヒステリーの発作は西洋のどの国の社会でも起こり得ます。もし常軌を逸したテロ行為によって、「普遍」なるシャルリが突然、自らが支配し、後ろ盾になっている不公正で暴力的な世界の現実を突きつけられるような事態になれば――。

この本を書いたのは、自分の属する社会の現状に苛立ったひとりのフランス人です。このフランス人が容赦なく批判しているフランスは、その支配階層の不平等主義的で反自由主義的な具体的振る舞いが、フランス史の最も暗い時期、すなわちドレフュス事件やヴィシー政権の時期を思わせるというのに、間抜けにも、自らを一七八九年の大革命や、自由および平等の価値や、普遍的人間という理念の後継者だと思っているフランスです。この本は、能天気なイスラム贔屓とは無縁です。なぜなら、イスラムと折り合いをつけてうまくやっていくことを勧める一方で、フランスの都市郊外で多くのアラブ系青年たちの間に正真正銘の反ユダヤ主義が拡がっている事実をも、論述の中に組み込んでいるのですから。本書は、崩壊しつつあるカトリシズム――「ゾンビ・カトリシズム」――をイスラム恐怖症へ、そして崩壊しつつあるイスラムを反ユダヤ主義へと導いていく地獄のようなメカニズムを分解して見せます。事態がこのまま進めば、反ユダヤ主義がそのもともとの発生源である中産階級に舞い戻って、さらにいっそう危険な状況に到るであろうことも示唆しています。しかし、それはフランスに限ったことではありません。著者はとりわけてフランスがこのような退嬰《たいえい》的な推移に蝕まれているとは考えていませんし、自分の国がとりわけおぞましいとも、特別に罪深いとも思っていないので、もし読者がそのように信じることがあるとしたら、それはとんでもない間違いです。フランスは平均的なケースにすぎません。他の国や地域では、それぞれの人類学的背景が平等主義的か不平等主義的かによって、宗教的背景がカトリックかプロテスタントかによって、事態がよりマシであったり、より深刻であったりするだろうと考えられます。

実際、本書がおこなっている分析の台座は家族構造の人類学と宗教社会学であり、この二つが、退嬰的現象の普遍性を超えて、西洋の各社会のリアクションの多様性を把握させてくれるのです。フランスを対象とするケース・スタディが不可欠なのですが、それはフランスのケースが極端だからではなく、フランスの人類学的で宗教的な二元性に注目すると、家族システムにおいて平等主義的で、昔からライシテ〔世俗性〕の伝統が定着している中央地域と、不平等主義的で、「ゾンビ・カトリシズム」の濃厚な周縁地域の間に存在する振る舞い方の差異を観察することができるからです。フランスの多様性を考察することで、西洋各国・各地域へのアプローチを適切に差異化することができるわけです。それぞれの家族構造に由来する価値観の違いが、アングロ＝アメリカンの世界、ゲルマン世界、あるいはラテン世界のそれぞれの気質の違いを説明します。フランスのシステムの脱線は、西洋のシステム、より正確にはヨーロッパのシステムの脱線の一構成要素にすぎません。さらに、究極の謙虚さをもって述べておきましょう。ヨーロッパにおけるイスラム恐怖症の震源は、後述のとおり、フランスの外に、もともとプロテスタンティズム、なかでも運命予定説の不平等主義的概念を不幸にも受け継いだルター派信仰の強かった地域に位置しています。この事実確認に、カトリシズム側のどんなルサンチマンも関係していません。なにしろ、本書の著者の出自にカトリシズムはほとんど縁がないのですから。

私は特別な思い入れをもって、この論述の冒頭にウィリアム・ブレイクの詩の最終節を掲げました。この詩節が人間について、神的なものについて述べているからですが、同時に、ブレイクを読むことがいつも私に勇気を与えてくれたからです。私はまた、これが本書のフランス語原典にも英語で載るように意を用いました。フランス人たちに、世界には彼ら以外に多くの人びとが存在することを思い起こさせようとする意図的配慮です。

エマニュエル・トッド

父に捧ぐ

And all must love the human form,
In heathen, Turk,or Jew ;
Where Mercy, Love, and Pity dwell,
There God is dwelling, too.
William Blake,
The Divine Image,1789

Aimons donc tous la forme humaine,
Dans le païen, le Turc, le juif.
Où logent Pardon, Amour, Pitié,
Dieu se trouve aussi.
（著者による仏訳）

「さあ、皆よ、人間の姿を愛そうではないか、
異教徒の内に、トルコ人、ユダヤ人の内に。
赦し、愛、憐みの住まうところには
神もまた居合わせるのだ。」
ウィリアム・ブレイク
「神の姿」最終節より

シャルリとは誰か？——人種差別と没落する西欧◎目次

第3章　逆境に置かれた平等　143

結論 271

地図・グラフ作成 フィリップ・ラフォルグ

序章

あの日から時が経過し、われわれは今では知っている。二〇一五年一月、フランスはヒステリーの発作に襲われたのだ。諷刺新聞『シャルリ・エブド』の編集部と警察官とユダヤ食品店の顧客を狙った殺戮が、われわれの国の歴史に類例のない集団的反応を引き起こした。ショックの冷めやらぬなか、ただちにあの事件について語るのは不可能だったと思う。さまざまなメディアがいつになく一致し、こぞってテロリズムを告発し、フランス人民の素晴らしさを讃え、自由と共和国を神聖視した。『シャルリ・エブド』と、『シャルリ・エブド』がムハンマドを諷刺した画が聖域化された。政府はあの週刊新聞の再生を支援するための補助金を出すと告知した。群衆が政府の呼びかけに応じ、フランス全国でデモ行進した。報道の自由を象徴するために鉛筆を手に持ち、機動隊員たちと、建物の屋根に陣取るスナイパーたちに拍手喝采しながら——。「私はシャルリ」というロゴが黒地に白で描かれ、テレビ画面に、街頭に、レストランのメニュー表に溢れた。子供たちが中学校から帰宅すると、その手にはCの文字が書かれていた。七、八歳の子供たちが小学校の校門の前でマイクを向けられ、事件の恐ろしさと、諷刺する自由の重要性についてコメントさせられた。政府が教育上の処分を布告した。高校生が政府の決めた一分間の黙禱を拒否すると、それがどんな拒否であろうとも一律に、テロリズムの暗黙の擁護、および国民共同体への参加の拒否と解釈された。一月の末頃、われわれは知ることになった。一部の大人たちが、唖然とするほど抑圧的な振る舞いをするに到ったということを——。八、九歳の子供たち数人が警察に事情聴取されたのだ。全体主義の閃光であった。

テレビ局と新聞が果てしもなく、われわれは国民一体化の「歴史的な」瞬間を生きていると繰り返していた。「われわれは一つの国民である、フランスは自由によって、自由のために再建され、逆境の中で一つになった」というのだった。もちろん、イスラムという固定観念がいたるところに表れていた。政治記者たちは、イスラム教の指導者や一般のフランス人イスラム教徒が皆と同じように、暴力は受け容れがたい、テロリストたちは卑劣だ、自分たちの宗教を裏切っている、と言うのを聞くだけでは満足しなかった。彼らはイスラム教の人びとがわれわれ皆と同じように、「私はシャルリ」という決まり文句、すでに「私はフランス人」の同意語のようになった決まり文句を口にするよう要求した。イスラム教徒も、申し分なく国民共同体の一部分となるために、諷刺によるムハンマドの冒瀆がフランス的アイデンティティの一部分であると認めなければならなかった。冒瀆することが義務となっていた。テレビ画面で、ジャーナリストたちが俄《にわか》に教師面《づら》をして、人種・民族的憎悪を焚きつける行動（これは悪い）と宗教的冒瀆（これは善い）との違いを、学者先生よろしくわれわれに教えるのだった。フランス文化の中心的人物と言っていいジャメル・ドゥブーズ〔一九七五年生まれのモロッコ系フランス人俳優、映画『アメリ』などに出演〕がテレビ局TF1のスタジオでこのような厳命に晒《さら》されるのを見て、私は辛い思いをした。彼がそのスタジオに行ったのは、自分がイスラム教徒であることを、都市郊外の若者たちに変わらぬ友情を抱いていることを、そしてフランスと、イスラム教徒ではない自分の妻と、混合結婚で生まれて、「明日のフランス」ともいえる自分の子供たちを愛していることを表明するためだった。彼は異端審問官を前にして、声を荒げることなく、苦渋の表情で、冒瀆はイスラム教徒には難しいのです、それはイスラム教徒の伝統の中にないのです、という説明を試みていた。ところが、相手はそれでは首をタテに振らなかった。フランス人であるとは、冒瀆を権利として持つだけでなく、義務として負うことなのだ、かのヴォルテール〔一八世紀啓蒙主義を代表するフランスの思想家・文筆家。一六九四〜一七七八年〕がそう言ったのだから、と。私は、かつて昔の異端裁判について読んだことを、改宗したユダヤ人たちがすべての真のキリスト教徒と同様に間違いなく豚肉を食べているかどうかを確かめようとする審問のことを、思い出さずにはいられなかった。

　国家の助成を得て実現した『シャルリ・エブド』の再開が、事件への国民的リアクションの頂点を画した。表紙で、われわれはまたもムハンマドを拝観することができた。ムハンマドはそこで、ペニスのように長い顔をしている。頭にターバンを巻いている。ターバンの丸い二つの塊が睾丸を思わせる。その「お上品な」デッサンが、緑——イスラムの色——の地《じ》の上に描かれていた。しかしその緑は、平板な、くすんだ緑だった。イスラム教の建築物を飾るあの途《と》轍《てっ》もなく美しく繊細な緑からはほど遠い色だった[1]。

　文明の長期的推移に注目し、聖像愛好的であったり聖像破壊的であったりしたさまざまな宗教的危機に通暁《つうぎょう》している歴史家なら、次のことは見落とさない。ペニスの形状をしたムハンマドのイメージをフランス国が神聖化したことは歴史的な転換である。フランスは今ひとつの宗教的危機を生きており、この危機は、フランスの歴史と、ローマ帝国凋落期以来のヨーロッパの歴史を刻んだすべての宗教的危機に続くものといえる。したがってわれわれは、今度ばかりはメディアに倣《なら》い、一月一一日のデモを「歴史的」と形容してよい。これは強烈で、反復的で、強迫観念的で、呪縛的な、つまりは宗教的な形容である。

私はあの時期、危機についてのすべてのインタビューと討論への参加を断った〔著者E・トッドは日本の新聞のインタビューには応じた。「日本の読者へ」を参照のこと〕。

そんな私も、二〇〇五年に都市郊外で大規模な蜂起《ほうき》が起こった折には、ためらうことなくメディアの取材に応じ、いたるところで車に火をつけて回っていた若者たちが絶対的にフランス的だということを断言したのだった。彼らの行動は、形の上では犯罪だったが、私の見るところ、フランスの基本的な二つの価値のうちの一つである平等の要求をこそ表現していた。私はまた、警察の自己抑制が素晴らしいとも強調した。フランスの警察は、一九六八年の五月騒動の折にブルジョワの青年たちに向かって発砲しなかったように、二〇〇五年に都市郊外の子供たちにも銃を向けなかった。二〇〇五年には、フランスは、無秩序に対して当然の、そして正しい敵対的反応を示したにもかかわらず、寛容で、かつ自由であった。話すということが何かの役に立つ状況だった。政府も、ジャーナリストたちも、大衆社会も、パニックに陥っていなかった。どんなヒステリー傾向も窺えなかった。二〇〇五年には、われわれは素晴らしい国民であったのだ。感情的ショックは私的な領域にとどまっていた。高齢者たちが感じた恐怖も、声高に叫ばれることはなかった。表現の自由が直接的に脅かされるようなこともなく、二〇〇七年の大統領選挙におけるニコラ・サルコジの選出につながっただけだった。サルコジに投票した有権者の平均年齢は、彼以前の保守派のすべての大統領のそれよりも高かった。

ところが二〇一五年一月には、批判的分析の声が上がらなかった。どう言えばいいのだろうか、大衆が動員に応じたことが、「素晴らしい」どころか、冷静さの欠如を、つまり試練の中で人びとが取り乱している状態を露見させていた。テロリズムの行為を断罪するからといって、『シャルリ・エブド』を神格化する必要はさらさらなかった。自分自身の宗教に対する冒瀆の権利は、とりわけ今日のフランス社会のように困難な社会経済的文脈においては、他者の宗教に対する冒瀆の権利と混同されてはならないはずだった。差別されている弱者グループの宗教の中心的人物であるムハンマドを毎度繰り返して冒瀆することは、裁判所が何と言おうと、宗教的・民族的・人種的憎悪の教唆《きょうさ》と見做されなければなるまい。

独善が前進していくとき、これにどう立ち向かえばいいのだろうか。あえてどのようにして、自由の象徴としての鉛筆を手にしてデモに参加する人びとが歴史を侮辱しているということを、なぜなら反ユダヤ主義とナチスの時代に、くすんだ色の肌と鉤鼻のユダヤ人の戯画が身体的暴力の前触れであったのだから、ということを言えばよいのだろうか。どのようにして穏やかに、論証・実証に十分な時間を割いて、二〇一五年のフランス社会にとって喫緊の課題はイスラムについて考えることではなく、社会全体の行き詰まりを分析することだと説明すればよいのだろうか。クアシ兄弟とアメディ・クリバリ〔テロ実行者〕がまぎれもなくフランス人であり、フランス社会から輩出された人物であること、またイスラムの象徴を用いる人間が必ずしも本当のイスラム教徒ではないということを理解してもらえるのだろうか。クアシ兄弟とアメディ・クリバリのような若者は、われわれが選出した政治的リーダーたちの倫理的凡庸さを裏返しにした、ある意味で病的な反映にほかならない。その政治的リーダーたちときたら、低収入によって搾取されている状態、失業によって見捨てられている状態から若者たちを救うことよりも、自分たちの年金を最高水準に持っていくことに汲々《きゅうきゅう》としているありさまなのだ。

フランス共和国大統領のフランソワ・オランドが大規模なデモの実施を決めることでクアシ兄弟にむしろ華を持たせ、精神分析的解釈によって価値を下落させることもできたはずの行為にむしろイデオロギー的な意味を与えるリスクを冒したということを、事件後すぐのあの時期にどう示唆し得たであろうか。現実との接点の喪失としての狂気は、実際、ありきたりの社会的象徴体系なしで済ませることはできない。精神病患者は自分をナポレオンやイエス・キリストだと思い込むし、パラノイア患者は太陽に射し込まれているとか、国家に追い詰められているとか信じ込む。軽侮し、意味を薄めてしまうという方法を採ることも可能であっただろう。その方法を選択したからといって、フランスにおけるイスラム原理主義のヒステリーを社会学的に分析することができなくなるわけでは勿論なかった。しかし、この選択は退けられた。逆に、われわれの前に現れたのは、当局による悪の裏返しの神聖化であった。そしてそれがわれわれの社会の内部における、また、われわれの社会と全世界との関係における宗教的緊張の悪化を招いた。それはまさに二〇〇一年における米国大統領ジョージ・ブッシュの選択であったが、ブッシュの場合は遥かに重い事実を受けての選択だった。一月七日の一七名の死は本当に、ワールドトレードセンターの二九七七名の死に匹敵しただろうか。感情過多だとしてかくもしばしばバカにされるアメリカ以上に、フランスは過剰反応した。いったいぜんたい、二〇一五年一月一一日、合理主義的で皮肉のセンスがあるはずのフランス精神はどこへ行ってしまっていたのだろうか。

フランスがその周縁部分ではなく、その中心的部分において、すなわち中間的な諸階層において、単に経済的ではなく宗教的な、あるいは少なくともほとんど宗教的といえるタイプの危機のただ中にいるということ、それというのも自らの行き先が分からなくなっているからだということを、どのようにしたら皆が認めるのだろうか。フランス社会の問題はイスラム原理主義的テロリズムの擡頭に揺れる都市郊外に限定されず、もっと広範囲にわたっている。イスラムのことばかりが話題になっているという事実からわかるのは、実は中産・上流階級のフランス人たちが何かを、または誰かを、極度に嫌うという病的必要に駆られているということであって、単に社会の底辺から擡頭してきている脅威への恐れが存在するというだけのことではない。たとえ、ジハードを信じてシリアやイラクへ向かう若者たちの数が社会学的に分析されなければならないほど大きいとしても、である。外国人恐怖症はつい最近までは民衆層に限定された現象だったのに、今では社会構造の上部に転移している。中産・上流階級がスケープゴートを求めている。

そして、さまざまなコメントの中で、事件が持っていた反ユダヤ主義的次元が、二〇一四年五月にブリュッセルで、また二〇一二年三月にはトゥールーズ〔フランス南西部の都市〕でユダヤ人を狙った殺戮事件が起こったという前例があるにもかかわらず、訝《いぶか》しいまでに過小評価された。フランスにとっての本当の問題は、諷刺の権利ではなく、都市郊外における反ユダヤ主義の擡頭である。レイシズム〔人種差別〕は社会構造の上の方へ、また下の方へ、同時に拡散している。

複雑で、逆説的で、皮膚感覚的に直観・連想されてしまうことに反するあまりにも多くの事象を説明する必要があった。国民的・共和国的自己礼賛がおこなわれていたあの時期、その説明に着手することは不可能だった。その間、国家はフランス中に警察の車と武装した兵士たちの車を出動させ、いたるところに念入りに配置していた。ところが、危険などまったくない地域も少なくなかったのだ。というのは、出現した新たなテロリズムは、所かまわず攻撃するのではなく、標的を選ぶからだ。狙われるのは、冒瀆に及ぶイスラム恐怖症の人びと、警察官、熱心なユダヤ教徒たちである。三名の警備員が配置されてさえいたらおそらく、イスラム原理主義テロリズムによってかねてから標的として名指しされていた『シャルリ・エブド』編集部の殺戮行為は防げただろう。内務大臣は、この点で任務を怠ったにもかかわらず、批判されることもなしに気取ってポーズをとっていた。要するに、二〇一五年一月、国家のやることなすことすべてがいささか滑稽だった。しかし、嗤《わら》うべきその滑稽さを指摘すれば、あの時期の満場一致の雰囲気の中では、テロリズムの擁護であるかのように受け取られたにちがいない。

私は、トラック運転手たちによるストライキの決行を現実への復帰の最初の信号として受け取ったことを憶えている。世界中が羨む個人主義的で平等主義的なフランス、上からの命令に従わないあのフランスが生き延びていることのしるしであると感じたのだった。

機の熟すのを待ったことを私は後悔していない。研究者が公の討論にもたらし得る何か有益なものがあるとすれば、それは、他の人びとが持っているよりも純粋なモラルでも、より上質なイデオロギーでもない。そうではなくて、物事の渦中にある人びと自身が、情動に突き動かされ、しばしば漠然としていたり完全に無意識であったりする選好に動かされる結果、気づかずにいる諸事実についての客観的な解釈である。さて、あの時期に数週間続いた「私はシャルリ」は、大衆の意思を反映していたにせよ、純然たるメディアの論理から出たものであったにせよ、われわれの脱工業化社会のただ中にあって虚偽意識なるものの標章ともいえる表現であった。

一月一一日のデモ行進は、一つにまとまった意志的なフランスの再出現のように解釈された。共和国が、マリアンヌ〔フランス共和国を擬人的に示す自由の女神で、平民帽を被っている〕の定型的なイメージをともなって、その本来の諸価値を改めて主張したというのだった。力、偉大さ、再生。集合的なものへの渇望を、宗教的不寛容に対抗するものとして改めて公式に定義されたナショナルな感情の再浮上を、感じないではいられなかった。もちろん、一月一一日の群衆は感じの悪い群衆ではなかった。さまざまな自由の尊重のために行進していたのだし、あちらこちらにすべての国の旗も見え、拒否すべき過激なイスラム原理主義と、ライシテ〔世俗性、非宗教性、政教分離の原則〕というフランス的原則を尊重しさえすれば、カトリシズム同様に受け容れられる普通のイスラム教との違いを高らかに強く主張していた。しかしながら、あのデモは平等については語っていなかった。ナショナリズム政党、国民戦線《フロン・ナショナル》が排除されていたことにより、デモ行進には「外国人恐怖症ではないことの保証」のスタンプが押されていた。平和的でお人好しのデモであった。そもそも参加者たちから、なぜこの群衆の中にいるのかという正確な理由づけを聞き取るのは難しかった。恐ろしい出来事のあとで、「一緒にいる」必要、いくつかのベーシックな「価値」を肯定する必要が社会を支配していた。

　したがって、一月一一日の群衆が、すべてのメディアが歩調を合わせたことの必然的結果として内実において同質的であったと想定するのは誤りであろう。ハードなライシテ主義者たち、過激な反教権主義者たち、ユダヤ教シナゴーグの祭司やイスラム教の指導者たちが、それよりもっと大勢の、自分たちがそこにいることを表現の自由への一般的なこだわりによって説明し、寛容さという理想を主張する人びとと肩を並べて歩いたのだった。あの「共和主義の行進」の翌日ないしその後の数日の間に、私はプライベートに多くの人とディスカッションをした。それをとおして、一つ確信したことがあった。疑いもなく何万人もの参加者たちが、もしかしたら何十万もの参加者たちが、あの日デモに加わることで自分は本当のところ何をしたのだろうか、あるいは何の保証人になったのだろうかと自問したということである。多くの人が「私はシャルリ」を、他者の思想によって自己を奪われて一時的に人格を喪失したエピソードとして生き、イデオロギー的な二日酔いに行き着き、まもなくあのデモ自体を記憶の中の『ハングオーバー！　消えた花ムコと史上最悪の二日酔い』〔二〇〇九年製作のアメリカ映画〕の棚に片付けてしまったということだ。

しかしながらこれは、意識的、明示的なレベルの話である。もっと先へ進んで、精神的な一体化の状態にあったあの群衆を社会学的に決定していた要因について考えてみる必要がある。

一月一一日、フランス国民の一部分は街に出ていなかった。そして、街に出ていた人びとも、自分たちがフランスのすべてであるかのように振る舞おうとしていたものの、フランスの掲げる諸価値についてさほど確信していたわけではなく、さほど広い心を持っていたわけでもなかった。民衆はシャルリではなかった。都市郊外の若者たちも、イスラム教徒であるとないとにかかわらず、シャルリではなかった。地方の労働者たちもシャルリではなかった。それに対して、中産階級の上の方の部分はいわば過剰なまでにデモに参加し、またしてもあの日、自らの情動の表現によって中間的な諸階層を牽引する能力を持っていることを示した。けれども今日、フランスの中産階級は「ネイションのポジティブな諸価値」を担うというにはほど遠く、基本的にエゴイスティックで、他者の意見に耳を貸さず、高圧的な態度を取りがちだ。平等の原理を捨て去ったとさえいえる。そして、本書に後述するとおり、ライシテの伝統よりも、フランス・カトリシズム文化の古層のほうに近い。ひと言でいうと、この中産階級は今日のフランスであるかもしれないが、決して革命の伝統を継承するフランスではないのである。

ここで、虚偽意識というマルクシズムの概念と、フロイトのいう無意識の概念が思い浮かぶ。けれども、われわれはとりわけエミール・デュルケームによる社会学の定義に立ち返らなければならない。社会学がひとつの科学であり始めるのは、社会学が、人びとがときに本人たちの意識を超えた社会的な力によって動かされるものだということを認めるときであると、デュルケームは言った。人びとが自分たちの行動に与える意識的解釈は必ずしも正確でない。かくして、近代社会学を創始した著作である『自殺論』は、何人かの自殺者たちが遺した説明や、死亡を記録した係官によって特定された動機を拒否するところから始まっている。デュルケームはむしろ、自殺行為が客観的統計の中で、時、空間、家族状況、宗教によってどう分布しているかを見ることによって現象の意味——あるいはむしろ複数の意味——を探究している。それこそがまさに、「私はシャルリ」という現象を理解するためにわれわれがやらなければならないことだ。このような展望において、デモ参加者たちを煩わせることはしないでおこう。彼らはしばしば、自らがデモに参加して何をしていたのかを本当には説明することができなかったのである。政治記者たちのことも忘れることにしよう。彼らは情報過多になったメディア空間の擬態的酩酊に溺れて、「物事の意味」を述べるのが任務だと思ってしまった。

とはいえ、無意識を理由に免罪するのもほどほどにしておこう。われわれは卑怯さやシニシズムにも出会ったのだから。政治家たちは自分たちの不人気から免れようとして、事件を意識的に利用した。多くのジャーナリストたちが、事情をよく承知していながら、批判の義務を怠った。群衆はというと、確かにその構成において多様であり、確信犯的ではなかったし、共感できる振る舞い方をしていたけれども、だからといって彼らを、意識的ではなかったという理由でア・プリオリに見逃すわけにはいかない。法に無知な者などいないとされるのであれば、自分がなぜデモに参加したのかを知らぬ者などいないとされるはずだ。フランスは自らに嘘をついている。フランスはしばしば、自らが卑小であるときに偉大だと思い込むが、時にはまた、自らが卑小だと知っているときに偉大だと自らにつぶやく。この本は嘘というものについての試論でもある。シャルリよ、きみはペテン師か?

社会的に見て、誰がデモ参加者たちだったのか。彼らはどこから来ていたのか。この二つの単純な問いに答えれば、一月一一日に動員されたのがどのフランスであるかを明確にし、そのフランスの内に、昔からのある敵対者を見出すことができるだろう。その敵対者は彼なりに原理主義者であり、現在、尖鋭化の途上にある……。

というわけで今や、あの二〇一五年一月を真面目に捉えることにしよう。ただし、探究の中心に置くのは七日（水曜）の殺戮ではなく、フランス社会の情動的リアクションである。一一日（日曜）の中心的デモの参加者数は拙速に推定され、おそらく誇張された数字であった。さまざまな機関によって見積もられた人数は必ずしも整合していなかったが、統計として扱うには足るものだった。三〇〇万人から四〇〇万人のデモ参加者、これは人口の四・五％から六％に相当する。デモ参加者のうちには子供たちもいたから、全体としてのこの数を成年人口にだけ比較することはできない。しかし、これをフランスの上位八五の都市の人口に比較することは正当で、すると、七％から一〇％の間という並外れた動員率が明らかになる。この（パリも地方も一緒にした集合的意味での）デモはいわば自発的に社会学的調査の対象を構成した。地図学的に見ると、それが何だったのかが分かる。

一九八一年、一九八八年、そして二〇一一年と三度にわたってフランス社会の地図学的分析を実施したことのある私は、一月一二日に『リベラシオン』紙に掲載された地図を見るや否や、事件によるショックがフランス全土に画一的に拡がってはいなかったことを、そして、適切な統計的処理をすれば、どんな社会的な、宗教的な、あるいは隠れ宗教的な力に押されて、あれほどの数の人びとが街頭に降り立ったのかが判明するだろうと感じた。デモの翌日に大急ぎで発表された推定参加人数が、統計理論の観点から見てかくも高度に有意な相関関係を示すということ自体、仰天ものといえるのではないだろうか。いずれにせよ、メディアが喧伝した満場一致は一つのフィクションにすぎない。だからといって、がっかりする必要はない。すべてが幻想だったとか、すべて雲散霧消したとかいう結論を導くことは避けよう。事実はそれと正反対である。どのようにして社会の一部分が現実の間違ったイメージを全国民に押し付けることができるのかを理解すること、それはわれわれの社会システムの現実を裸にすることである。こうして、集団的ヒステリーの発作であった一月一一日のデモはわれわれに、今日のフランス社会におけるイデオロギー的・政治的権力のメカニズムを理解するために、信じられないくらい有用な鍵をもたらしてくれる。

いくつかの大きな驚きがわれわれを待っている。われわれがまもなく確認することになるのは、ライシテについての今日の議論がライシテ的諸価値の歴史的連続性の中にないということであり、今日、共和国を標榜している勢力が共和主義的な性質を持っている勢力ではないということ、つまり、共和国を表象する女性像マリアンヌがもはやかつてわれわれの知っていた愛すべき女性ではない、別人にすり替わっている、ということなのだ。フランスの政治システムがどんなふうにして調子を狂わせたか、なぜ社会党が今や右翼に定着しているのか、どうして保守勢力が明確な自己像を失ってフランスという空間の中で揺れ動いているのか、そういった問題の核心を摑《つか》むことになろう。われわれがこれから努めて突き止めようとするのは、強力で有能だが、まったくもって軽蔑に値するいかなる勢力が、フランスを首枷《くびかせ》のような政治的経済的選択の中に閉じ込めて、国民の一部分の生活を破壊しているのかという点だ。われわれは、フランスがもはやフランスでないということを認めなければならないだろう。同時に、自問もするだろう。そのフランスに、本来のフランスに立ち帰るチャンスがいくらかでもあるだろうかと。たとえば、遠い将来のある日——驚くなかれ、ほかでもない——イスラム教と国民戦線《フロン・ナショナル》の支持層の助けを借りることによって、である。

しかし、場合によっては存在するかもしれない治療薬のことを考える前に、発熱の元になった病気の診断書に着手しなければならない。いったいどのような種類の社会が、三〇〇万人から四〇〇万人もの人びとを促して街に出させ、ムハンマドの諷刺画と一体化した週刊新聞、少数派の宗教に焼き印を押すことに特化した週刊新聞との連帯を彼らに叫ばせるとともに、イスラム教をフランスの抱えている第一の問題として名指しさせたのかを、知らなくてはならない。

この試論は激しい苛立ちに駆られて書いたものなので、そのトーンにおいて学問的ではない。しかしながら、私にとってこれはいわば事件の現場で遂行する社会学研究なので、できる範囲で科学的な厳密さを大切にした。できる範囲でというのは、スピーディに仕事をし、過去四〇年間の研究成果とその間に苦労して獲得した知識を、ほんの数週間のうちに一気に動員し、使用しなければならないときに可能なかぎり、という意味である。とはいえ、世論研究所ＩＦＯＰがカトリック系とイスラム系の住民について実施し、同研究所のジェローム・フルケが報告した非常に独創的な研究のおかげで、本研究は最新の精確なデータに基づいている。問題のデモについても、フィリップ・ラフォルグによる統計学的処理のおかげで、本研究は方法論的にも厳格である。

本書は、社会の宗教的基礎と経済構造の両方に同時に関心を示し、かつ両者の間に序列を設けようとはしないという点で、厳密にマックス・ウェーバーの影響下にある。たしかに、ここでは家族的な諸価値が考慮に入れられている結果、全体が、マックス・ウェーバーの変数よりもさらに深い何かの内部に位置づけられている。しかし、あとに明らかなように、私は、フランス全体を構成する諸々の地方社会を特徴づける「平等主義」の程度の評価において、家族を宗教よりも重要な決定要因とは見做さなかった。

この試論は、いっそう深い意味、より倫理的な意味においても、マックス・ウェーバーの足跡を範としている。ウェーバーが『職業としての学問』で説明しているとおり、社会学は善悪を識別するなどということを主張すべきではなく、むしろ、人びとが自分たちの選択や行動の孕《はら》んでいる深い意味を理解するのを助けること、彼らをかくかくしかじかのイデオロギー的ないし政治的な選択へと導く潜在的価値をあるがままに認めさせることを任務とすべきである。このような考えに則《のっと》り、分析と推論を通して、私は本書が展開する証明の最後に、意外性のある命題をいくつか提示するに到るであろう。それは、かなりの教育を受けた多くの人びと、年配の人びと、カトリシズムの文化的伝統を背景とするフランス人たち、社会党の支持者たちと彼らのリーダーたちの行動に関する命題なのだが、どちらかというと不快感を与えるものだと断っておかねばならない。しかしながら、私の観点からいえば、これもまたウェーバーの精神に忠実であろうとすることにほかならない。マックス・ウェーバー曰く、「科学者は、あなたがある特定の見解を自らのものとして採用するとき、その見解が、それが持つ意味作用に関して、最終的で基本的ないかなる世界観から論理的に、かつ確実に派生しているかを述べることができるし、また述べなくてはならないのです。……科学はあなたに示すでしょう。ある立場を選択することで、あなたがどの神に仕え、どの神に背くのかを」[2]。

注

（1）クレール・クルベ「表紙に冒瀆とセックス。『シャルリ・エブド』のエスプリ健在！」（二〇一五年一月一四日）。記号学者でメディアの専門家であるドミニク・ウォルトンとジャン＝ディディエ・ユルバンが『ル・フィガロ』紙上で『シャルリ・エブド』の表紙を分析している。

（2）『職業としての学問』（*Wissenschaft als Beruf*）。

第1章　宗教的危機

その規模と形而上学的要求から見て、二〇一五年一月一一日のデモ行進がわれわれに明確に示したのは、フランスがひとつの宗教的な危機状況を生きているということだった。デモ参加者、コメンテーター、そして政府が表明する不安ときたら、まるでイスラム教徒の一五%から二五%が、今にもジャンヌ・ダルクとヴォルテールとシャルル・ドゴールの国を彼らの信仰に服させようとしているかのようでさえあった。

それは奇しくも、ミシェル・ウエルベックの最新の小説のテーマでもあった。発売前から話題となったそのフィクション『服従』[1]の商業的成功は、クアシ兄弟[2]とアメディ・クリバリ[3]によって実行されたおぞましい犯行に先行していた。エリック・ゼムール〔フランスの政治評論家。一九五八年生まれ〕のイスラム恐怖症に満ちた最新の「曲」もまた、事件に先立っていたるところで「演奏」されていた。『フランスの自殺』[4]という題名のその評論は、社会統合の失敗、多文化主義の罠、われわれの麗しい文化の消滅を語る決まり文句を繰り返していた。ゼムールは二〇一四年一〇月三〇日、すなわち二〇一五年一月七日の事件よりもずっと前に、イタリアの全国紙『コリエーレ・デラ・セラ』の紙上で、フランスはイスラム教徒たちを出身国へ送り返すことを前向きに検討すべきだとする自説を展開し、いささかのタイムラグの後にたいへんな物議を醸したことがあった。インタビューをしたイタリア人記者がゼムールの提唱する企ての意味を「強制移送」という、かつてナチスドイツがユダヤ人たちを強制収容所へ送った行為を想起させずにはいない言葉に濃縮したのだが、その言葉は果たして、フランスの住民の一部分を船で強制退去させることを述べるのに適切であったか、それとも不適切であったか。

イスラム恐怖症の拡大には固有のテンポがある。イスラム教徒たちを象徴的に国民共同体から外へ締め出すかぎりにおいて、イスラム恐怖症はテロリズムの結果であるのと同じくらいに、その原因でもある。それは、都市郊外に客観的に存在する危機と相俟って、絶望的な弁証法の中で相乗効果を上げてしまうイデオロギー上のヒステリーなのである。

しかしながら、他の多くのケースと同様にここでも、われわれは現象を社会学的に、かつ統計学的に位置づけることを忘れてはならない。ウエルベック的・ゼムール的な発想のイスラム恐怖症への賛同は、その成り立ちからして、彼らの本を買ってそれを読む時間のある人びと、つまり中産階層に属する一定年齢以上の人びとに限定される。ナショナリズム政党、国民戦線《フロン・ナショナル》に投票する民衆層も、所得が低下している若い高学歴層も、ゼムールやウエルベックの本を買って読むだけの金や暇に恵まれてはいない。

イスラム教の赤い布きれ〔*Le Chiffon rouge*（赤い布きれ）は、一九七七年に作詞作曲され、八〇年代までフランスの左翼労働者運動の中で好まれた闘争歌〕、あるいはむしろ緑色の布きれ〔緑色はイスラム教を象徴する〕に向かって突撃するよりも、もともとキリスト教である九四％のフランス人を襲っている精神的な混乱を考察しよう。フランスというネイションの存在に貢献する四・五％ないし五％のイスラム教徒たちの心理的、社会的状態については、本書のもっと後の方で言及する。

フランス人の九四%がもともとキリスト教であり、もともとイスラム教徒である者は四・五%から五%だという、このアンバランスな数字を額面どおりに受け取ってはならない。各宗教に属する人口の見積もりは、信徒および信仰実践者と、宗教が現在のものであるよりはすでに過去の思い出になってしまっているような人びとを一緒にしてしまう。二〇一五年のフランスにおける宗教状況の真実は、古今未曾有といってよいほどの無信仰である。完全に世俗化したフランス人の内に、国際結婚の夫婦など、異なる宗教に属する両親から生まれた子供たちや、ときには数世代にわたって繰り返されたそのようなカップルの子供たちの大半が属している。彼らの家系の中ではキリスト教徒、イスラム教徒、ユダヤ教徒などが、さらには、われわれの国の同胞にはアジア系の人びともいるので、仏教徒や儒教の信者たち、またヒンズー教の信者たちが仲良く混ざり合っている。

　フランスの宗教動態を探るべきは、もちろん、この国の社会の中核を成す大多数の中であって、その一部分の中ではない。方法論的選択をこのようにすると、しばらく前に、同性婚を法的に認める「みんなのための結婚」法案[5]に反対して群衆がデモをしたという事実が思い出される。二〇一三年一月一三日、すなわち、シャルリが国民的舞台に突如現れるより二年早く、同性婚反対派の「みんなのためのデモ」がパリで——警察の数字によるか、主催者の数字によるかで動員数は異なる——三四万から八〇万の人びとを結集した。フランス人のうちで相対的に少数派ながらも大きなパーセンテージを占める人びとが、彼らはしばしばカトリック系だったわけだが、同性カップルの結婚を認めまいとしていた。当時、宗教的な、もしくはほとんど宗教的な昂奮が、フランス社会の中核を成す人口の塊《かたまり》を突き動かしていた。ただし、それはいわば否定的なモードにおいてだった。なぜなら、進行していく現実である「みんなのための結婚」は、国民が伝統的なキリスト教的家族観から脱却していくプロセスのワンステップを画するものであったのだから。

この宗教的危機が一月一一日に顕在化したのは、いったいどのようにしてであったか？

カトリシズムの末期的危機

フランスでは、宗教と人びとの暮らし方がいっしょに推移する。宗教の実践は、その大部分が一九六〇年から一九九〇年までの間に潰え去った。出生率も低下した。一九五〇年には女性一人あたりの子供が三人だったのだが、それ以降は二人に減った。この変動には、子だくさんのカトリック教徒の家族というものの消失も含まれていた。生まれてくる子供たちの内、婚外子は一九六〇年には五・五％だったが、今日では五五％に達している。フランスは、三〇年、四〇年前にはカトリック教会がなお重きを成す国だったが、今では、国民の信仰と暮らしぶりから見て懐疑論者たちの国になっている。

三〇年、四〇年という年月は、人びとのメンタリティーの歴史においてはわずかなものだ。国民の年齢ピラミッドを見ると、そこには今日でもなお、宗教との絆を少し保っている高齢者層が、宗教から完全に離れてしまった諸世代の上に乗っかっている。世論研究所ＩＦＯＰの最近の調査によれば、調査対象となった人びとの一二・七％が、「宗教を実践している」カトリック教徒というように自己定義している。宗教社会学ではより厳格な基準を設け、日曜日のミサに実際に与る人びとだけを「実践している」カトリック教徒として数えるはずなので、その基準を適用すればおそらく、右のパーセンテージは半減することになるだろう。とはいえ、アンケートに答えた人びとの自己定義で得られた比率は、二五歳〜三四歳では六・六％だったのに対し、六五歳〜七四歳では二一・六％に及び、七五歳以上では三二・七％を占めている(6)。今日、七五歳〜八五歳の人びとは、一九六〇年には二〇歳〜三〇歳だったのだ。したがって、二〇歳〜三〇歳のこの年齢層に注目すれば、宗教実践者の率は五分の一に減ったといえる。今日、実践的信者と自称する人が「七五歳以上」の年齢層でも三分の一にすぎない以上、一九六〇年頃のフランスについても画一的にカトリックだったなどとはいえない。むしろ、当時すでにその三分の二はキリスト教から離れていたのだ。

とはいえ、三三％だった実践者の比率が六％にまで激減した事実は軽視できない。とりわけ、この激減にともなって、一九六〇年の時点でカトリシズムの影響を受けなくなってすでに久しかった当該年齢層の三分の二が形而上学的な混乱に晒されるとすれば、それは尚更である。フランスでは無信仰が一気に一般化し、風俗・風習が自由化した結果、変容しつつある国民が心理的・政治的バランスの問題に直面している。

宗教の崩壊と外国人恐怖症の急増

歴史の中で起こった諸宗教の崩壊を比較するアプローチを採ると、移行期の精神的アンバランスというあの問題を提起せずにはいられなくなる。実際、信仰が変質したり崩壊したりすると、その後にしばしば革命的な事件が起こる。形而上学的な枠組みが消失すると、人びとの間にほとんど機械的に代替イデオロギーが浮上する。それらのイデオロギーは、それぞれが標榜する価値において多様だが、たいてい物理的に暴力的なものとなる。

フランスでは一七三〇年～一七四〇年頃、司祭になる者がパリ盆地と地中海沿岸地方で枯渇してしまっていたが、王国のその他の地域では引き続きそれまでどおりの水準で現れていた。大革命はカトリシズムの危機から半世紀後に起こった。それ以前、カトリック教会は信者たちに対し、全員に施される洗礼と、生前の善き行いに応じた救済をとおして、永遠の生命を求めることにおける平等と自由を保証していた。一七八九年、この遥かなる目標が、地上の国における自由と平等の即時的な要求に転位された。

ヴォルテールの『哲学辞典』には、完全に反宗教的で、論争的で、刺戟的で面白い思想が開陳されているが、あの著作が刊行されたのは一七六四年、すなわち、フランス王国の三分の二の地域においてカトリック教会が崩壊したあと、さらに二〇年を経てからであったことに注目しておこう。

ドイツでは、一八八〇年から一九三〇年までの間に、国の三分の二を占めるプロテスタンティズムの地域で宗教実践者の比率が下落した。その現象がもたらしたのは、最初の段階では社会民主主義と反ユダヤ主義の擡頭であり、次の段階ではナチズムのそれであった。神の死についてのニーチェの高揚した言葉や、マックス・ウェーバーの宗教社会学もまた、同じ形而上学的危機の副産物だった。ナチス支配下のドイツで表明されたイデオロギー的な諸価値は一つひとつ、革命下のフランスの諸価値に対立していた。ちょうど、一七〇〇年頃、プロテスタンティズムが形而上学の次元で、パリ盆地のカトリシズムに真っ向から対立するものであったようにーー。ルター派の運命予定説は、救済の可能性の前で人びとが不平等であることを、人びとが生まれる前から永遠の神の意志によって異議申し立ての余地なく選ばれているか、除外されているかが決まっているということを断定していた。この権威主義的で不平等主義的な神学が、一九三三年〔この年、ドイツでヒトラーが政権を奪取した〕には、地上における即時の隷属と不平等という要求に置き替えられたのだ。人種によって人間が選別された。人間の資格はアーリア民族の占有物となり、ユダヤ人は絶滅収容所の地獄へと宿命づけられた。ルターのいわゆる永遠の断罪が世俗の次元に転位されたのだった。

われわれは宗教を、特にそれが消えていく時期に重要視しなくてはいけない。こう言うからといって、経済構造や経済状況を軽視するわけではない。フランス革命のきっかけはたしかに小麦価格の上昇であったし、ナチスによる革命の発端は大規模な経済不況だった。しかし、飢饉も失業もそれだけではあれほどスケールが大きくて激しい、かつ勝利に結びつくような革命現象を生み出せなかっただろう、ということもまた認める必要がある。フランス革命やナチズムは、その創設的暴力によってそれぞれの時代に「形而上学的地位」と呼べるであろうものに到達し、そのようなものとしてわれわれの記憶の中に残った。いずれも宗教的危機から出てきたのだから、ああした歴史的事件はある意味で宗教的なものなのだ。

地上のイデオロギーがその内容において多様なのはなぜかというと、どんな社会を選ぶかというその選択が厳密な意味での宗教の影響力から免れるときにもなお、心の深層に定着している家族的諸価値が、いいかえれば潜在的な人類学的システムが、人びとの選択を導き続けるからである。従来、パリ盆地の中心部では、自由主義的で平等主義的な家族構造が社会的行動を制御していた。一方、ドイツでは、権威主義的で不平等主義的な家族構造がパリ盆地とは逆の方向へ社会的行動を導いていた。

われわれが現在経験している経済的諸問題は、一九二九年の大不況のときに比べて急激さの度合いはより小さいが、より長く持続している。しかしながら、われわれの社会の政治的将来は、非常に明白な経済的推移に依存しているのと同じくらいに、水面下で宗教的な変容、あるいはほぼ宗教的と言ってよい変容に依存している。

カトリシズムの末期的危機が西洋世界全体に訪れたのは一九六〇年代からだった。少数派の言語を母語としていたり、文化的に他の集団に支配されていると感じていたりする人びとにとっての指導規範としてカトリシズムが存在していた地域——ケベック、バスク地方、アイルランド、フランドル地方——では、その消失が一九七〇年代以降、ナショナリズムを大きく伸張させることにつながった。世俗性への移行はカナダとスペインとアイルランドでテロリズムを、そしてベルギーでは、より穏便ではあるが、おそらくより持続的な恐怖症の発作を生み出した。フラマン人たちは、彼らの国で支配的なグループとなったにもかかわらず、フランス語の使用をひどく嫌うことにおいて、いまなお際立っている。これらの事件はすべて、消費社会の繁栄と発展の時期に起こったのである。

重要なのは、カトリシズムから外国人恐怖症への移行を説明する論理を理解することだ。カトリック教会は階層秩序の原則に執着しているが、それにもかかわらず伝統的に普遍主義的——「カトリック」とは普遍的という意味だ——である。一九六〇年頃までカトリック教会は、普遍的なるものにあまり開かれていないいくつかの地域文化に対して、ひとつの抑制剤として、さらには自文化中心主義を制御する要素として働いていた。ケベック、バスク地方、アイルランド、フランドル地方の文化は、ドイツの文化と同様、家族における平等という原則を欠いている。そこでカトリシズムが、それらの文化の人類学的与件である自文化中心主義をひとつのシステムへと、たしかに権威主義的で垂直的ではあるが、普遍的な使命を帯びたひとつのシステムへと統合していた。この制御装置が消失したとき、論理的な帰結として、宗教よりもいっそう深い次元に存在する家族構造に由来する不平等主義的ないし非平等主義的な気質が解放された。

一九八〇年代の後半以降、カトリシズムの崩壊が類似の結果をイタリアにもたらした。イタリアでは地域政党「北部同盟」が外国人恐怖症の対象を国内に向け、南部（いわゆる「メゾジオルノ」）の人びとを標的にした。その地域的震源はポー川〔イタリア北部を横断している川〕の北東に位置していた。その辺りは、一九六〇年頃まで宗教的実践の比率が最も高かった反面、イタリアのうちでも人類学的与件が普遍的なものに対して開かれていない地域であった。

かつては共産主義による抑圧があったせいで、ポーランドと西部ウクライナで防衛的カトリシズムが活性化した状態に維持されていた。西部ウクライナのケースは、より正確には東方典礼カトリック教会、すなわち元々は正教会であったが、一七世紀の途中にカトリック教会の教義を受け入れた教会である。一九九〇年以来の急激な出生率低下が示すように、自己防衛のカトリシズムは、いったん共産圏が崩壊してしまうと、それ以上生き延びることがなかった。その消失のあとにひとつの空白が生まれた。この空白が例によって不安を生み出し、外国人恐怖症を擡頭させたわけだが、この要素は物質的な文脈に関係していない。なにしろ、冷戦後の経済的適応はポーランドにおいては成功したが、ウクライナでは完全に失敗したのだから。ポスト共産主義の東ヨーロッパの文脈において、代替メカニズムは必然的にロシア恐怖症の擡頭という形をとった。かつて西ヨーロッパで、類似の現象が場所によってイギリス恐怖症、スペイン恐怖症、フランス恐怖症、あるいはイタリア恐怖症を引き起こしたのと同じことである。

同じタイプのメカニズムがクロアチアという、カトリシズムを特質とするネイションの分離独立においてひとつの役割を果たしたと考えることは不可能ではない。とはいえ私は、クロアチアをポーランドや西部ウクライナと同じカテゴリーに入れるのを躊躇する。なぜなら、ユーゴスラビアはたしかにカトリシズム、ギリシャ正教、イスラム教という異なる宗教的アイデンティティの混在を特徴としていたけれども、あのユーゴスラビアを破壊した内戦は教会の崩壊よりも共産主義の崩壊によって起こったのだったからだ。ガリツィア、ヴォルィーニ、ルテニアといったウクライナの地域で、ネオナチの色彩を帯びた極右が登場したことは、人びとが不当な支配から解放されればメンタル面でよりよいバランスが生まれると期待する者には意外であろう。しかしそれは、バスク地方で、アイルランドで、フランドル地方で、またケベック州でナショナリズムの登場を観察した経験を有する者にとっては、まったく普通の現象にすぎない。こういうわけだから、われわれは、ポーランドや西部ウクライナでのロシア恐怖症がたとえ過去に遡る象徴のシステムを用いていても、それは現在経験されている宗教的危機を表現するものであって、ロシアがパワーを持とうとしていることとはあまり関係がないということを理解しなければならない。

ナショナリズムがその攻撃の標的と嫌悪の対象の選択において独創的であることは、めったにない。それでもわれわれは、カトリシズムの末期的危機がフランスとドイツにおいて、ありきたりの自民族中心主義的ナショナリズムよりも遥かに興味深い移行期イデオロギーのひとつの形を生み出したことを認める必要がある。ドイツとフランスでは、カトリシズムを実践する地方は全国土の三分の一しか占めておらず、それらの地方は一九一四年から一九一八年までの第一次世界大戦によってそれぞれのネイションに完全に統合されていた。しかし、カトリシズムの崩壊はライン川の両側でヨーロッパ主義――マーストリヒト条約締結に到るヨーロッパ主義――に大きく貢献した。そのことはフランスのケースでは、主要な選挙や国民投票の結果を表示する政治地図によって明らかになる。

カトリシズムの瓦解から発生した不安はフランスにおいて、ネイションのシステムの中核部分に受け継がれている平等主義および普遍主義と相俟って、異質な要素の混合ではあるけれどもたしかに壮大なイデオロギー、すなわち、マルチナショナルなナショナリズムの試みを浮上させた。

カトリック的フランスと世俗的フランス――一七五〇年～一九六〇年

実際、カトリシズムに特徴づけられるフランスがただ一つ存在しているのではない。そうではなくてカトリック的フランスが二つあるのだ。すなわち、一八世紀の中葉にはすでに教会を捨ててしまったカトリック的フランス①と、一九六〇年頃まで信仰を維持していたが、そのあと遂に熱心さを失って、これまた無信仰に沈んだカトリック的フランス②である。フランス本土には、したがって今日、脱キリスト教化された二つのフランスが並んでいる。一つは昔から脱キリスト教化されているフランス、もう一つはごく最近に脱キリスト教化されたフランスであり、その両者のテリトリーを示してくれるのが**地図1－1a**である。[7]

ティモシー・タケット〔フランス革命史を専門とする米国人歴史家。一九四五年生まれ〕の研究のおかげで、一八世紀におけるカトリシズムからの脱却は、諸個人の現象ではなく、地域共同体レベルの現象だったということが分かっている。当時、別の地域共同体はカトリック教会に忠実であり続けたのである。[8]

一七九〇年の聖職者民事基本法は、各教区の信者による司祭と司教の選出を制度化しようとしていて、この法典への恭順の誓いが主任司祭たちに要請された。その誓いをおこなうことへの受諾と拒否を示しているのが**地図1－1b**で、これはティモシー・タケットの研究に依拠してここに示したものなのだが、司祭たちの内心を知らせてくれるものではまったくなく、各教区の意思を教えてくれるものなのである。主任司祭たちが聖職者民事基本法を受け入れた地域は、広大なパリ盆地を中心に、サン＝カンタンからボルドーへ広がっている地域と、地中海沿岸地方であり、その地中海沿岸地方はドローム、イゼール、アン、ソーヌ＝エ＝ロワールの各県を含む一種の回廊でパリへとつながっていた。一方、カトリック教会が共和国の要求を受け入れることを拒否する司祭たちが多かったのは、フランスの周縁部に散在するいくつかの地方においてだった。すなわち、フランス西部の全体、フランス南西部と中央山岳地帯の大きな部分、ジュラ山脈地帯、アルザス、そしてフランスの北端である。

地図 1-1a　1960 年における宗教実践

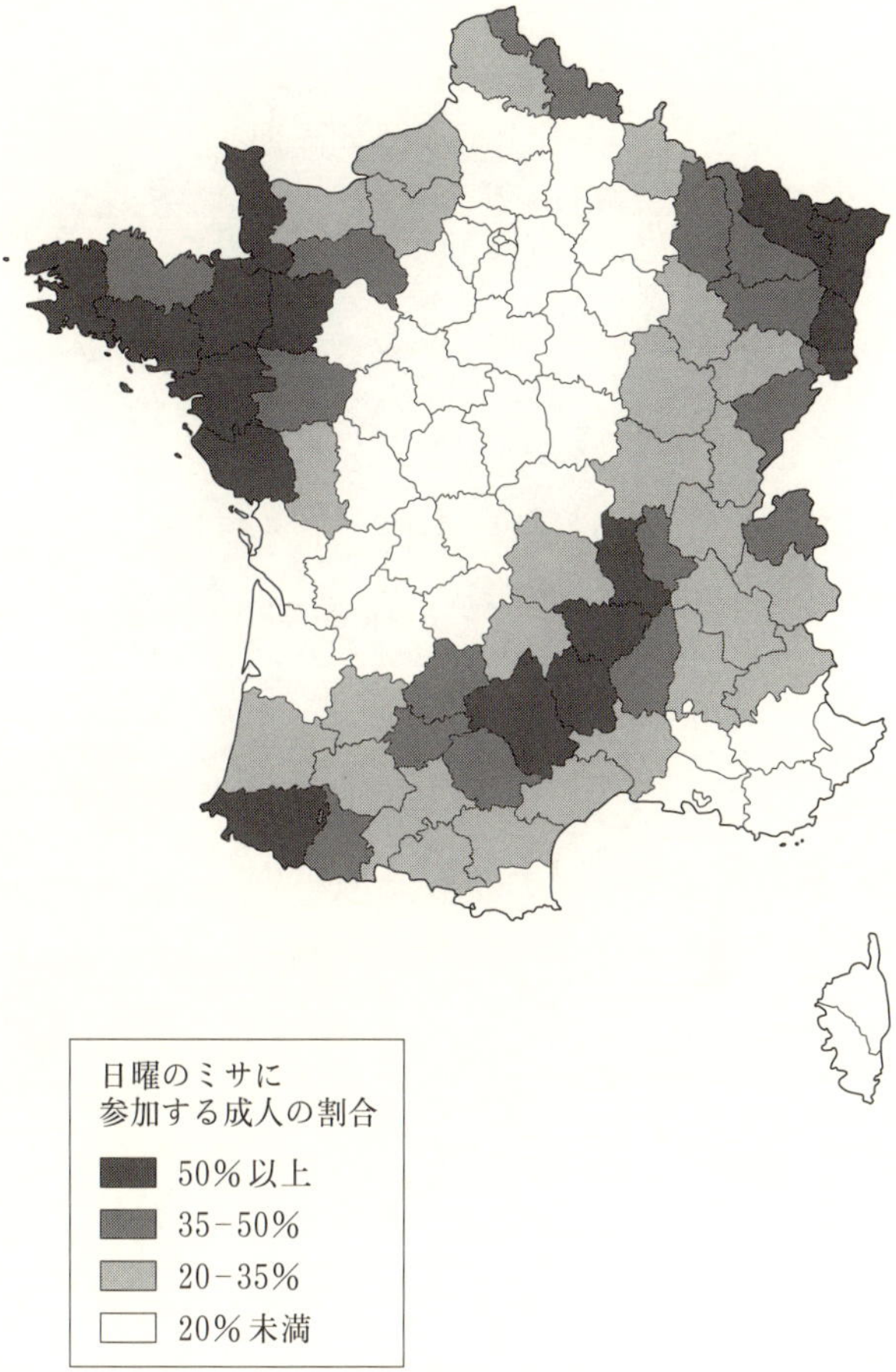

地図 1-1b　1791 年　聖職者民事基本法への宣誓の割合

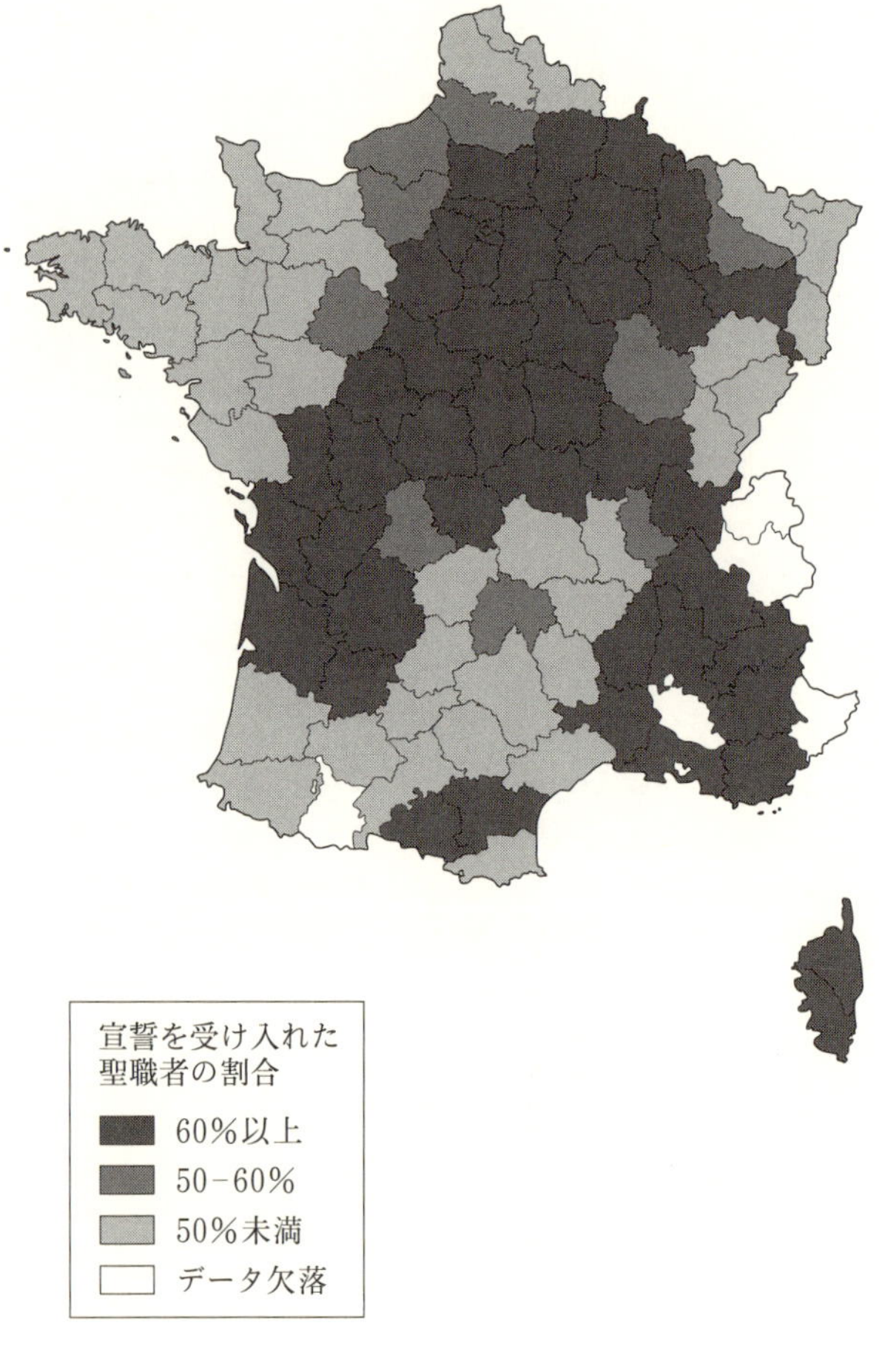

一七九三年以降、革命は教会と対決して教会を破壊しようとした。その失敗の結果、フランスの宗教空間に最初の亀裂が生まれ、それが長く存続した。

宗教的選択がほとんど個人的なものではなかったがゆえに、第二次世界大戦後にブーラール司教座聖堂参事会員とガブリエル・ル・ブラーズがフランス全土をカバーする最初の宗教実践の地図（**地図1－1c**）[9]を作成したとき、メンタリティーの地理はほとんど変化していなかった。フランスにおける脱宗教化の中心はほぼ一定で、二つ存在するように見える。相変わらず、そこにはパリ盆地と地中海沿岸地方が含まれているからだ。周縁部に散在するカトリックの諸地域もほとんど昔のままだ。両者の境界線はほとんど動いていない。リムーザン地方、ガロンヌ川流域、およびル・ノール＝パ＝ド＝カレは教会から少し離れた。ローヌ＝アルプ地方、ロレーヌ地方、コタンタン地方は教会に回帰してきているように見える。

こうした安定性ないし恒常性が証拠立てるのは、一世紀以上にわたって繰り広げられてきている宗教闘争――一七九三年から一七九六年までに二〇万人の死者を数えたヴァンデの乱から、一九〇五年の教会と国家の分離の時期に聖職者集団の財産目録の作成をめぐっておこなわれた力比べまで――の「無益さ」である。その無益な闘争が確認させてくれるのは、フランスに二つの宗教的共同体が分かれて併存しており、その一つは信仰によって、もう一つは無信仰によって特徴づけられ、いずれもが固有のテリトリーを持っているということだ。第三共和制下では、諸政党のせめぎ合いがこの基礎的な宗教構造の中に挿入された。共和主義、共産主義、労

地図 1-1c　2009 年における宗教実践

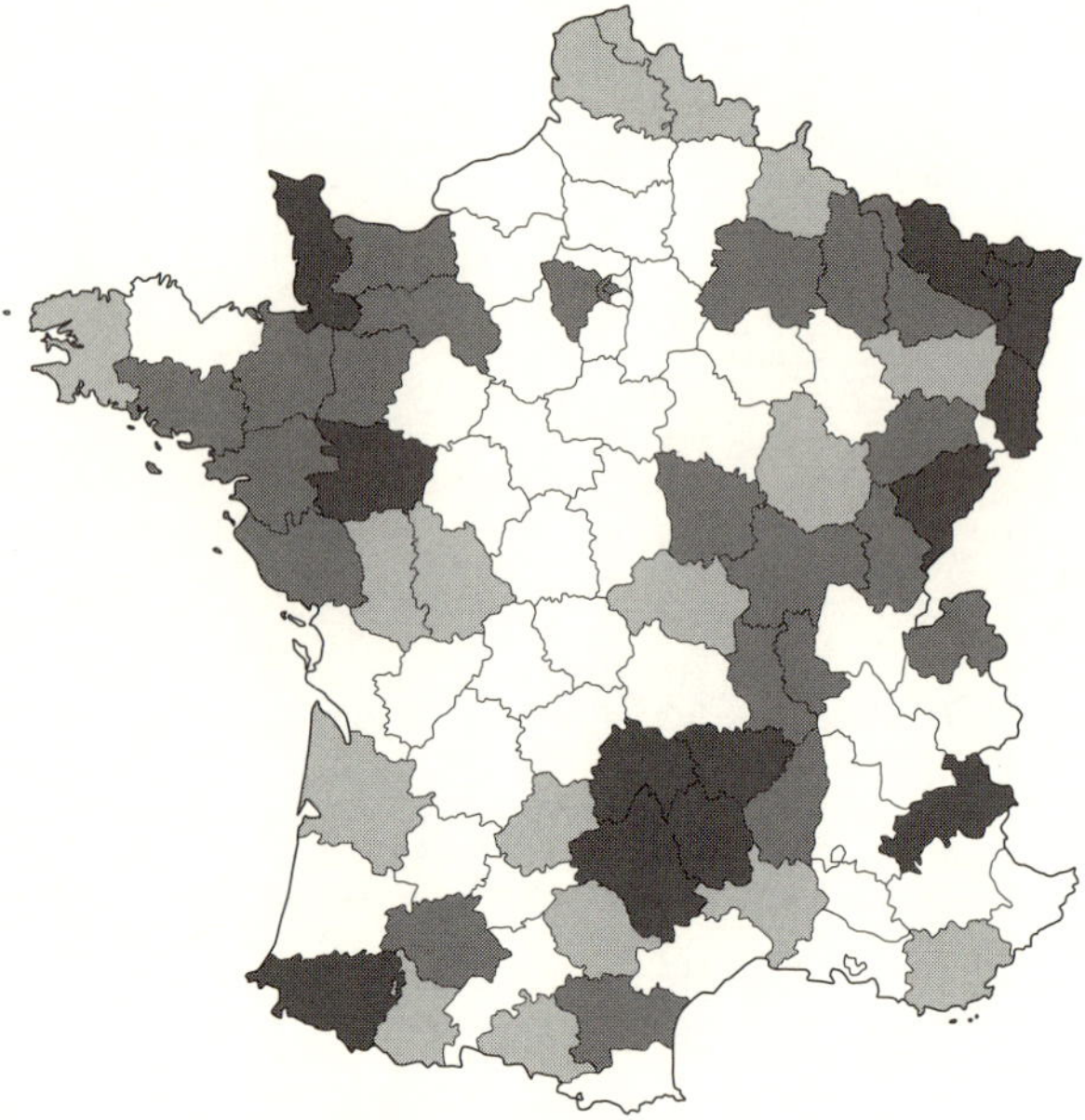

カトリックの実践者：
IFOP の調査でカトリックであると自己申告した者の割合

19－26%
16－19%
14－16%
8－14%

働総同盟（CGT）は、国土の中央部と地中海沿岸部で発展した。伝統的な保守勢力と、フランス・キリスト教労働者同盟（CFTC）、およびその後のフランス民主主義労働同盟（CFDT）は、国土の周縁部に存在するカトリシズムの拠点地域を地盤とした。この二つのフランスの対立が一七八九年から一九六〇年まで、フランスの社会および政治の基本的な構造を成したのである。カトリシズムの拠点地域における宗教実践の退潮にもかかわらず、国民空間のこの分割はいわば水面下で、人びとに意識されずに作用し続けている。

宗教社会学がこうしてわれわれに開示するのは、「共同体主義」〔ここでは、民族的・宗教的・文化的価値を共有する人びとが集まり、他者たちに対して閉じたグループを形成して暮らす傾向を指す〕に近年熱っぽく対抗している世俗主義の言説の反歴史性だ。ああした言説はいわば、一度も存在したことのないない過去を参照しているのである。二世紀にわたってフランスはまったく同時に革命の母であり、かつカトリック教会の長女であるという二重の状態にあり、実際上はローカルなレベルで共同体主義的なあり方をしてきたのだ。第三共和制の真髄は実は、単一性と不可分性というジャコバン的な言説をおこないながら、プラグマティックな共同体主義、あるいはむしろ、より正確には、共和国と教会の一世紀半にわたる紛争によって、プラグマティックなものに変えられた共同体主義を実践してきたというところにある。共和国の象徴たる女性像マリアンヌは、ついに聖母マリア様との共存に馴染んだのである。

フランス的ライシテ〔世俗性〕は具体的には、神を信じるか信じないかというプライベートな意識の集積でき上がっていたのではない。国土の中心部に存在する無信仰の文化を、周縁部に残っているカトリック教徒たちの人口の塊《かたまり》と組み合わせていたのだ。時とともにネイション全体の規模でひとつの妥協〔原文ラテン語 *modus vivendi*〕が成立した。個々人や個々の家族は、極端に走らない程度において、このバランスを利して、脱キリスト教化された地域で自らのカトリック信仰を平和裡に生きたり、カトリシズムの地域において自分たちの無信仰を享受したりすることができた。宗教的マイノリティ——一七九一年に解放されたユダヤ教徒たちと一六八五年のナント勅令の廃止を超えて生き延びたプロテスタントたち——は、政治的に無信仰者たちの側についた。それはリーズナブルな選択であったわけだが、その選択の結果、彼らは早々とある種のエレガントな宗教的懐疑の立場を採るようになった。

二つのフランスと平等

フランスというネイションの空間がこのようにほぼ恒常的に分割されていることをどう説明すべきだろうか。二〇一五年一月の危機の間ずっと、ある言葉の発せられることがほとんどなかった。平等という言葉である。シャルリは自らの自由を肯定することで満足した。ところが、二つのフランスの対立を理解するためのいちばんの鍵は、フランス共和国のスローガンのうちの二つ目の言葉なのである。カトリシズムの最初の危機によってネイション空間に亀裂が入るよりも遥かに先立つ現象として、平等との関係という観点で、中央部分と周縁部分が分割されていたことが確認できる。すなわち、中世の終わり頃からずっと存在した家族構造の違いによる対立である。

パリ盆地の中心において、また地中海沿岸地方、とりわけ南仏プロヴァンスの海沿いの地域において、農村地帯の伝統的家族構造は平等主義的であった。国の北部では、平等主義が娘たちにも及んでいて、娘にも息子と同等の相続権が与えられていた。南部では父系制のバイアスが男子を有利な立場に置いていた。こうして国のシステムの中核部分が、地中海に面した付属部分をともなって自発的に平等を信じていた。そこには、意識されないメカニズムが働いていた。つまり、「兄弟が平等なら、人間はみな平等で、諸国民も平等だ」という捉え方のメカニズムである。われわれはここに、市民的平等と普遍的人間という革命的概念の源泉を見ることができる。そして一八世紀になると、大衆の識字化によってそれがイデオロギーとして姿を現したのだった。

これとは逆に、フランスの周縁部分では、家族構造はさまざまな形をとっていて平等主義的ではなかった。不平等主義の傾向がはっきりしていたのは、長子相続権を実際に運用していた地方、すなわち、非常に広い南西部フランスからローヌ＝アルプ地方へかけての一帯と、ブルターニュ半島沿海地域のいくつかの部分、そしてアルザス地方[10]だけだった。西部の全域とフランス北端のル・ノール＝パ＝ド＝カレでは、不平等主義を原則とはしないものの、パリ盆地の家族システムのように遺産を平等に分けることに必ずしもこだわらない家族システムが支配的であった。

全体として、ずいぶん昔から、二つのフランスでもってシステムが形成されてきているのだ。規律を生み出すフランス周縁部の重しがなければ、国のシステムの中核に存在する平等主義的個人主義は、自由と平等のドクトリン以上に、混乱を生み出してしまったであろう。家族構造の人類学の視座から眺めると、長いスパンの歴史の中に存在する真のフランス、それは三分の二のアナーキーと三分の一のヒエラルキーだといえそうだ。

地図1―2は、家族における平等原則がフランス全土でどのように配分されているかを単純化して示している。この地図は、ネイションの人類学的な基礎的与件を確認させてくれる。けれども中世末期以来、ラ・ロシェル／ポワチエ／ブールジュ／ヌヴェールの軸に沿って、国の中央ブロックをその周縁部へと、とりわけオイル語〔中世にロワール川以北で話されていた方言の総称〕地域とフランス南部のオック語〔中世にロワール川以南で話されていた方言の総称〕地域を連結してきたさまざまな中間的家族形態を消してしまっている。

たいていの場合、平等は家族の中で自由主義的な諸価値に結びついていた。パリ盆地の中心部では農村地帯の家族も核家族で、子供たちを早々と解放していた。しかし、中央山岳地帯の北西の端、ドルドーヌからニエーヴルの間に存在した共同体家族は、非常に平等主義的であったけれども、自由主義的ではなかった。なにしろ、大家族の中に結婚したカップルがいくつも含まれていて、この大家族形態が個人を枠に嵌めて統率することができたのだから。

地図 1–2　家族構造の平等指向の度合い

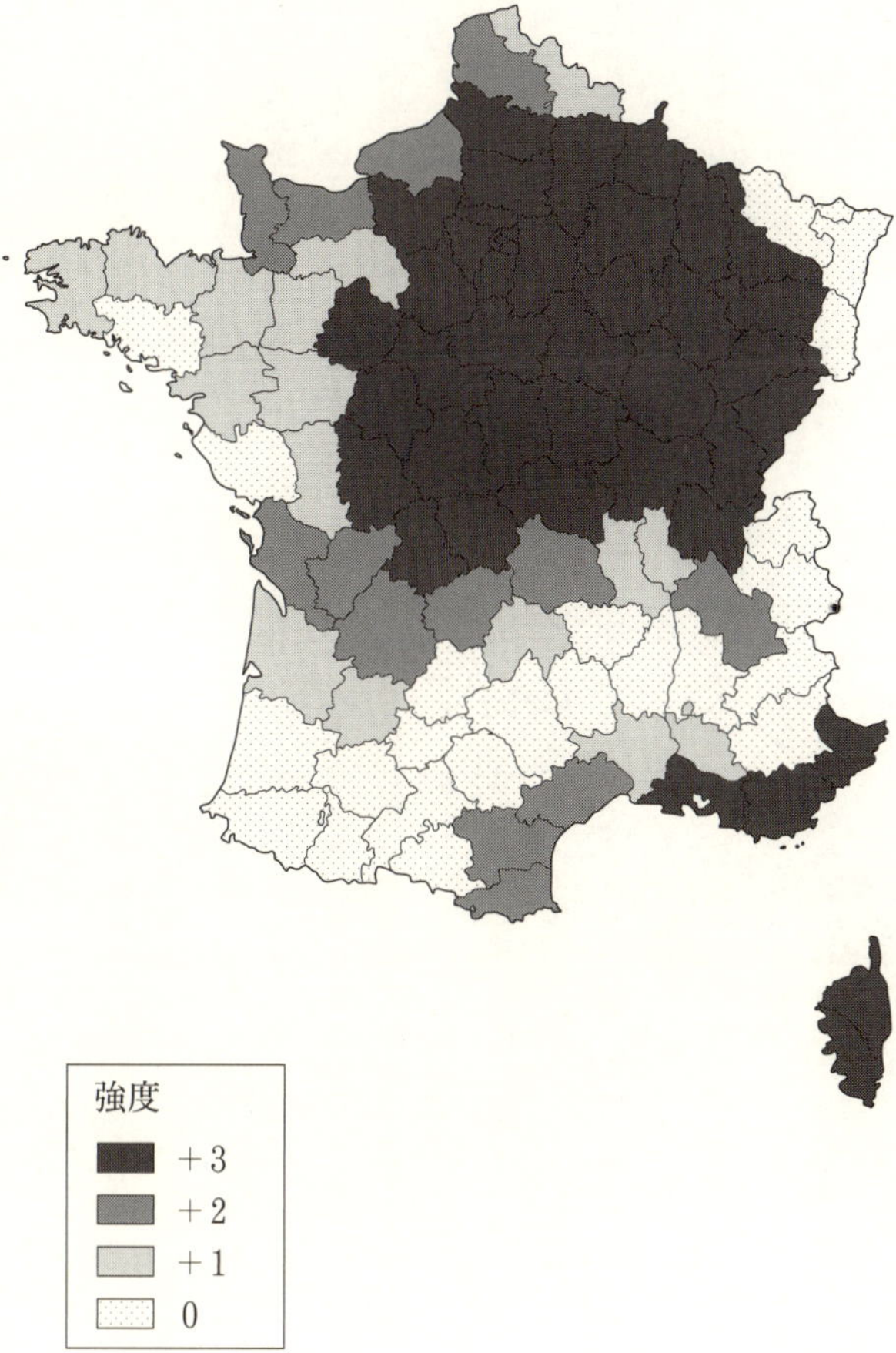

不平等は頻繁に権威主義的な価値に結びついた。南西部やアルザス地方の直系家族は、三世代にわたる垂直の構造の中で各世代を結びつけ、父親の権威と息子たちの間の不平等を、階層構造をもった全体の中で組み合わせていた。フランス西部の内陸地帯では、平等という理想への無関心が、イギリス式に、世帯の核家族構造と組み合わされる場合があった。ドゥ＝セーヴル県〔フランス中西部の県。県庁所在地はニオール〕やル・ノール＝パ＝ド＝カレ県では、柔軟に変化する家族形態が一時的かつ実際的なやり方で数世代を結びつけていた。

しかしながら、まさにこの平等性の地図が、脱キリスト教の起源のみならず、それに抵抗した拠点がどのように現れてきたかをも理解させてくれるのである。カトリック信仰の退潮は、一八世紀にパリ盆地および地中海沿岸地方の平等主義システムの中心部で始まった。「平等主義的」脱キリスト教化の基本的なロジックは単純なものだ。要するに、読み書きを覚えた人びとが、人間に優越する神と、教区の一般信者に優越する司祭という形而上学的な仮説を拒否するのである。反対に、カトリシズムの防衛拠点ともいえる地域では、平等主義的な家族的無意識が存在せず、どんな形のそれも宗教の権威を脅かすことがなかった。

家族的平等の地図と脱キリスト教化の地図は不完全にしか一致しない。唯一、それらの中心がどこにあるのかだけが明瞭だ。よく看て取れるのは、当初、家族構造の平等主義によって構造的に決定された脱キリスト教化の動きが、その後コミュニケーションの主要なルートに沿って伝搬したということである。脱キリスト教化の波がパリ／ボルドー軸、つまり、のちの国道一〇号線、そしてさらに高速道路A一〇号線に沿って南西部へと浸透していき、その後ガロンヌ川の流域を遡ったのが分かる。

この試論はフランス社会の現在の危機を探究するためのものであり、フランスの起源よりも将来を考えるためのものなので、この試論の枠内では、家族構造の平等主義と脱キリスト教化の間の一致や不一致について深く考察することは必要でない。目下進行中の事態を理解する上でより有益なのは、家族構造の平等主義と「脱キリスト教化された」メンタリティーのそれを加算し、いわば積み上げて、フランス全土における平等主義的資質の総合的な地図を確定することだ。もし家族が兄弟を平等なものと捉え、そしてもし宗教的懐疑論が人びとに、司祭たちや神に服従しなくてもよいと述べるなら、その地域の文化がもっている潜在的平等主義のレベルは最大となるだろう。もし家族が不平等主義的で、カトリシズムのフレームの中で生活を営むならば、潜在的平等主義のレベルは最小となるだろう。両者の傾向が不一致のまま組み合わされるなら、スコアは中間的なものとなるだろう。

そこで私は**地図1－3**において、家族的平等主義と無宗教を加算して〇から三までの間の変数となる平等の総合スコアを算出した。中間的な地域の大きな拡がりは、平等原則と不平等原則の間に緊張があることを、フランス全土にいわば潮の満ち引きのあることを示唆している。一九八〇年代の初めまで、フランスの選挙での投票行動の地図は、とりわけカトリシズムの影響の大きさを明らかにしていた。その後、カトリック教会の存在感が薄れていくにつれ、潜在

地図 1-3　平等指向の総合スコア

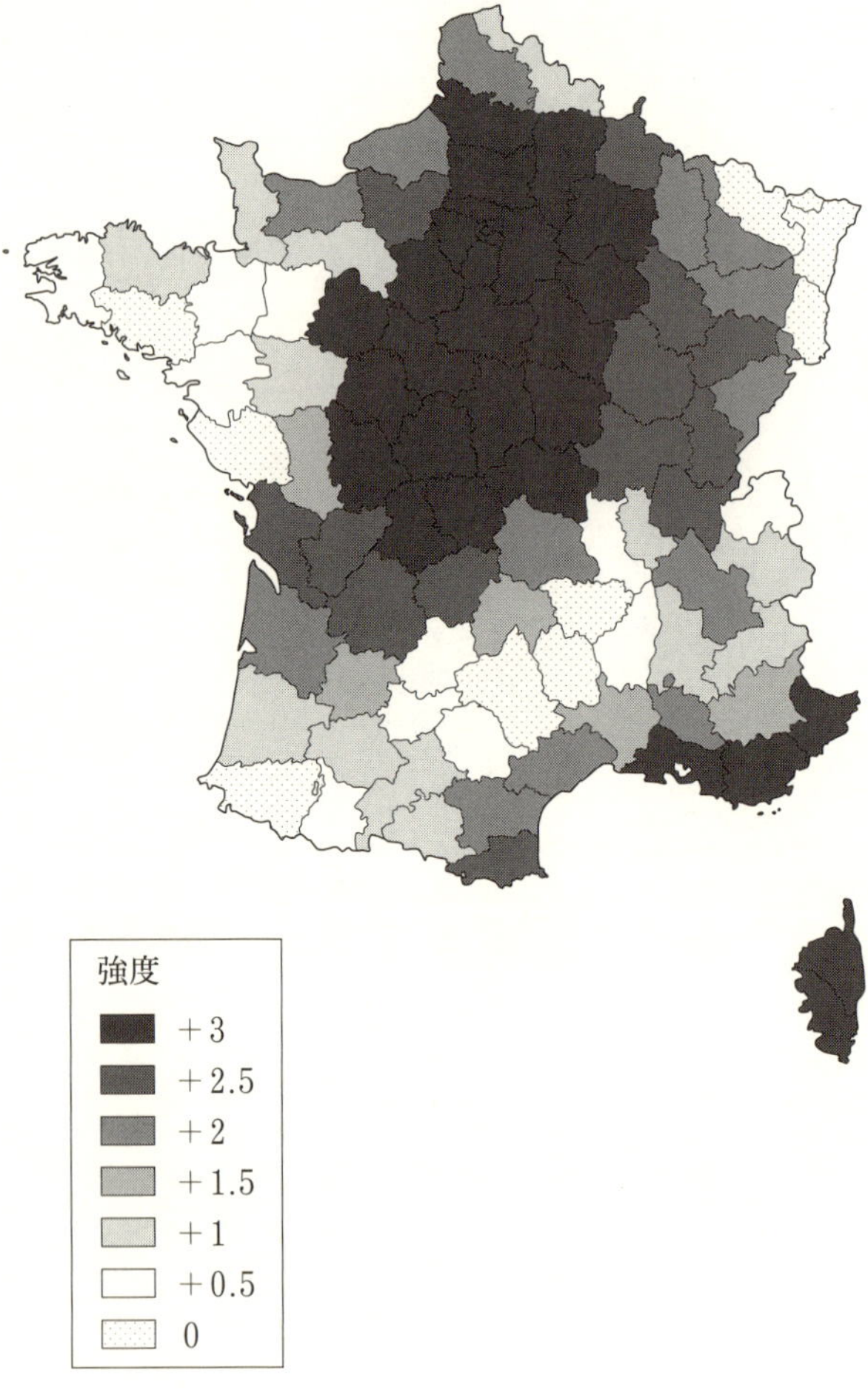

的な家族的平等主義の、あるいはその反対物である潜在的な家族的不平等主義の影響が投票行動の中で濃厚になってきた。一九九〇年頃までは、各地方がどの政治勢力に安定的に同調するかを予言するには、宗教実践の地図を参照するのが最も効率的であった。二〇一五年前後の今日、家族構造と宗教を組み合わせた地図が最も適切な資料であるように思われる。私は本書の第4章で、これらの「平等スコア」を体系的に用いて、二〇一二年の共和国大統領選挙におけるマリーヌ・ルペン〔国民戦線の党首〕への、ニコラ・サルコジへの、フランソワ・オランドへの、そしてジャン＝リュック・メランション〔左翼党の共同党首〕への投票の意味を理解しようとするだろう。

唯一神から単一通貨へ

二十数年前、マーストリヒト条約が西ヨーロッパの大部分を通貨による統合の夢へと牽引した。あの条約は、フランスでは一九九二年の国民投票で激しい論戦の末、五一％の賛成票を得て是認されたのだった。今日では、単一通貨はトンデモない企てだったように見える。なにしろ、ユーロ圏は財政的、金融的、そして特にイデオロギー的なあらゆる努力にもかかわらず、経済の不振、失業、デフレの中に陥っているのだから。今やわれわれは単一通貨ユーロの経済的利点をめぐる論議から解放され、すっきりした気分で、あのユートピアの人類学的、宗教的起源を検証することができる。

有権者によるマーストリヒト条約の有効化の折に明らかになったのは、投票行動の差異化されるポイントとして、階層構造の中のどの辺りに存在しているのかという垂直の次元と、地理的に中心部／周縁部の軸との関係でどこに位置しているのかという水平の次元があるということだった。

国民投票はまずもって社会階層の概念を明白にした。国民意識の中に、エリート層と民衆の対立という、それ以降、恒常的となるテーマを浮かび上がらせた。それを生み出したとさえいえるだろう。社会構造の上層部で「管理職と知的上級職」が七〇％の比率で「諾《ウィ》」に投票し、これに牽引されて「中間職」が五七％の比率で肯定的選択を行った。下層部では、民衆に属する諸階層が条約に対して自ずから敵対的な態度をとった。条約を肯定した労働者は四二％、一般サラリーマンは四四％にとどまり、職人や小売商人も同様であった。

フランス国立統計経済研究所（ＩＮＳＥＥ）の社会職能的カテゴリーは、身分の経済的次元と文化的次元を混合している。したがって、特に管理職と知的上級職をまるごと金銭面で特権的な階層と見做すことは控えよう。[11]このグループには、大学教授資格やそれに準じる資格を持つ教員たちも、その他の管理職公務員も含まれており、彼らにはそれ相応の社会的地位があるとはいえ、その給料は人が羨むほどの水準には程遠い。したがって、「上級」といわれるグループには、教育水準での優越性に恵まれている者と、経済的な、つまり所得と雇用の安定における優越性に恵まれている者とが混在している。小学校教員、中学校や職業高校の教師、補助教員と教育カウンセラーは「中間職」に属し、一九九二年には政治的に「上級職」に追随した。「諾《ウイ》」はまた、保守派への投票傾向の要因として昔から最もよく知られている変数にも依存していた。高齢という変数である。年金生活者たちは実際五五％の比率で条約を承認した。いわゆる「〔投票所〕出口調査」では、階層と年齢による投票行動の階層化しか摑《つか》めない。マーストリヒト条約をめぐる国民投票の結果分布図を検討すると、「諾《ウイ》」の票に宗教的な、あるいはむしろポスト宗教的な意味が濃厚だったことが明らかになる。パリ地方は上級管理職たちが多く住む首都だけあって、たしかに大量の「諾《ウイ》」を投じた。しかし、カトリック的伝統を持つフランス周縁部の諸地方の単一通貨への賛同もまた鮮明だった。それを示しているのが**地図1―4**である。相関係数プラス〇・四七が依然として一九九二年の「諾《ウイ》」を、二〇〇九年に世論研究所ＩＦＯＰが測定したカトリシズムの実践率に結びつけている。

（周知のように、二つの系列の数字の間の一次相関係数はマイナス一とプラス一の間で変動する。二つの系列の間の関係はポジティブであったりネガティブであったりするが、係数の絶対値が一に近づけば近づくほど相関関係がより緊密だといえる。）

注意しておきたいのは、階層の変数と宗教の変数が絶対的に相互独立的ではないということである。なぜなら社会の上層部は今日なお、民衆よりも宗教を実践している割合が大きい。一八世紀末にはヴォルテール風に反宗教的・反教権的だったブルジョワジーが、一九世紀には部分的にカトリシズムに回帰したのであって、その現象は国内の脱キリスト教化した地域におい

地図 1-4　1992 年　マーストリヒト条約・国民投票での反対票

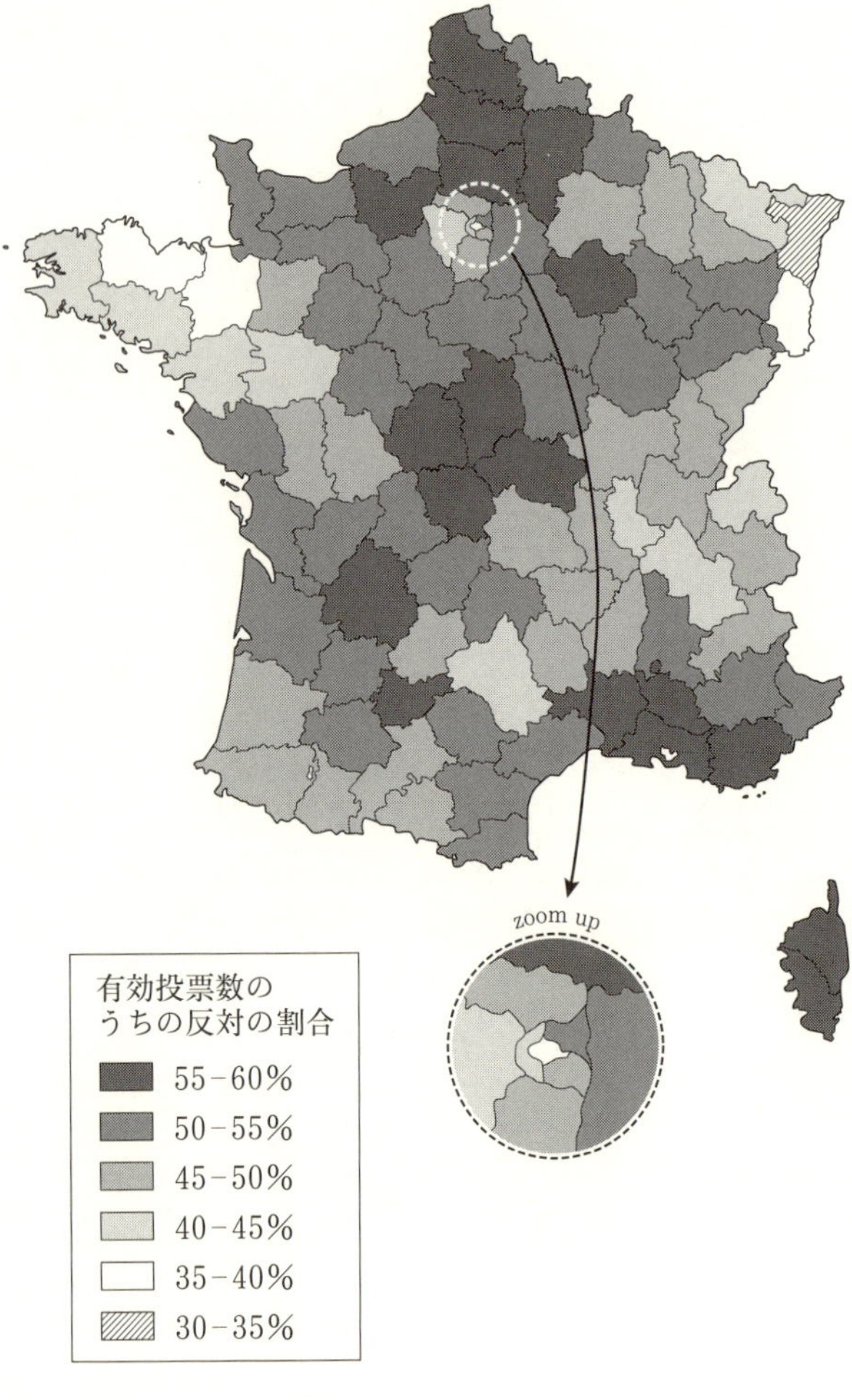

ても存在した。社会革命を恐れるがゆえに、宗教に助けを求め、宗教にふたたび関心を寄せる現象が起こったというように説明できる。同様に、年齢と宗教の間にも関係を指摘できる。すでに注目したように、ある種の宗教実践は六五歳以上の年齢層に、特に七五歳以上の年齢層に比較的色濃く存在するからである。

とはいえ、これらの関係性は最も重要なものではない。というのも、今日大事なのはもはや能動的なカトリシズムではないからだ。残存している宗教実践と「諾《ウィ》」票の間の相関関係から、上級管理職の層がリードする「カトリック教徒」たちの投票が、フランスを単一通貨という高揚感のある神秘へと牽引したのだという一般概念を引き出すのは間違いだろう。これは当時の私が犯した間違いにほかならない。一九六〇年頃の宗教実践の分布図と一九九二年の国民投票における「諾《ウィ》」の分布図が一致していることを確認した私は、マーストリヒト条約への賛成票はカトリック教徒の票だと結論したのだった。現実には、統計的に有意な有権者の集団を考察してみれば分かるように、フランスのあり方を大きく変えたのは、カトリシズム出身ではあっても、カトリシズムをすでに捨ててしまっていた有権者たちの票なのであった。つまり、単一通貨の採用は――数世紀にもわたる長い期間を研究対象とする歴史家から見ればごく僅かなタイムラグで――唯一神への信仰の放棄に続いたのだった。ひとつの経済的プロジェクトへの賛同を決定したのは宗教ではなく、宗教の退潮であった。退潮いちじるしく、消失していく宗教の代替物としてひとつのイデオロギーが求められたのだった。そのイデオロギーとはこの場合、ひとつの偶像的通貨の創出であって、分析のこの段階でわれわれはその偶像のことをユーロと呼んでも、金の仔牛と呼んでもたいして変わりはない。

たしかに、分布図を単純に並べただけでは、マーストリヒト条約への「諾《ウィ》」は、一九七四年の大統領選挙でのヴァレリー・ジスカールデスタン〔一九七四年～八一年の任期を務めた第二〇代フランス共和国大統領。一九二六年生まれ〕への投票を再現しただけのように思えたかもしれない。ちなみに一九七四年の大統領選でのジスカールデスタンへの票の集まり方は、昔からの保守的右派の投票分布図の複写ともいえた。一九三六年に人民戦線《フロン・ポピュレール》が勝利した折の選挙結果にも明白に表れていて、一九一四年以前に遡っても見出せる保守票分布の再現であった。一九九二年の国民投票に先立つ時期には、ジスカールデスタンがマーストリヒト条約賛成派の集会の壇上に四六時中姿を現していただけに、錯覚させられやすかったのだ。しかし実際には、脱キリスト教を経験して間もない人びとの大集団が、一九九二年に通貨によるユートピアを勝利させたのだった。同じ大集団が一九六五年以降、社会党の復活を可能にし、まず政界の左派で、次にはフランス全体で、同党による権力奪取を可能にしたのである。一九六五年から一九九〇年までの間の社会党の党勢拡大地図は、これまたカトリシズムの分布地図に類似している。

フランソワ・オランド、左翼、ゾンビ・カトリシズム

マーストリヒト条約に先立つ三〇年間、フランスの政治的・イデオロギー的システムの動き

は主として、右翼のカトリック系有権者が左翼へと地滑りしていくという現象であった。この現象は、統計的数値に表われている以上に重要である。その動力学的エネルギーが当該陣営に、攻勢をかける側の有利さを与えたからだ。そこから新しい人物たちが輩出し、新しい思想が生まれ出た。フランス・キリスト教労働者同盟（ＣＦＴＣ）が宗教色を払拭してフランス民主労働同盟（ＣＦＤＴ）になったし、いわゆる「第二の左翼」が、旧いタイプの世俗主義や儀式化した社会主義に忠実であることにとどまっていた「第一の左翼」よりも優勢になった。この動きこそがマーストリヒト条約につながったのだ。投票に階層的特徴があったとはいえ、通貨的ユートピアがまずは社会主義者のアイデアであって、保守勢力は必ずしもつねに熱心にではなく追随し、追認したのだということを忘れてはならない。ジスカールデスタンの率いた保守政党も、ジャック・シラク（一九九五年〜二〇〇七年の任期を務めた第二二代フランス共和国大統領。一九三二年生まれ）の共和国連合（ＲＰＲ）も、単一通貨を発明するのに必要なエネルギー、創造性、そして究極的には信念を持ちはしなかったであろう。

人口学者エルヴェ・ル・ブラーズとの共著『不均衡という病』[12]の中で、彼と私は、カトリック教会がその伝統的拠点地域において最終的に崩壊した結果として生まれた人類学的・社会学的パワーをゾンビ・カトリシズムと名付けた。私は本書のもっと後のほうで、フランス周縁部でカトリック的サブカルチャーの残存形態がカトリシズムの死んだ後もなお生き延びているということを示す教育上、経済上の他の諸現象を検討するつもりだ。この転生はおそらく、一九六五年から二〇一五年の年月における最も重要な社会現象である。それこそが結果としてフランスをひとつのイデオロギー的冒険に引き込んだのだ。そのイデオロギー的冒険にはいくつもの断面があって、そこには新しいタイプの社会主義の擡頭、地方分権化、ヨーロッパ主義の巻き返し、被虐的な通貨政策、共和国の変質、さらには本書のもっと後の方で明らかになるように、特に陰険な形をとるイスラム恐怖症、さらにはたぶん反ユダヤ主義、等が含まれている。

フランソワ・オランド、この人は極右陣営に属するカトリック教徒の医者と、左翼でカトリック教徒のソーシャルワーカーの間に生まれた息子であるが、ゾンビ・カトリシズムの完璧な体現者だ。彼はカトリック教徒のゾンビというもののウェーバー的な意味における理念型と見做されてもよいだろう。オランド自身はきっと自分を左翼だと思っているのだろうし、彼が心の中の深い部分で肯定している諸価値が彼の子供時代のそれ、すなわちヒエラルキー、従順さ、そしてもしかすると母権であることを容易には認めることができないだろう。カトリシズムの最新の形は実際、マリア信仰にフォーカスした母親の宗教であり、とりわけフランス西部ではその傾向が顕著だといえる。

大統領の宗教的アイデンティティ・カードをこうして一瞥してみると、たくさんのことが分かる。困難に晒されるネイションのリーダーの座にいながら、大統領は実に頑固に何もしないことに、決断しないことに、偉大にならないことに、彼が受けた教育と合致して倹《つま》しくあることに執着している。しかし、まさにこの種の慎ましさこそが、そのオリジナルバージョンにおいて、かのドレフュス事件〔一九世紀末のフランス世論を二分し、最終的には共和制の強化につながった反ユダヤ主義の冤罪事件〕の間、フランス軍に属するカトリック教徒たちに作用して、彼らが国家に対して過度に不服従の態度を取らないようにしたのだ。また、第二次世界大戦中の一九四二年一一月二七日、フランス海軍の司令部がトゥーロン港で自軍の大艦隊を自ら沈没させることを選んだのも、同種の精神性のゆえではなかったか〔ヴィシー政権下のフランスの提督が自国海軍の大艦隊を沈没させたのは、ドイツ軍に奪われないためだけでなく、連合国側のイギリス軍にも使わせまいとする意図からだった〕。大統領府に陣取っていながら何も決定できない無能さは、人びとがときおり示唆していることに反して、その名に反して中道的で生ぬるいイメージのある急進社会主義のメンタリティーから来ているものではない。それには文化的で集団的な由来があるのだが、事実を言えばカトリシズムのサブカルチャーが持つ潜在的可能性の一つにすぎず、それがカトリック教徒のゾンビとして原型ともいえるフランソワ・オランドに見事に伝えられているというわけだ。彼の前に現れた多くの人物たちと同様、取るに足らぬ存在として生まれた彼は取るに足らぬ存在に還るだろう。

フランスの政治システムの大変調を理解するために、いまや基本的な問題に立ち向かう必要がある。カトリシズムからの転向者を吸収することで再活性化した社会党とは実は何であるのか、という問いだ。意識的で明示的な政治のみをコメントの対象とする習慣のせいで、われわれは長い間、保守派の一部が左翼に移ったのだと想像してきた。人類学は、グループとグループを構成している個々人を、当事者の主観や意識を超えて規定しているものをとおして捉えさせてくれる。人類学はそのようにして、人びとのさまざまな選択について、客観的な現実に即した見方をするように促す。われわれが確認したところでは、カトリシズムは家族構造が平等原則に馴染みにくい地方に根を下ろしていた。カトリック教徒のゾンビたちは社会党の一員になって、フランスの中心部の平等主義に転向するよりも、むしろ左翼の中核の中に彼らの不平等主義的メンタリティーをもたらしたのではないか。ここにこそ物事を明確に見るための鍵となる要素があり、それが説明してくれるのは、まずは銀行に対する社会党の擦り寄りであり、次には、絶え間もなく狂熱の度合いをエスカレートさせながら秩序と緊縮財政を追求する同党の態度ではないだろうか。

フラン高誘導政策〔金融引き締め政策〕を行い、ユーロへとまっしぐらに走り、ユーロが実現しても社会を拷問にかけ続け、デモクラシーに壊疽《えそ》を起こさせ続けるフランス社会党は、もしかすると、結局のところ保守的右派以上に弱者たちに対してより冷淡で、より過酷なのかもしれない。社会主義的カトリシズムはかつて金銭を軽蔑し、特権階層の人たちの内に、貧者たちに対する責任の感情を育てていた。社会党の単一通貨崇拝は、カトリック的社会観の彼方へとわれわれを連れていく。

二〇〇五年——階級闘争の機会を逃したか？

欧州憲法条約についての二〇〇五年の国民投票は有権者の五五％近くによって条約が拒否されるという結果になったが、その国民投票で現れたのは階級の要素であり、社会の垂直の次元の強化であった。一般サラリーマンの四〇％が「諾《ウイ》」に投票したのに対して、労働者階層ではそれがわずか一九％だけだった。職人と小売商人の「諾《ウイ》」はほぼ安定していた。つまりそれは四五％で、一九九二年の国民投票から一ポイントだけだが、上昇していた。それに対して中間職は明らかに拒否の陣営に移って、「諾《ウイ》」は四六％にとどまった。管理職と知的上級職はヨーロッパ統合計画への賛同において八％減少したが、それでも六二％が条約に賛成票を投じた。カトリック教徒のゾンビの「諾《ウイ》」への投票はといえば、明らかに弱体化した。条約に賛同したフランス周縁部のいくつかの県はすべてカトリックのゾンビ地域であったが、残存しているカトリシズムの実践と「諾《ウイ》」とのフランス全土での地理的相関関係はプラス〇・三六に落ちた。

最も意外だったのは、パリ地方の富裕層がヨーロッパ主義へのこだわりを強めたことだ（**地図1―5**）。そのパリで「諾《ウイ》」が六二・五％から六六・五％へと増加し、イヴリーヌ県では五七・四％から五九・五％に、オー＝ド＝セーヌ県では五六・七％から六一・九％へと上昇した。イル＝ド＝フランス地方のその他の地域は逆にわずかながら「否《ノン》」へと滑り込んだ。大学生は五四％の率で「諾《ウイ》」に投票した。高等教育を受けた革命的青年層という想定は、二〇〇五年にはアクチュアルではなかったわけだ。

年金生活者の投票は、そのような年齢のグループについて予想されるように硬直していて、

地図 1-5　2005 年　欧州憲法・国民投票での反対票

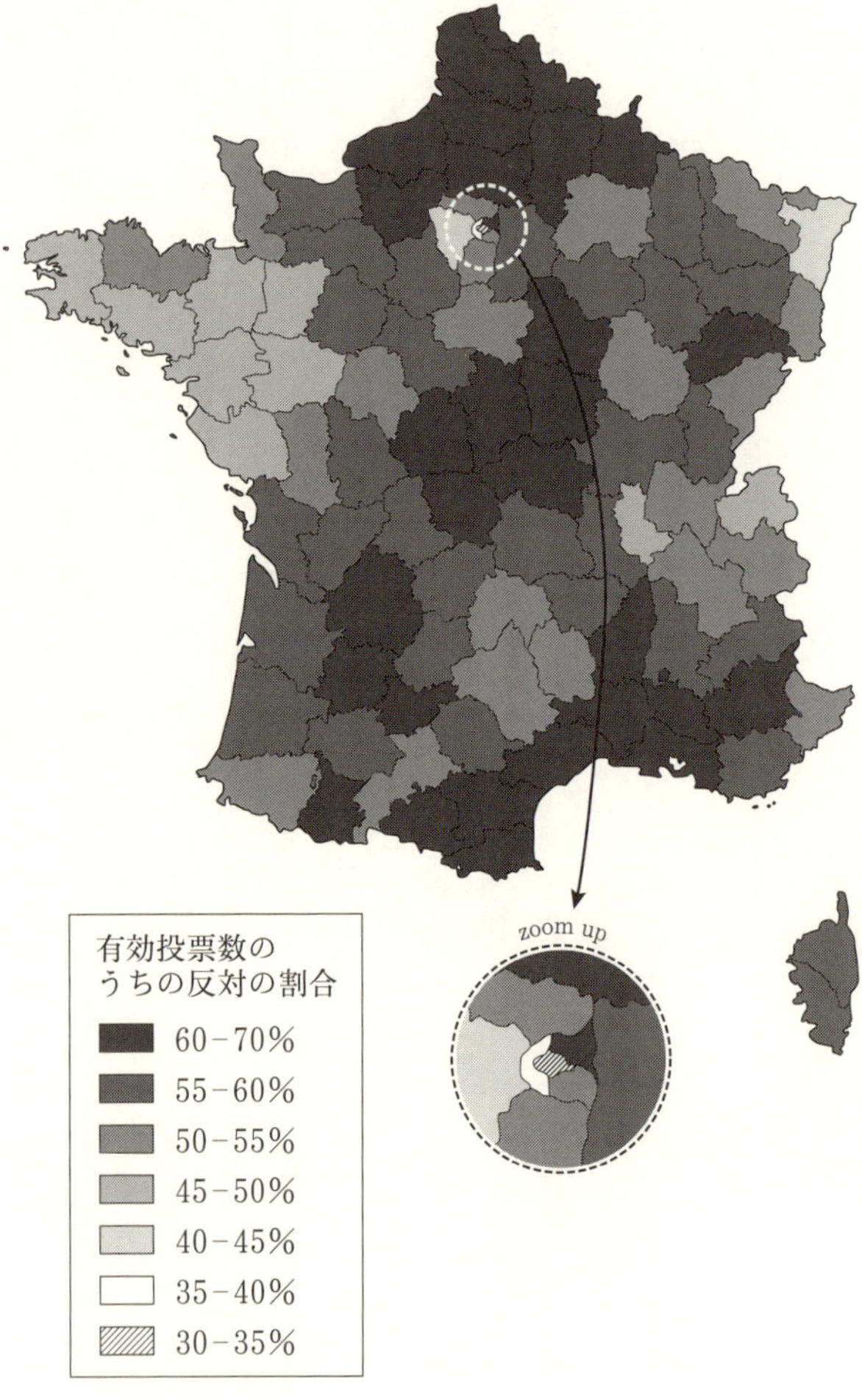

五六％だった。一％増加したわけだが、高齢にともなうイデオロギー上の関節症の進行はゆっくりとしていた。

したがって、二〇〇五年にはすでに全人口のマジョリティにとって、ヨーロッパというプロジェクトの失敗は明白であった。しかし同時に、最も特権的な境遇にある階層のユートピアへの執着には痙攣や硬化が観察された。その忠実さを経済的利害という単純すぎる要因にだけ結びつけて解釈すれば誤りをおかすことになるだろう。もちろんヨーロッパ主義の抵抗の拠点は、ユーロ圏の経済的破綻で苦しむことが最も少ない人びとによって構成されている。彼らがどうしてユーロの失敗で害を被らないかというと、金融的利益をもたらす資本の近くにいるからであったり、雇用の安定を保証する国家を植民地化していたりするからだ。けれども、われわれは彼らのこだわりが持っている形而上学的な次元を軽視すべきでない。通貨によるユートピアは、カトリシズムの崩壊の帰結であって、それはフランス革命が最初の脱キリスト教化の結果であったり、ナチズムがルター主義の崩壊の帰結であったりしたのと同様なのだ！　今日の危機で問われるのも、ほとんど宗教的な領域の深層メカニズムである。信者たちにとって、通貨信仰を諦めるのは困難なのだ。社会の将来を定め、よりよい生活の探求において社会を指導するポジションにいるとされる人びとにとって、物事の意味の喪失は特に重大で、苦痛でさえある。唯一神とその天国の後に登場してきた単一通貨とそのヨーロッパ。しかし単一通貨の後には何が来るのか？　今後どんな夢が彼らの歩みを導くのか？　支配階級は苦しんでいるのだ。

ここで一つ、明確にしておかなくてはならないことがある。すなわち、通貨信仰において支配階層が被嚢《ひのう》を作るまでになってしまっているからといって、個々人が諸価値に深い執着を持っていると前提できるわけではない、ということである。事実はその正反対だ。グループの信仰の力は、後述するとおり、個々人の信仰の弱さに由来している。

二〇〇五年一〇月、その年の五月に欧州憲法条約をめぐる国民投票で階級的反発を表わす結果が出たあと、都市郊外の人びとの蜂起がすぐ続いた。するとエリート層は共通意見としてかなり迅速に、かつある種のエレガンスをもって、車を燃やしている若者たちは最悪の場合でも躾《しつけ》が悪いだけの若いフランス人たちなのであり、彼らがその破壊行為によって表現しているのは、社会に入りたいという気持ちなのだと理解した。今日では時代遅れに見えるだろうが、あの共感に値する態度はわれわれに、二〇〇五年にはイスラム恐怖症がまだフランスの中産階級に浸透していなかったということを教えてくれる。

二〇〇五年は指導階層にとってまったくもって厄介な年だったが、その年末に垣間見ることができたのは、フランスが古き良き階級闘争を改めて見出そうとしているということだった。ところが、中産階層の間でイスラム恐怖症が拡がり、都市郊外で反ユダヤ主義が拡がった一〇年を経て、二〇一五年の今日、フランスは経済的対立を引き受ける覚悟ができていない。宗教的な、あるいはほとんど宗教的な要因が、二〇〇五年には弱まろうとしていたようだったのに、いまや力を盛り返してきているのである。とはいえ、ゾンビ・カトリシズムは激越で活発だが、国全体から見ると少数派である。フランス社会を徐々に侵しているメンタルなアンバランスの唯一の要因であるとは見做しがたい。

無神論の困難さ

今日じわじわと、しかし逆らいがたく高まってくる宗教的な居心地の悪さへの、フランス本土の世俗主義的中核の貢献を過小評価しないようにしよう。今日、無神論者であることは以前よりも難しくなっている。無信仰者たちの多いフランス中心部は一七九一年から一九六〇年までの間に、カトリック教会によって完全に見捨てられたわけではなかった。カトリック教会は否定的なモードにおいて存在していた。もちろん敵としてだが、ひとつの確かな形而上学的目安として、避けるべき極として存在していたのである。無信仰者は自らを自由思想家として、教義の監獄から脱走してふたたび自由を見出したことを喜ぶ者として、自らを定義していた。教権という敵が存続しているかぎり、神なき人間は最終的な問いを免れていた。宗教的信念が消えた後に何があるか？　主として、もちろん近代的な政治的イデオロギーだ。脱キリスト教化したフランスに、まず革命が、次に共和主義的左翼（本物のそれ）が、そして遂には左翼の力と脱キリスト教化の間に起こった地図学的一致のフィナーレともいえる共産党が、連続して現れた（**地図1―6**）。共産党が成熟した第二次世界大戦直後には、共産党への投票はフランス本土において宗教実践のほぼ完璧なネガのように分布していた。例外は僅かしかなく、それは

地図 1-6　1973 年　共産党への支持

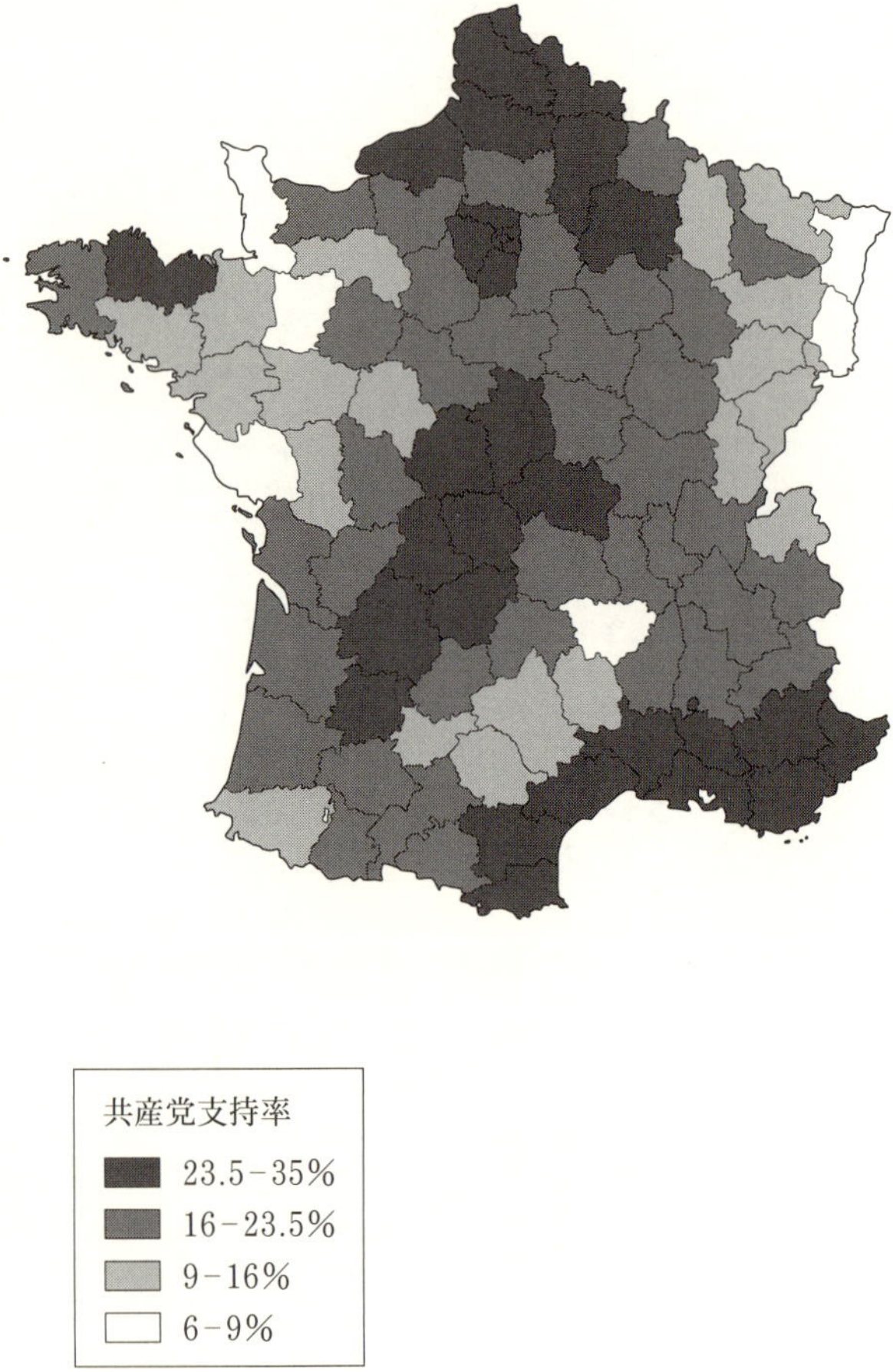

たとえばコート＝ダルモール県であったが、この県は人類学的に見てきわめてオリジナルで、その西の部分を占めていたのは母系制共同体家族の一タイプであった。しかし、カトリシズムの定着と共産主義の定着の地理的補完性に注目すると、共犯関係とまでは言わないまでも、ひとつの構造、ひとつのシステムを想起せざるを得ない。一七八九年から一九八一年にかけて、フランスの中央部分と地中海沿岸地方の革命的イデオロギーはこうして、フランス周縁部のカトリシズムの防衛拠点を支えにしていたように見える。革命の大帆船がカトリックの支索によって安定させられているという思いがけないイメージが脳裡に浮かぶ。いずれかの時期に革命的イデオロギーが、カトリシズムから提示される矛盾に支えられることなしにそれ自身の力だけで存在し得たなどと、人は果たしてしっかりと確信できるのだろうか。

　カトリック教会の最終的な消滅は、世俗主義に立つフランス人の生活に空白を残す。カトリシズムの終焉は世俗主義的フランスにとっても危機なのだ。フランスの現代史の流れの中で、共産党の支持率が宗教の実践率の低下にどう続いたかを見ると、否応なしに強い印象を受ける。フランス共産党がガタンと得票率を落としたのは一九八一年だった。二〇・六％から一五・三％へと急落したのだ。ソ連のシステムが内部崩壊するより一〇年近くも前だった。しかし、カトリシズムの衰退からは一五年が経過していた。

　フランス周縁部の諸地方、すなわちフランス西部、西ピレネー、中央山岳地帯の南と東、ローヌ＝アルプ地方、ジュラ山脈地帯、ロレーヌ地方、アルザス地方、フランス北端などで宗教が崩壊するまで、世俗性・非宗教性は一度も、神なき世界の絶対の中で自己定義しなければならない事態に遭遇したことがなかった。対抗勢力であることに甘んじていられたのである。一九九〇年代の始め以降、無信仰でいることの根本的な問題がついに浮上するようになった。神が存在していないというのは高度に理性的な考え方だが、人間存在の究極の目的という問題に解を与えてくれない。無神論を突き詰めていくと結局、意味なき世界とプロジェクトなき人類を定義するところにしか行き着かない。したがって、世俗主義的フランスもまた、それなりの角度から、今日の新しい宗教的居心地の悪さに貢献している。無信仰に慣れなければならないからではなく、ついに、教権主義の側からの異議申し立てという倫理的・心理的なリソースを奪われた「絶対」の中で無信仰を生きなければならなくなったからである。

ゾンビ・カトリシズムのフランスのほうは、いったん何かを介するということもなしに、直接ただちに神なき世界、無神論的世界の無限の空白に身を移すことになる。「無神論」という言葉はここでは、どんな社会運動的な意味合いも念頭に置くことなく、ごくニュートラルな意味で使っている（「不可知論」の概念は私には社会学的に的確であるように思われない）。旧い無神論と新しい無神論の間で可能な相互作用の豊かさは無限とも思えるが、二つの形而上学的空白を区別する調査データのないところでそれを分析するのは難しい。最悪のケースを想定しておくのが慎重だと思われる。二つの不安が組み合わされて安らぎが生まれることは、常識的にはあり得ない。相互的で循環的な増幅効果が予想される。

もし無神論が曇りのない心理的な安らぎを長期にわたってもたらしてくれるどころか、逆にむしろ不安の発生源になるということを認めるならば、われわれはフランス国民を形而上学的に危険な状態にいるものとして表象しなければならない。そして、分析のこの段階に到ったならば、次にわれわれはフランス国民が自らの状況を構造化してくれるのに役立つような敵対者を、標的を求めているというようにさえ思い浮かべてみなければならない。さて今、いわば手の届くところにイスラム教がある。先進資本主義の危機によって破壊されたわが国の都市郊外に、また、近代への移行期の危機に見舞われて混乱する中東や北アフリカのイスラム教国に――。イスラム原理主義やテロリズムの具体的存在を軽視することなしに、われわれは、無信仰のフランスが自らのバランスを見つけるために、もはや使えなくなってしまった自前のカトリシズムに代わるスケープゴートを必要としていることを認めることができなくてはいけない。

イスラム教の悪魔化は、完全に脱キリスト教化した社会に内在する必要性に対応する。この仮説なしには、多めに見積もってもこの国の住民のわずか五％、しかも社会的に最も弱く、最も脆い立場にある五％の人びとにとって尊敬の対象であるムハンマドという宗教的人物を諷刺する権利を絶対のものとして主張するために、数百万もの世俗的・非宗教的人間がゾンビ・カトリシズムの大統領を先頭にして街頭を行進する、などという事態は理解できない。

たしかにこの型の分析では、一月一一日のデモにより積極的だったのがフランスの二つの非宗教性のうちのいずれなのか、古いほうか、新しいほうかは分からない。しかし、その問いには、デモの統計的分析を参照することでシンプルに答えることができる。そのようにしてわれわれは、シャルリとは本当は誰なのかを発見するだろう。そしてさらに、新たな変装の下に潜むシャルリの正体を見破っていくことになるだろう。

注

（1）〔訳注〕Michel Houellebecq : *Soumission*, Flammarion, janvier 2015〔『服従』大塚桃訳、河出書房新社、二〇一五年〕.

（2）〔訳注〕Chérif Kouachi（一九八二～二〇一五）と Saïd Kouachi（一九八〇～二〇一五）は二〇一五年一月七日、パリ一一区に所在する諷刺週刊新聞『シャルリ・エブド』の本社を襲撃し、編集部員八名と警官二名を含む計一二名を殺害し、一一名に傷害――うち四名は重傷――を負わせた。二日後の一月九日、二人はパリの東に位置する町の印刷所に立て籠もって憲兵特殊部隊と銃撃戦を演じた末に射殺された。

（3）〔訳注〕Amedy Coulibaly（一九八二～二〇一五）は二〇一五年一月八日の早朝、パリの南に位置する町モンルージュで女性警官を射殺し、翌一月九日の午後、パリ市内東部のユダヤ食料品店に立て籠もって客と従業員を人質にし、そのうちの四名を殺害した。その後、同日中に、警察の特別分隊との射撃戦で撃ち殺された。

（4）〔訳注〕Eric, Zemmour: *Le Suicide français*, Albin Michel, octobre 2014.

（5）〔訳注〕「みんなのための結婚」は、同性婚を認める法案のフランスにおける通称。この法案は二〇一三年四月二三日に国民議会で最終的に採択され、同年五月一八日に発布された。

（6）Jérôme Fourquet et Hervé Le Bras, *La religion dévoilée. Nouvelle géographie du catholicisme*, Fondation Jean-Jaurès, avril 2014, p. 88.

（7）出典は、Hervé Le Bras et Emmanuel Todd, *L'Invention de la France*, Paris, Gallimard, rééd. 2012, p. 444–445.

（8）Timothy, Tackett *La Révolution, l'Eglise, la France*, Paris, Cerf, 1986.

（9）この仕事の最終的な結果は、François-André Isambert et Jean-Paul Terrenoire, *L'Atlas de la pratique religieuse des catholiques en France*, Paris, Presses de la Fondation des sciences politiques, 1980. の中に見出すことができる。

（10）アルザス地方の形式的平等主義は、ライン川中下流の全域（ラインラント）においてそうであったように、実際上、活性を失っていた。

（11）〔訳注〕原文では「カテゴリーAの公務員」といった記述になっている。フランスの公務員には大別してA・B・Cの三つの採用枠があり、カテゴリーAは、少なくとも大学卒業以上の学歴を条件として採用される管理職ないし管理職候補の公務員を指す。

（12）Hervé Le Bras et Emmanuel Todd, *Le mystère français*, Paris, Seuil/La République des Idées, 2013〔『不均衡という病——フランスの変容1980–2010』石崎晴己訳、藤原書店、二〇一四年〕.

第2章　シャルリ

一月一一日にフランス各地で大規模デモがおこなわれると、その翌日にはさっそく新聞紙上に、都市別参加者数の推定値を示した地図が掲載された。共和国が自画自賛する雰囲気の中で、大急ぎで行われた推定であるから、多くの誤差を含んでいたに違いない。

それらの推定値をまるごと信じるならば、デモ参加者は、その人数を生産年齢人口にだけ関係づけた場合、三〇の都市で二五%を超えていたことになる。いちばん高率だったのはノルマンディ半島北端の町シェルブールで、なんと五七%だったという！　これらすべての推定値について皮肉を述べ、数字を二で割る、またはそれ以上の数で割るのは容易《たやす》いことだろう。もしかすると、メディアの満場一致が統計に及ぼした効果の理論化を試みることさえできそうだ。しかしながら、これらの数字に何の価値もないと思うのは間違いである。全国におけるデモ参加率の分布は、その他の変数の分布と一致している。統計理論によれば、数値化の過誤が偶然的なものであるとき、つまりいかなる体系的な偏りの結果でもない場合、測定される相関係数は、計測が正確であった場合よりも小さくなる。いいかえれば、もし一つないし複数の原因がデモ参加者数の振幅を決定したのならば、計測のエラーは、それらの原因が統計的に表れてくることを妨げる。つまり、仮にかなりいい加減に手っ取り早く推定された数値から一つないし複数の法則を引き出すに到るならば、その一つないし複数の法則は、実際のところ、データが示唆する以上に強力な法則なのだと確信できる。

「内務省＋『リベラシオン』〔フランスの左派系全国紙〕」というコンビが都市ごとのデモ参加者

数に何らかの体系的な偏りを導入したのではないかと疑わせる理由は一つもない。数値が誇張されているのは確かだが、その誇張のされ方は無作為的なのだ。もっとも、私は本書で、『リベラシオン』紙によって一月一二日に提示されたデータを最も人口の多い八五の都市圏についてしか活用しなかった。より小さなサイズの都市の場合、「何かを示す」ために数値を膨らませる傾向が抵抗し難いものになるからだ。ドラマチックな演出で、シェルブール市が注目されたようなたぐいの効果を得ようとする誘惑である。地図2-1と表1は、決定的な日の前日にあたる一月一〇日のデモ参加者数をも、その記録が新聞に載っている場合には合算している。一〇日のデモと一一日のデモがマルセイユでそうであったように連続的に行われた場合には、一〇日のデモの数値を一一日のデモの数値に加えたのである。もちろん、同じ人が二日連続でデモに参加したケースもあったにちがいないが、そのようにして費やされたエネルギーには統計的に報いなければ公平さを欠いたであろう。パリでのデモ参加者については、少なく見て一五〇万人、多く見て二〇〇万人という数字が提示されているのだが、私は論敵を尊重すべく多い方の推定値を選んだ。人口別上位八五の都市圏のうちの一つでありながら、どんな推定値も提示されていないケースでは、デモ参加者約一〇〇〇人という最小の数値を採用した。地図の中で忘れ去られたドゥエ＝ランス〔フランス北部の都市エリア〕については、デモ参加者〇人と見做した。

それら計八五の都市エリアには、二〇一一年の調査によれば、四一二〇万人、すなわちフラ

地図 2-1　シャルリデモの規模

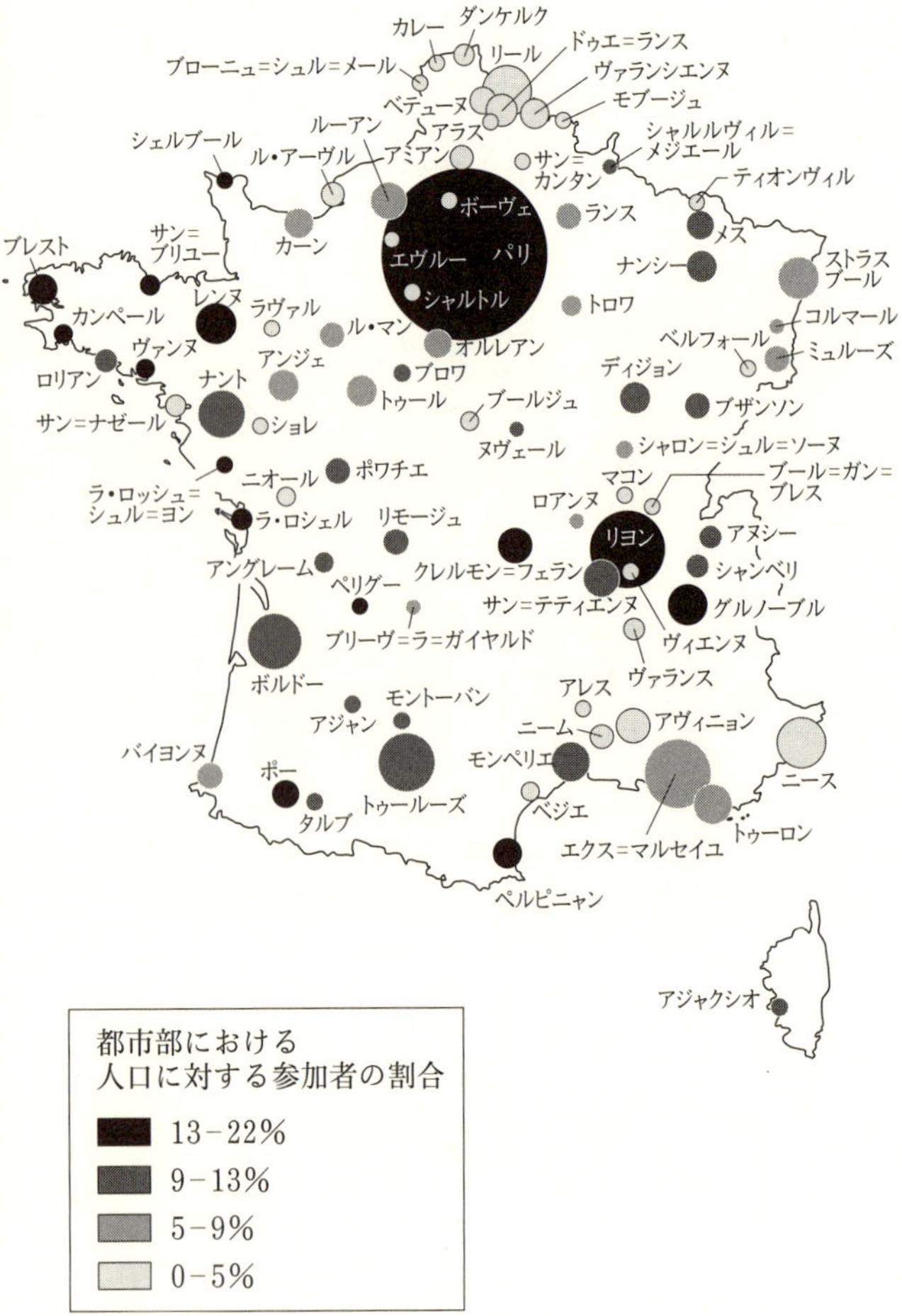

ンスの人口の六四%が居住している。それらの都市エリア全域で推定されたデモ参加者の総数は四三九万四〇〇〇人に達した。したがってデモ参加率の平均は、フランスの主要な都市部全体で見ると、住民一〇〇人につき一〇・七人であった。各都市における参加率の平均は七・六%だった。大都市であるパリ——人口一二〇〇万人——の重みがこの差をおおむね説明する要因だ。つまり、パリ市でのデモ参加率は一六・三%で、フランス全国でいちばん高い部類に入るのだけれども、この率が各都市における参加率の平均を引き上げるとしても、その程度は、パリでのデモ参加者総数の二〇〇万人が全国平均の参加率を引き上げる程度には劣るわけである。

都市部に暮らすフランス人の一〇人に一人がシャルリに同一化しているわけで、これは著しい現象である。しかしながら、この集団が全国にどう分布しているかを見ると、そこには大きなムラがある。その点に、都市のサイズが重要な影響を及ぼしたようには見えない。その相関係数はプラス〇・二〇であり、パリを除外して計算するとプラス〇・一四でしかない。

シャルリ——管理職、上級職、カトリック教徒のゾンビ

デモ参加率と都市部の社会的構成を引き比べた結果は意味深長だ。**地図2-2**と**地図2-3**はそれぞれ、都市エリアごとに算出した「労働者」と「管理職および知的上級職」の比率を示している。

都市圏（太字はカトリックが浸透している都市）	人口（2011年）	デモ参加者数	参加率（%）
アンジェ	400,428	30,000	7.5
カーン	401,208	30,000	7.5
トゥール	480,378	35,000	7.3
バイヨンヌ	283,571	20,000	7.1
ブリーヴ＝ラ＝ガイヤルド	101,915	7,000	6.9
エクス＝マルセイユ	1,720,941	115,000	6.7
トゥーロン	606,987	40,000	6.6
トロワ	190,179	12,000	6.3
ストラスブール	764,013	45,000	5.9
ル・マン	343,175	20,000	5.8
ルーアン	655,013	35,000	5.3
オルレアン	421,047	22,000	5.2
サン＝ナゼール	211,675	10,000	4.7
ラヴァル	121,017	5,000	4.1
ヴァランス	175,195	7,000	4.0
ニオール	152,148	6,000	3.9
アラス	128,989	5,000	3.9
リール	1,159,547	40,000	3.4
ブールジュ	139,368	4,000	2.9
ショレ	104,742	3,000	2.9
ニース	1,003,947	28,000	2.8
カレー	126,308	3,000	2.4
ダンケルク	257,887	6,000	2.3
ル・アーヴル	291,579	5,000	1.7
アミアン	293,646	5,000	1.7
ヴァランシエンヌ	367,998	3,000	0.8
ベテューヌ	367,924	3,000	0.7
マコン	100,172	1,000	1.0
エヴルー	110,661	1,000	0.9
サン＝カンタン	111,549	1,000	0.9
ヴィエンヌ	111,606	1,000	0.9
アレス	112,741	1,000	0.9
ベルフォール	113,507	1,000	0.9
ブール＝ガン＝ブレス	121,386	1,000	0.8
ボーヴェ	124,603	1,000	0.8
モブージュ	129,872	1,000	0.8
ブローニュ＝シュル＝メール	132,661	1,000	0.8
ティオンヴィル	134,736	1,000	0.7
シャルトル	146,142	1,000	0.7
ベジエ	162,430	1,000	0.6
ニーム	256,205	1,000	0.4
アヴィニョン	515,123	1,000	0.2
ドゥエ＝ランス	542,946	0	0.0

表1　各都市圏のシャルリデモの規模

都市圏（太字はカトリックが浸透している都市）	人口（2011年）	デモ参加者数	参加率（%）
シェルブール	116,878	25,000	21.4
ブレスト	314,239	65,000	20.7
レンヌ	679,866	125,000	18.4
サン＝ブリユー	170,779	30,000	17.6
グルノーブル	675,122	110,000	16.3
パリ	12,292,895	2,000,000	16.3
カンペール	124,930	20,000	16.0
ラ・ロッシュ＝シュル＝ヨン	116,856	18,000	15.4
クレルモン＝フェラン	467,178	70,000	15.0
ペリグー	101,773	15,000	14.7
ラ・ロシェル	205,822	30,000	14.6
ポー	240,898	35,000	14.5
リヨン	2,188,759	300,000	13.7
ヴァンヌ	149,312	20,000	13.4
ペルピニャン	305,546	40,000	13.1
タルブ	116,056	15,000	12.9
ボルドー	1,140,668	140,000	12.3
トゥールーズ	1,250,251	150,000	12.0
ブロワ	126,814	15,000	11.8
サン＝テティエンヌ	508,548	60,000	11.8
アジャン	111,011	13,000	11.7
メス	389,529	45,000	11.6
ナンシー	434,565	50,000	11.5
シャルルヴィル＝メジエール	106,440	12,000	11.3
アングレーム	179,540	20,000	11.1
モンペリエ	561,326	60,000	10.7
ポワチエ	254,051	27,000	10.6
リモージュ	282,876	30,000	10.6
モントーバン	104,534	11,000	10.5
ブザンソン	245,178	25,000	10.2
アジャクシオ	100,621	10,000	9.9
ヌヴェール	102,447	10,000	9.8
ロリアン	214,066	20,000	9.3
ディジョン	375,841	35,000	9.3
シャンベリ	216,528	20,000	9.2
アヌシー	219,470	20,000	9.1
ナント	884,275	80,000	9.0
ミュルーズ	282,714	25,000	8.8
ロアンヌ	107,392	9,000	8.4
ランス	315,480	25,000	7.9
コルマール	127,598	10,000	7.8
シャロン＝シュル＝ソーヌ	133,298	10,000	7.5

地図 2-2　生産人口のうちの労働者の割合

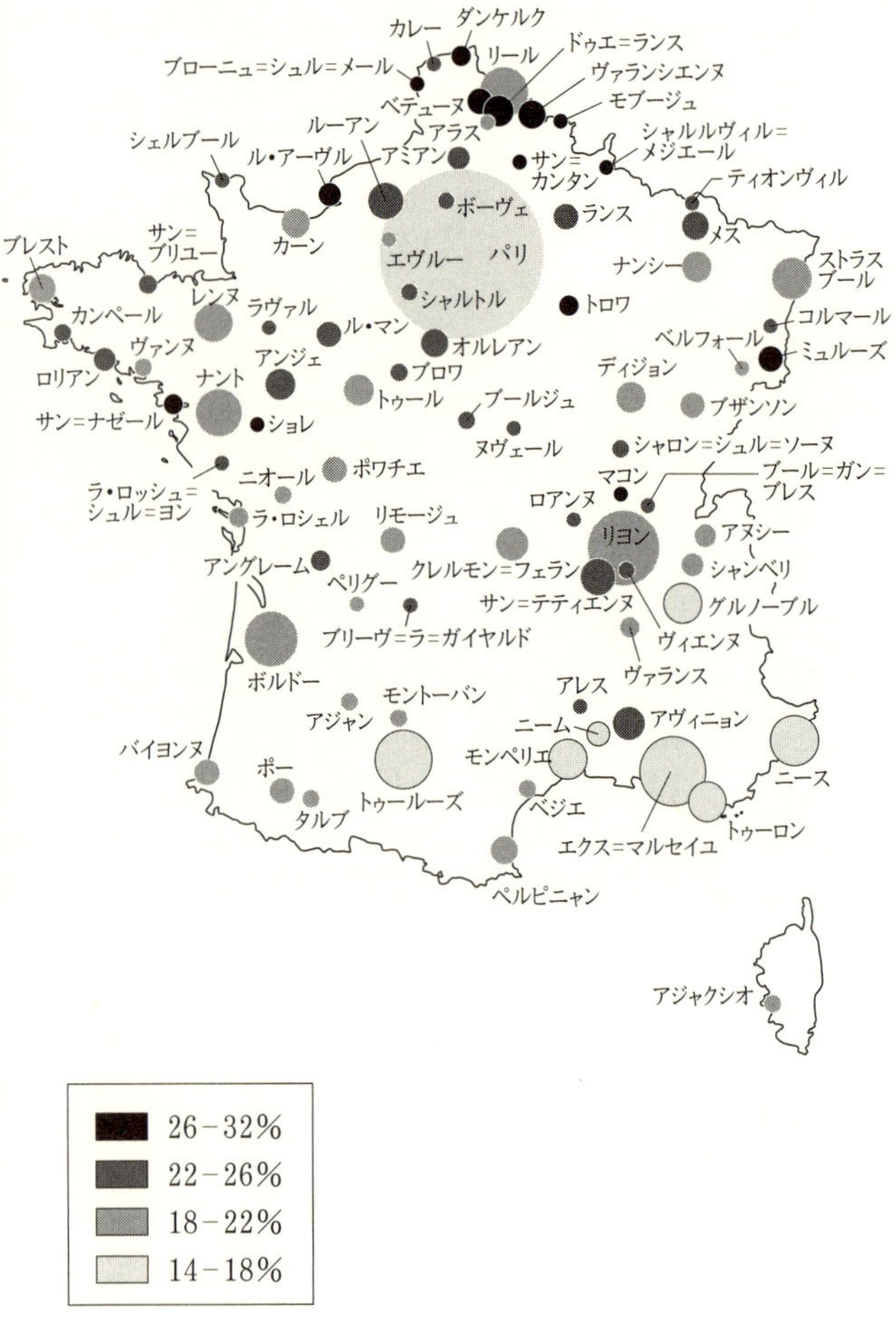

地図2-3　生産人口のうちの上流中産階級の割合

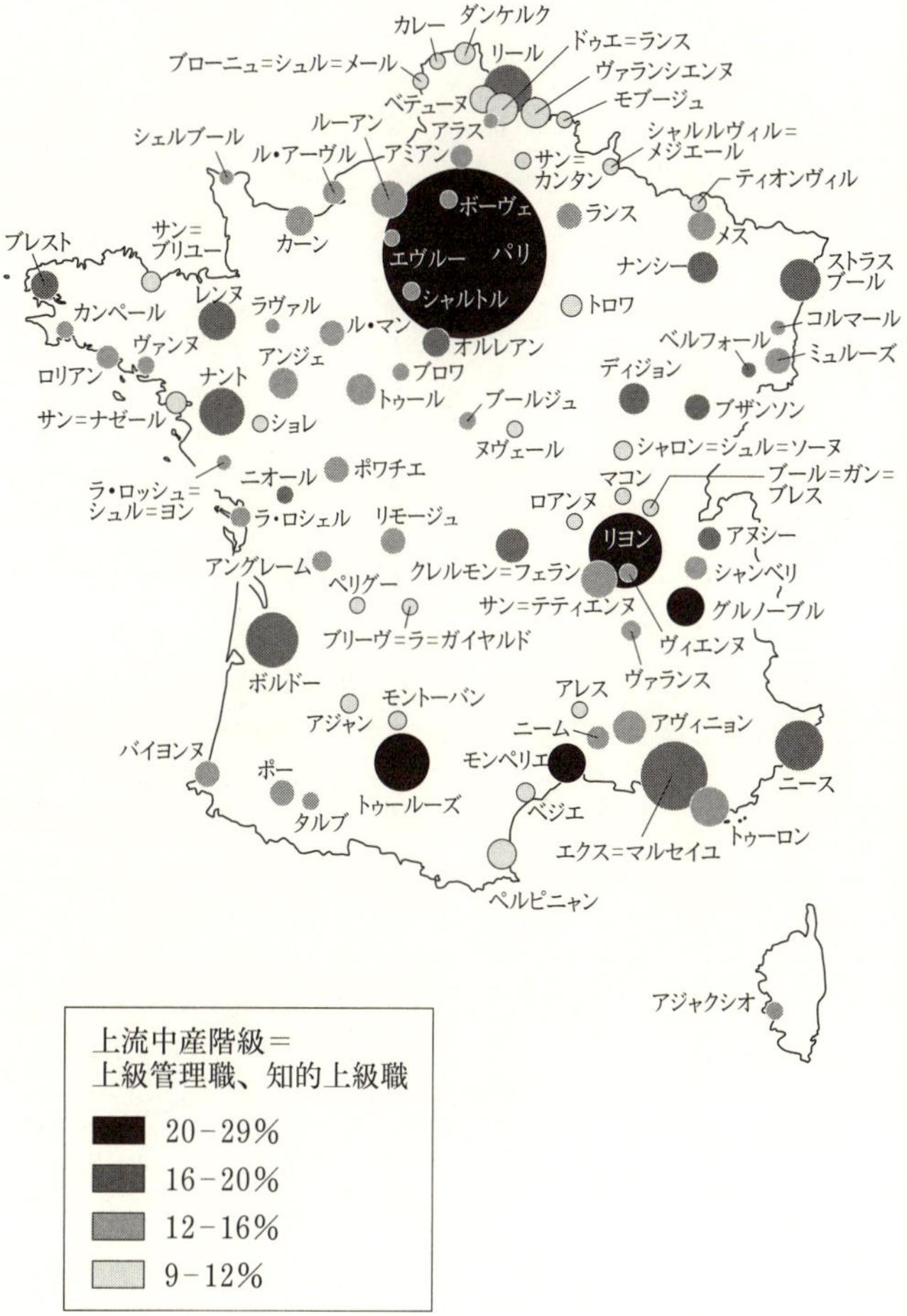

労働者の比率が高い都市部、たとえばダンケルク、アミアン、サン＝カンタン、モブージュ、シャルルヴィル＝メジエール、ティオンヴィル、ルーアン、ル・アーヴル、ミュルーズ、ベルフォール、ラヴァル、ル・マン、ショレなどでは、デモ参加率の低いことがわかる。反対に、パリを筆頭にリヨン、ボルドー、トゥールーズ、レンヌ、ナントなど、管理職人口の拠点といえる都市では、デモ参加率が高かったと見受けられる。デモ参加率と労働者の比率の間で測定され得る相関係数がマイナス〇・四四であるのに対し、デモ参加率と管理職の比率の間では、それがプラス〇・三八となる。この二つの指標は非常に高いとはいえないものの、統計的には明らかに有意である[1]。計測が不完全なものであったことを思い出そう。そして、労働者に関するマイナスの係数のほうがより大きいことに注目しよう。デモ参加率の分布において、労働者の無関心が管理職の熱心さ以上に決定的であったことがわかる[2]。昂奮が中産階級[3]に集中していたという事実は、人民戦線よりもドレフュス事件を思わせる。

　ひとつの意味深い不規則性がすぐさま見えてきて、宗教的要素という手がかりを私たちに与えてくれる。それぞれフランスの第二、第三の都市であるリヨンとマルセイユの間の対立が一般的な予期に反する形をとっているのだ。なお、ここでいうマルセイユには、その「ブルジョア的」で大学都市でもある部分、すなわちエクス＝アン＝プロヴァンスも含まれる。さて、注目すべきことに、リヨンではデモ参加者が三〇万人を数えたが、マルセイユではそれが一一万五〇〇〇人にとどまった。しかも後者は、二日間にわたるデモの参加者数を合わせた数値である。つまり、リヨンでのデモの動員率は一三・七％だったのに、マルセイユではそれが六・七％にとどまったのである。この二つの大都市の間のコントラストがほとんど常に何らかの意味を帯びるのは、両者がそれぞれ文化的にきわめて特徴的な地域の中心を成しているからだ。マルセイユは脱キリスト教化された南東部の主要都市で、かつては共産党の強い地盤であったが、今日では国民戦線《フロン・ナシヨナル》のそれとなっている。リヨンはカトリシズムの伝統の色濃いローヌ＝アルプ地方の主要都市である。マルセイユは昔からの世俗性を引き継ぐ町として、リヨンはゾンビ・カトリシズムの町として、いずれも都市部としての変貌を体現している。両者の対立から推し測ると、カトリシズムの影響の強いフランスの周縁部の人びとには、このたびのデモに参加する傾向が強くあったのではないか、他方、昔から脱キリスト教化されていた地域の人びとはデモにさほど熱心ではなかったのではないかと思われる。

この問題を包括的に扱うことが可能だ。そのためには各都市を、カトリシズムが染み込んでいるか、昔からの世俗主義が染み込んでいるかという、周辺地域の文化的特徴によって分類すればよい。ごく少数のケースでは、私は中間的なカテゴリーを用いなければならなかった。**地図2-4**は、各都市を三つのカテゴリーに分けて示している。カトリシズムの浸透度の強い地域、弱い地域、皆無に近い地域の三つである。この地図は、前章で県ごとに提示した宗教実践の地図から派生している。都市部の宗教色を判断する際に、私は主だった移住の流れを考慮した。したがってここでは、地方の各都市が農村部から都市部への流入人口とともに、周辺地域

地図2-4　都市部におけるゾンビ・カトリシズム

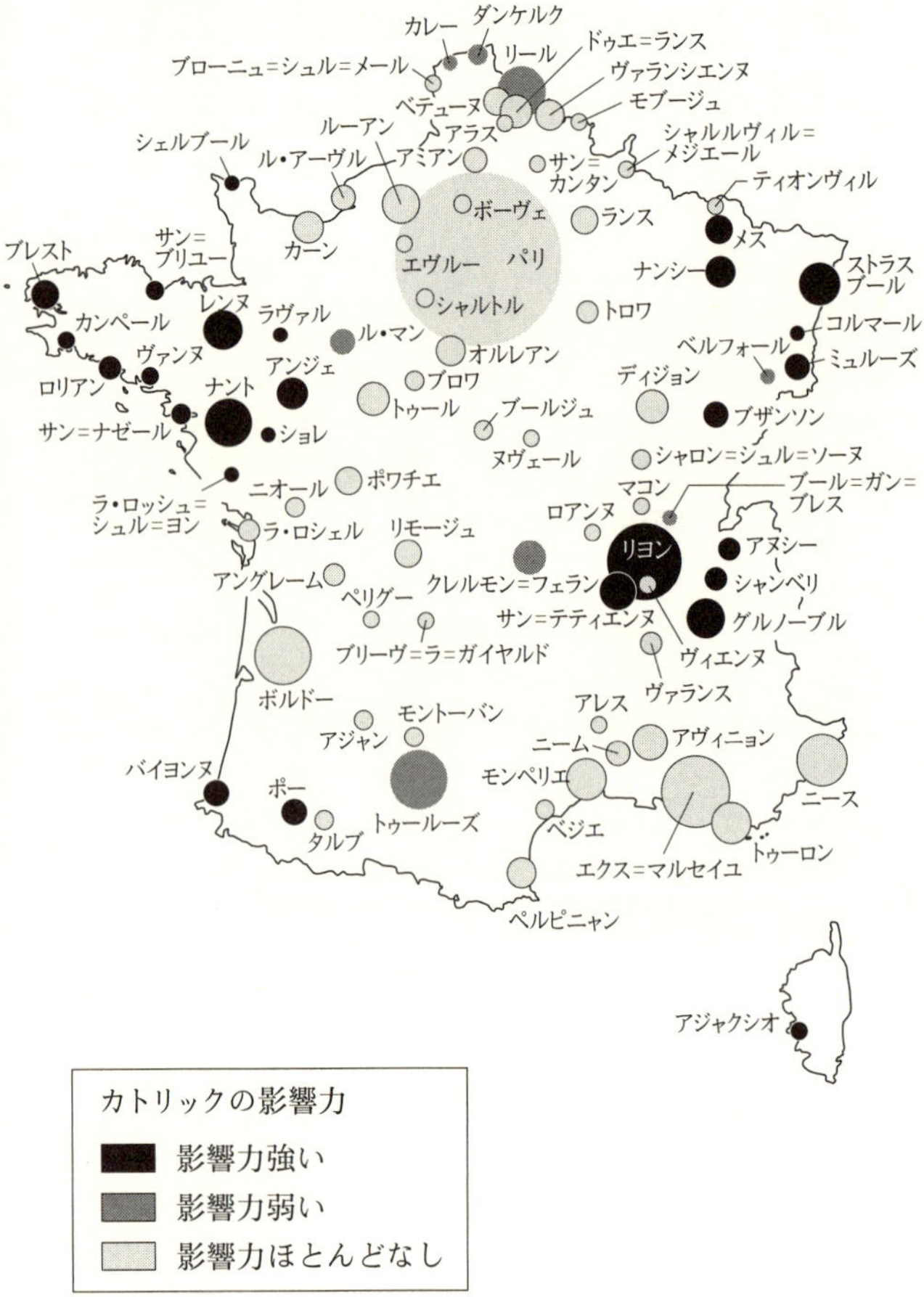

グラフ1　ゾンビ・カトリシズムの影響力とデモ参加率の関係

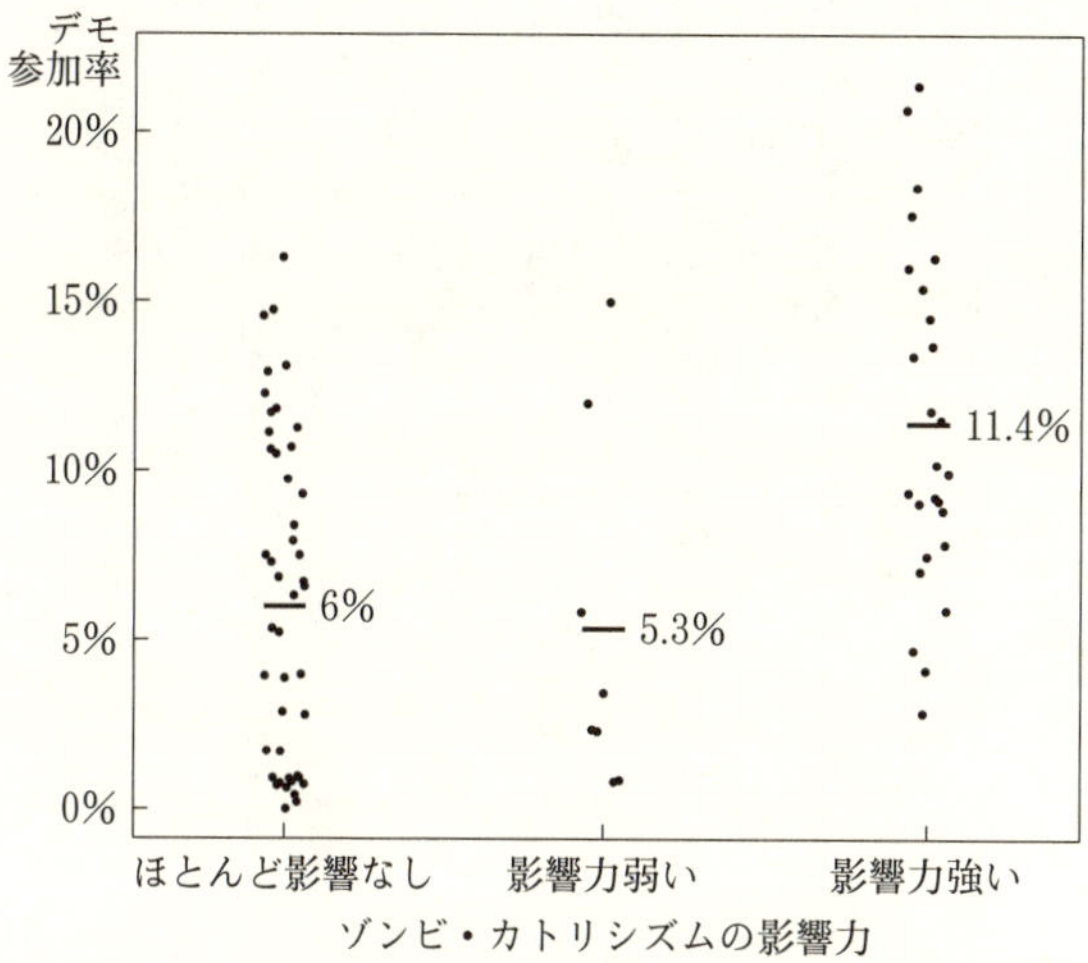

の文化を吸収したと考えていただきたい。

グラフ1が示すように、デモ参加率の平均に関していうと、世俗性を伝統とする諸都市では平均して六%、ゾンビ・カトリシズムを特徴とする諸都市では一一・四%である。ここでもまた相関関係は明瞭で、労働者に関して計測された相関関係に近いプラス〇・四三という値である[4]。実際には、デモ参加率の高い順に諸都市を単純にリストアップすると、そこにゾンビ・カトリシズムの効果が浮かび上がる。リストの最上位に位置する都市を順位にしたがって列挙すると、シェルブール、ブレスト、レンヌ、サン＝ブリユー、グルノーブル、パリ、カンペール、ラ・

ロッシュ＝シュル＝ヨンとなる。西部地域の都市〔ブレスト、レンヌ、サン＝ブリユー、カンペール、ラ・ロッシュ＝シュル＝ヨン〕が突出して多くランクインしている事実は、あたかもカトリシズムの署名の如《ごと》し。これは、アンドレ・シーグフリード〔フランスの歴史家、社会学者で、投票行動研究のパイオニア。一八七五～一九五九年〕が早くも一九一三年に、フランス西部の抜きがたく根強い保守傾向におけるカトリシズムの役割を研究して著したフランス政治学のあの傑作、『第三共和制下におけるフランス西部地域の政治一覧』への、遅まきながらの、そして奇妙なオマージュとも言えよう。シーグフリードの分析は、あの時代の共和主義者たちにとって見落とすべからざるものであった。彼らに、カトリック教会と共存していくことを学ばねばならないと告げていたからである。しかし、今日われわれが理解しなければならないのは、あの西部地域が共和国的価値の名において立ち上がったのはなぜか、という点である。なにしろ、それは奇蹟的な変化であるからだ。もっとも、西部地域が今日擁護する共和国が、ほかでもないその地域が一七九一年から一九一四年まで一貫してひどく嫌ってきたのと同じ共和国であると信じることをわれわれが受け入れるのであれば、という条件のつく話ではある。

　とはいえ、ゾンビ・カトリシズムの効果は、同じ西部地域の中でも、ラヴァル、アンジェ、ショレ、サン＝ナゼールのような労働者の比率が大きい都市部ではかき消されている。サン＝ナゼール〔ブルターニュ半島の南側に位置する港湾都市〕を別として、西部地域の諸都市は稀にしか「労働者の」町と思われていない。なぜなら、この地域への工業導入は最近のことだからである。今日、フランスの経済地図に顕著に表れてきているのは、何といっても、ここ三〇年にわたって自由貿易と通貨高を組み合わせる常軌を逸したポリシーミックスを実施してきたことの結果としての産業力の崩壊である。西部地域の諸都市は比較的よく抵抗し、今では、大きな損害を被った北部地域やパリ盆地の東寄りの地域の諸都市と同等に労働者人口比率の高い都市となっている。なかでもロワール川流域の地域圏はつい最近まで、新しい産業、エレクトロニクス関係を中心に日々多様化される新しい産業に支えられて、まさにダイナミックな産業発展の場でさえあった。ショレ市は創意工夫に長けた企業ネットワークでよく知られているが、地味なラヴァル市も劣らず注目に値する。

デモ参加率の高かった諸都市にストラスブールが含まれていないことは、あの町の労働者的で民衆的な雰囲気によってしか説明できない。アルザス地方の主要都市であるストラスブールは、行政上の大都市であり、大学都市でもあって、住民の内にかなりの比率で管理職や知的上級職がいる。しかしここで、ある人びとにとっては明示的で、別の人びとにとっては暗示的か、あるいは無意識のものでさえあった、あの大デモの主要テーマをそろそろ思い出すべきである。「私はシャルリだ、私はフランス人だ、私には、自分のカトリシズムに対するのとまったく同様に他者たちのイスラム教に対しても冒瀆する権利があり、さらにその義務さえもある」というのが、その主要テーマだったのだ。アルザス地方の二つの県とモーゼル県は、一八七一年から一九一八年までドイツに属し、一九〇五年の教会と国家の分離を体験しなかった。これらの県は一八〇一年の政教協約〔フランス革命で断絶したローマ教皇との関係をナポレオンが修復〕の規則のもとにあり、冒瀆への権利を認めていない。左翼党《フロン・ド・ゴーシュ》共同代表のジャン＝リュック・メランションは、彼を特徴づける鋭敏な歴史重視のセンスをもって、『シャルリ・エブド』事件に遥かに先立ち、あの特殊地域への普通法の適用を要求していた。宗教に対するアルザス地方の関係は独特だ。アルザス地方では今日なお、人びとがカトリックとして、あるいはプロテスタントとして自らのアイデンティティを意識することがある。ストラスブールでデモ参加率が低かったことがイスラム教に対する特別な優しさを示すものであるなどとはまったく主張しないけれども、一月一一日のデモ行進のイデオロギー的な軸はアルザスの文化的ダイナミズムにうまく合致しないということを認めることはできる。世俗主義の新たなヒステリーがアルザス地方で引き起こしかねない劇的な結果について、私は本書で後述することになろう。

　したがって、デモの詳細な分析を突き詰めても、新しい、再生した、再建された世界の発見に到りはしない。デモ行進を実施させた決定要因は、マーストリヒト条約批准への賛成票を投じさせた決定要因と同じだ。強いモチベーションを示した社会階層は、公共部門と民間部門の中産階級、カトリック教徒のゾンビの多い地方において富裕化した中産階級であった。

　三つの変数——労働者人口の比率、管理職および知的上級職人口の比率、カトリシズムの影響——に関する線形回帰が、デモ参加率分散の四〇％についての統計学的「説明」を可能にする。データそのものに不確実性がのしかかっていることを考慮すると、これは著しい値だ。近づくべき率とモデルによって予想された値の間の誤差項は、欠落している説明変数——こちらが含まれるのは通常のこと——だけでなく、大きな計測エラーも含んでいる。そのエラーがなければ、おそらく五五％程度が「説明」可能となる。

マーストリヒト条約批准の国民投票のときと比較して、不在なのは高年齢層だけだ。われわれが高年齢層を分析の中に統合しなかったのは、一定年齢を超えるとデモで歩くのが困難となることが明白だからである。とはいえ、デモに参加した市民の平均年齢が、革命を起こすような群衆の平均年齢に比較してより高かったことは間違いない。デモ隊には、職業生活からリタイアした人びとが少なからず含まれていた。

シャルリはしたがって「新人類」ではなく、われわれにとって昔からの馴染みなのである。一月一一日に自己表現した社会的勢力は、マーストリヒト条約を受け入れさせた勢力である。殺害事件から生まれた情動が一月一一日に蘇らせたのは、共和国ではなく、ヨーロッパの新秩序の中でむしろ共和国を溶解させてしまうことに投票した連合体だ。デモ隊の構成をよく見ると、国立統計経済研究所（ＩＮＳＥＥ）が分類する社会職能一覧の内の「中間」カテゴリーが、二〇〇五年の社会騒動のときにはその連合体から離れていたのが、二〇一五年には、フランス社会においてイデオロギー的に支配的な集合体の中に立ち帰ったのだと推察できる。「中間」層がそちらへ靡《なび》いたからこそ、満場一致の空気が発生したのである。

ネオ共和主義

問題のデモはフランス社会の階層構造の上半分と、ポスト・カトリシズムに特徴づけられる周縁部分を主な土台としていた。そのことから見て、国民レベルの満場一致というよりも、ひとつの集合体ないし連合体のヘゲモニーということを語らざるを得ない。民衆は沈黙に追い込まれた。その点、都市郊外の移民二世・三世も同様だった。彼らは、すべてのコメンテーターが最後には認めたように、ほとんどデモに姿を見せていなかったのである。あの日、擁護しようということになったのは、すべての市民の共和国ではなかった。フランスの社会空間を人類学的・地理学的に理解すれば、新しいドクトリン——ヨーロッパ主義であれ、最近の共和主義であれ——が平等の原則にさほど賛同しない、あるいはまったく賛同しないとさえいえる階層と地域に支えられていることを認めないわけにいかない。かくしてわれわれは、デモが続いていた間、なぜ共和国のスローガンの二つ目の言葉「平等」を耳にすることがあんなに少なかったのかを理解する。

あらゆる混同を避けるために、わたしは今後「ネオ共和主義」という用語でもって、いま出現してきているドクトリン、すなわち、共和国とライシテ〔世俗性〕への執着を熱狂的に主張するにもかかわらず、共和国の確立に対して従来最も強硬に抵抗してきたカトリシズムの諸地域がその最も堅固な地盤になっているドクトリンを指すことにする。統計分析に導かれて、われわれは次のような根本的な問いを発するに到る。なぜ今日、ヨーロッパというプロジェクトやライシテをいちばん熱心に支持する諸地域が、まだカトリシズムにとどまっていた時には、反ドレフュス派〔一九世紀末にフランス世論を二分したドレフュス事件の際に、人権よりも国軍の権威を守ろうとした陣営〕に最多数の闘士たちを供給し、そして第二次世界大戦時にはヴィシー体制に最強の支持層を提供した諸地域にほかならないのか？

　この問いには、楽観的な答えが存在する。カトリシズムが社会の上層部と国土の周縁地域という昔からの拠点において最終的に瓦解してしまった結果、それらの拠点にいたさまざまなグループが完全に解放され、自由の価値と平等の価値（ここでは、友愛の価値は教会と共和国に共通のものと前提し、したがって両者を区別する要素として取り上げない）に誠実にかつ深く賛同するようになった、という答えだ。

　もしこのように改宗のような信念の転換をイメージする――聖パウロの回心をモデルとして共和国への賛同を解釈する――ならば、最近になって聖職者至上主義の影響から逃れてカトリック教会を離れたばかりのグループにおけるライシテへの新たな情熱を、伝統的なライシテの純然たる再活性化のように見なさなければならない。ところが確認できる事実では、まったくそうではないのである。社会的勢力としてのカトリシズムの消滅の最後の段階には、ヴォルテールの時代や、フランス革命の時期や、あるいは政教分離法の制定された一九〇五年頃に見られたような、カトリック教会への明示的で烈しい拒否の現象は見られない。フランス・キリスト教労働者同盟（ＣＦＴＣ）は穏やかに、平和的にフランス民主主義労働同盟（ＣＦＤＴ）に変貌し、反教権主義的になることもなかった。

つまりわれわれは、形而上学者風に人間の自由についてあれこれ思いをめぐらせる前に、腹を括《くく》って、世界の現実の中に存在する継続性の力を直視すべきなのだ。個人も、グループも、フランスにおいてであれ、別のどこかにおいてであれ、わずか三〇年間の推移によって、それまで自らを導いてきた諸価値から解き放たれることはあり得ない。慣性の法則というものがあるので、ある社会やある階層が、その社会ないし階層が歴史的に辿ってきた軌道からそんなに早く自由になることは不可能なのである。

もちろん、それらの価値は覆い隠されているし、無意識にとどまっている。しかし、それらの恒常性を認め、それらが、政治家や有権者が馴染んだ服のように習慣的に身につける意識的な諸価値とせめぎ合う可能性を認めるならば、今日のフランス政治の構造的特徴の一つ、すなわち、ひっきりなしの言行不一致という現象を有効に分析することができる。

一九九二年〜二〇一五年――ヨーロッパ主義からネオ共和主義へ

言行不一致として表れるこの二分割というか、二重化現象は、ヨーロッパ主義に典型的である。マーストリヒト条約の言葉遣いは自由主義的、平等主義的、普遍主義的だった。謳われたのは、カント的秩序がもたらす永久平和の中で生きる、自由で平等な諸国民の連合としての統一ヨーロッパの建設をより前進させるということにほかならなかった。原則が偉大だからといって、経済効率による正当化が見下されたわけではなかった。ユーロがわれわれの繁栄を保証するはずだった。

結果はその正反対。現実となったのは成長の鈍化、経済不振だった。自由と平等の勝利へ向かうどころか、マーストリヒト条約の体制は、通貨という残酷な神さまの超越的権威に服する不平等に行き着いた。庶民層は、産業活動を破壊して金融サービスを優先することに正統性を与える経済運営の鉄の手に上から抑えつけられた。ヨーロッパは不平等な立場に置かれた国々のヒエラルキーと化した。

われわれはかつて、次のように考えることができた。マーストリヒト条約に好意的な政治家たちと有権者たちはいずれも専門的な知見や能力に欠け、彼らのイデオロギー的な夢の経済的な帰結を予測していないが、実際に共和主義的な自由と平等の観点からものを考えてはいると——。しかし、二〇一五年の今、マーストリヒト条約の帰結が眼前にある。工場が閉鎖され、都市郊外が荒廃している。こうなると、単一通貨の考案者たちの頭の中でこの現実以外のものが想定されていたことなど一度もないという仮説を述べなければならない。すなわち、現実に起こっていることは、フランスを掌握する社会的連合体の価値観と矛盾しておらず、それどころか、その価値観に叶っているという仮説である。

労働者と平社員と若年層にとって、この四半世紀は失われた年月だった。思想論議にとっても失われた年月だった。円環的なレトリックの中で道に迷ってしまったのだから。しかしながら研究者の視点からいえば、過ぎ去ったこの年月にも何らかの値打ちがある。なぜなら、この年月が、社会で主要な役割を演じてきた人びとの潜在的な価値観をついに顕在化させたのだから。階層的・序列的秩序という理想こそがマーストリヒト条約体制へとわれわれを導き、今日も相変わらず、権威と不平等の価値に錨を下ろしてわれわれを統治しているということである。この理想は、革命というより、カトリシズムとヴィシー政権に由来するものだ。

シャルリも、マーストリヒト条約体制も、異なる二つのモードで機能する。一つは自由主義的・平等主義的・共和主義的で、積極的・肯定的な意識のモードだ。もう一つは、権威主義的・不平等主義的で、消極的・否定的な無意識のモードであり、これが支配し、排除するのである。

一月一一日のデモは壮大だった。あのデモが表現した積極的・肯定的なものは参加者たちによってすでに述べられているので、それをここで詳細に取り上げるのは時間の無駄だろう。表現の自由の擁護、ライシテの擁護、「よいイスラム教」と世界への開かれた態度などがたしかに表明されたのだった。しかし、デモの具体的な狙いに注意を集中すれば、それだけで、あのデモに潜んでいた価値観を見抜くことができる。何よりもまず社会的な権力を、支配の現実を主張することが狙いだったのであり、その狙いは、あれほどの大集団が自分たちの政府の後ろに続くことによって、自分たちの警察のコントロールの下で行進したことによって達成された。

諷刺新聞『シャルリ・エブド』への自己同一化のほうは、デモの動機づけの中に何らかの拒否感が強く存在していたことを明らかにする。再建すべきとされた共和国は、その価値観の中心に冒瀆への権利を据え、当面ただちに適用すべき対象として、社会的に不利な立場に置かれている集団に支持されている少数派の宗教を象徴する人物を冒瀆する義務を想定していた。大量失業時代であり、マグレブ出身の若者たちが就職の際に差別されているという社会的現実があり、フランス社会の頂点に陣取ってテレビ討論に出たり、アカデミー・フランセーズに入ったりするイデオローグたちによってイスラム教が毎度毎度悪魔のように語られているという現況を念頭に置けば、一月一一日のデモ行進に隠された暴力はいくら強調してもし過ぎではあるまい。

数百万のフランス人が大急ぎで街に出て、自分たちの社会に優先的に必要なこととして、弱者たちの宗教に唾を吐きかける権利を明確化しようとした。彼らはその折に、本人たちの主張にもかかわらず、フランス史の中心軸から逸脱した。かのヴォルテールの名が、しばしばシャルリによって、ドクトリン上のリファレンスとして挙げられた。その点は、一七八九年の革命家たちが、あるいは一九〇五年の政教分離賛成派の面々が、正しくもそうしたのと同じだ。しかし、『哲学辞典』を改めて繙《ひもと》いてみたまえ。そこに見出されるのは何よりもまず、著者の父祖の宗教であるカトリシズムと、カトリシズムの唯一の源泉であるユダヤ教に対する見事なからかいだ。同『哲学辞典』は、イスラム教やプロテスタンティズムにはほとんど関知していない。実際、アブラハム、ダビデ、イエス、ヨセフ、ユリアヌス、モーゼ、パウロ、ペトロ、ソロモンについての記事はあるが、ムハンマド、ルター、カルヴァンについては記事が一つもない。シャルリの場合とは反対で、ヴォルテールが糾弾したのは他者たちの宗教ではなかった。彼は、自分の宗教と、自分の宗教の源である宗教を冒瀆したのである。

マーストリヒト条約からと同様に、二〇一五年のデモ行進からもわれわれはまだ十分に遠ざかっていないから、この距離のなさでは、今日の時点で、シャルリが権威主義的で不平等主義的な怪物を生み出すと断言することは許されない。それに、パリ地域は全体として、決して不平等を代表的な価値としている地域ではないので、現在、首都の中産階級にいったいどの程度不平等の価値が浸透しているのかという点は不明だ。実はこの先の数章で指摘しようと思っているのだが、パリでのデモには、カトリシズムの伝統とはまったく別個で、むしろカトリシズムとは逆方向の革命的・共和主義的伝統の暗い側面を思わせる外国人恐怖症の要素が含まれていた可能性も否定できない。シャルリはフランス現代史の暗黒の時期につながる性格を帯びているかどうかという問いに、最終的な答えを与えることはできない。

しかし、われわれは今、二〇一五年のフランスにいて、イスラム恐怖症と反ユダヤ主義の感情に引っ張られている。そうであってみれば、ネオ共和主義が新手のヴィシー主義であることが「確実」となるまで待って、その後にその命題の正しさを宣言するというような贅沢を、われわれは自らに許すわけにいかない。なぜなら端的にいって、将来のある日そのことを本当に確信するに到るとすれば、その時にはすでに手遅れとなっている可能性が高いからだ。その時には、イスラム恐怖症がすでに十分に拡がり、伝統的右翼の反ユダヤ主義にも劣らず危険なものとなっているだろう。

では、状況を評価するために、二〇一五年のこの時点でわれわれはどんな手がかりを持っているだろうか。

①問題のデモの地理的・社会的アイデンティティ・カードはここにあり、そこにはゾンビ・カトリシズムの多くの拠点が示されている。この資料は真に説得的で、ライシテ〔世俗性・非宗教性〕についての気休め的な言説のすべてに無効宣言を下すに十分だ。フランス各地の街をデモの先頭に立って歩いたのは、昔からのライシテではなく、かつてカトリック教会を支持した勢力の変異体だった。イスラム教を前にして最前線に立ち現れるのはゾンビ・カトリシズムであって、フランス革命の精神ではない。ゾンビ・カトリシズムはムハンマドを諷刺する義務を宣言する。もはや神を信じない世界のただ中で、われわれにある種の宗教戦争を呼びかける。

②一月一一日のデモへの参加と、マーストリヒト条約への「諾《ウイ》」に共通する宗教的かつ社会経済的な特定の性格が示唆するのは、単一通貨と同じように、シャルリもダイナミズムを秘めた現象であって、今後、時とともに、その本来の準拠価値である権威と不平等をますます強くにじませていくかもしれないということだ。シャルリは子供にすぎない。大人になったら、シャルリは誰に似るのだろう？

いずれにせよ、マーストリヒト条約とシャルリの間に確認された同型性のおかげで、フランスの社会システムの現実を描くことができる。意識上で展開している公式の政治というヴェールが引き裂かれたのは、これで二度目である。ヘゲモニーを握っている集合体は同一で、これが社会を支配している。違うのは、この集合体が一九九二年にはヨーロッパ主義的で楽観的だったのが、二〇一五年には事件にショックを受け、潜在的にイスラム恐怖症に陥っているということだけだ。シャルリは、集団的な社会存在だが、フランス全体ではない。とはいえ、フランスとその国家をしっかりと手中に収めている。

ネオ共和主義的現実——中産階級の福祉国家

フランスは、この二〇一五年において、偉大で気前のよいネイションではない。貧困地域ができているし、刑務所に空きがなくなってきている。というのも、ヘゲモニーを握っているのは中産階級（M）〔classes Moyennes〕で、高齢者（A）〔personnes Âgées〕で、カトリック教徒のゾンビ（Z）〔catholiques Zombies〕なので、その集合体をMAZとよぶことにするが、MAZが山積する社会問題の数々に対して持っている唯一の答えが、国家によって投獄される人の数の急速な増加なのだ。一九八〇年には三万六九一三人が収監されていたが、二〇一四年には、それが七万七八八三人になっていた（**グラフ2**）。フランスの人口が五五〇〇万から六五〇〇万に増えたことを考慮しても、収監された者の数は一万人当たりで七人から一二人に増

グラフ2　毎年1月時点での囚人の数

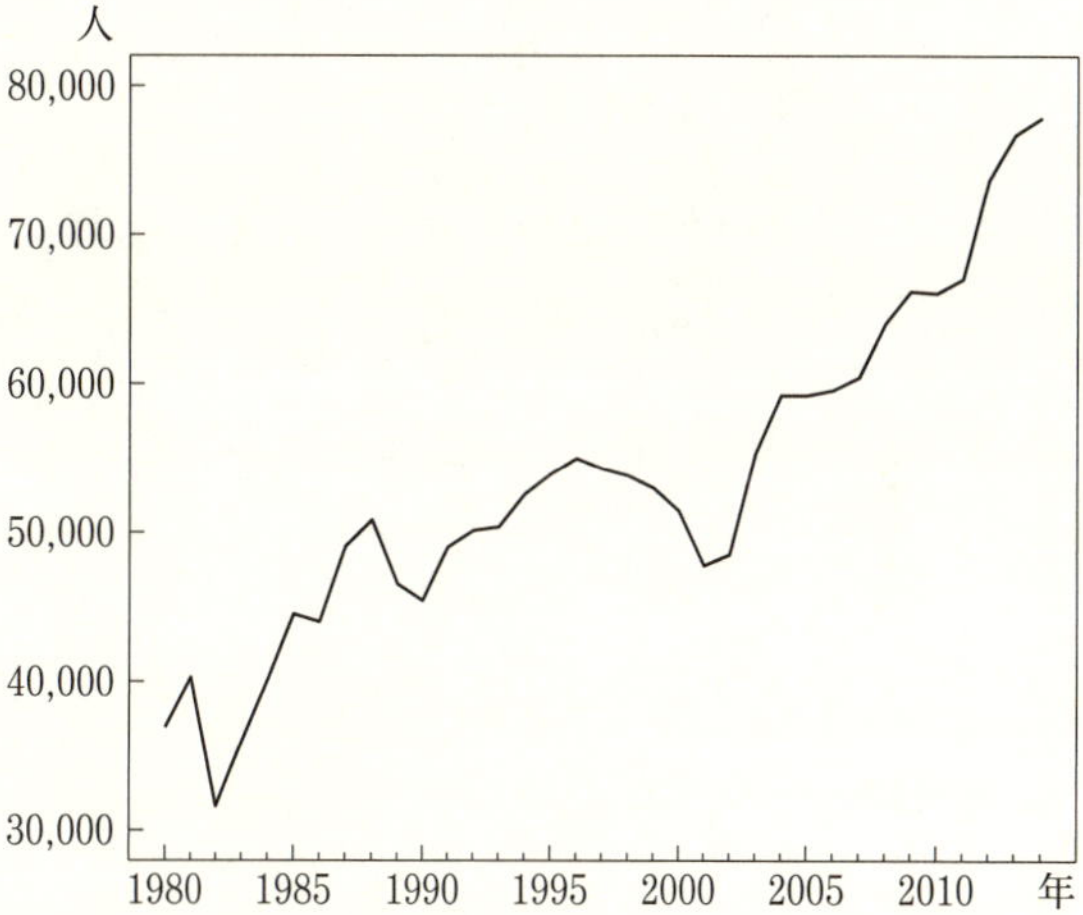

加したわけで、つまり七〇%の増加率だったといえる。これは何といってもまず若年層の現象だ。彼らの出身国や宗教的出自を心配する前に、服役者の平均年齢に留意しよう。それは一九八〇年には三〇・一歳、二〇一四年には三四・六歳であった。[5] また、収監率上昇の傾向は、重大な暴力行為の増大を反映しているわけではない。フランス本土における殺人の件数は、一九九六年の一一七一件から二〇一三年の六八二件にまで急減した。刑務所に人をどんどん送り込んでいるのは世の中の不公正なのである。

　集合体MAZは、ヨーロッパ的で普遍的なすばらしい諸価値を引き続き表現しているが、それでいて実際には、社会の内部の信じがたいほどの苛酷化を受け入れる。とはいえ、私がしようとしているのは、自由

コラム〈二〇一〇年〜二〇一五年頃の中産階級の人口規模〉

フランス国立統計経済研究所（ＩＮＳＥＥ）の体系的分類法は、フランスの社会構造に対する経験主義的なアプローチを可能にする。そしてこのアプローチは、職業・学歴・所得を混ぜ合わせるから理論的にはまったく不完全であるにもかかわらず、申し分なく妥当なものとなる。中産階級と呼ばれる諸階層は、その定義が示すとおり、数においては取るに足らないけれども資本の所有によって非常に重きを成す富裕層と、分厚い庶民層の間に存在する。

職業生活をリタイアした年金生活者と非生産年齢人口を合わせると著しい数になるけれども、まず、これを脇に置こう。

一〇人以上の給与所得者を雇用している**企業主**は生産年齢人口の辛うじて〇・一％を構成しているにすぎない。これに超上級公務員、企業の最高幹部、非常に裕福な年金生活者を加えても、富裕層のサイズは生産年齢人口の一％以上には増えない。

労働者と平社員――労働者の八〇％は男性、平社員の七五％は女性であるから、しばしば互いに結婚している――が、生産年齢人口の五〇％を占める庶民層の大部分を構成している。**職人と小商店主**は生産年齢人口の五・五％に相当し、教育水準と国民戦線《フロン・ナショナル》に投票する傾向において労働者に近い。彼らは文化的に庶民層に近いか、庶民層の一部分を成していて、その点は、**農業従事者**――総計で一・五％――も、ほんの一握りの超大規模農業経営者の場合を例外として同様である。したがって、広い意味での庶民層を全生産年齢人口の五七％と捉えることができる。

かくして残る部分が中産階級で、生産年齢人口の四二%だということになる。これが、一七%に相当する**上流中産階級**（管理職および知的上級職）と、二五%に相当する**下流中産階級**（中間職）に分かれる。この両階層を相対的に位置づけるには、中等教育以上の教員と小学校・幼稚園の教員の間の差、上級技師（エンジニア）と技術者（テクニシアン）の間の差をイメージするとよい。以上の描写から分かることの第一は、フランスでは中産階級が人口の大きな塊《かたまり》を成していて、たしかに庶民層の塊よりは小さいけれども、それでも庶民層が全体の五七%であるのに対して四二%なのだから、ほぼ同等のサイズを持っているということである。このことから、より高い教育水準と所得を併せ持つこの中産階級がどのようにしてイデオロギー・システムを掌握するかが見えてくる。

もう一つ分かることがあって、こちらも、いま述べたことに劣らず重要だ。すなわち、もし上流中産階級が上の一%と、下の五七%に睨みを効かせようとするならば、中間職の層を掌握しなければならないということである。実際、マーストリヒト条約批准国民投票の時期以来ずっと、イデオロギー闘争で争われてきたのは下流中産階級のイデオロギー的方向づけである。庶民層はといえば、上流中産階級の引力が働く場から離れてしまってすでに久しいので、もはや上流中産階級が改めて庶民層を引きつけることはできないように思われる。社会的勢力のバランスを考える際には、職業生活をリタイアした年金生活者が一五歳以上の人口の三二%を占めていること、そして高校生や大学生や専門学校生が八%いることも忘れないようにしよう。

と平等という伝統的なフランス的価値に異議を申し立てることではなく、集合体MAZについてもっぱら否定的なイメージを提示することでもない。

フランスの中産階級はいくつかの点で惚れ惚れするに値している。イギリスやアメリカやドイツの中産階級のあり方とは逆に、妥当な数の子供を成すことができるし、夏になると各地の芸術フェスティバルを駈けめぐるような教養ある年金生活者たちを生み出すこともできる。わが国の映画産業を護り育てるし、より一般的に、グローバル化でバラバラに分裂した世界の中でひとつのまとまりのある文化を保全している。それでも、この階層の充足感は、単に利己的なだけでなく、偽善的でもある社会システムに由来している。偽善的だというのは、この社会システムの表向きのイメージが、強制力、搾取、排除、抑圧の諸関連を否定しているからである。

その点、「社会的国家」というフランス的レトリックが典型的だ。そうとも、フランス人たちは社会的連帯を重視する国家像に、アングロサクソンよりも大きな愛着を持っている。そうとも、フランス人たちは現在に到るまで、福祉国家を財政的に成り立たせる税金を支払うのを拒絶したことがない。しかし、彼らが常に頭の中に思い描いているのが、第二次大戦後、労働者たちの階級闘争と民主主義的平等の長丁場の上昇から生まれた従来からの福祉国家であるということを、人びとは今日、本当に確信できるのだろうか。たしかに、医療上の保護や年金は今なお全国民に保証されている。第一、この事実こそが、乳幼児死亡率であれ、平均余命であれ、健康の領域におけるフランスの抜群の成績を説明する。だが、長い期間にわたって構造的に、生活を破壊する失業の率が一〇％を超えるような経済運営をしている国家を、本当に「社会的」と形容することなどできるのだろうか。失業率一〇％超というような結果が思わせるのはむしろ、富豪たち、年金生活者たち、公共部門および民間部門に属する中産階級、つまり集合体ＭＡＺということになるわけだが、そうした恵まれた諸階層を仲良く混ぜ合わせた同盟による政治であって、この政治はご都合主義的に不平等を受け入れる。フランス国家はときには、社会的連帯への熱心さにおいてアングロサクソンの国家にさえ劣る。なにしろ後者は、クリストフ・ラモー〔フランスの経済学者、パリ第一大学教授〕が鋭敏に強調したように、長期的目標の中に完全雇用を挙げている。雇用への闘いを国家目標の中心に据えるのは、失業率一〇％の国で人びとが思っている程度を遥かに超えて、社会協約の原則自体を受け入れ、それを実地に適用することである。(6)

フランスはまた、国家が、実にさまざまな営みやプログラムをとおして、すでに恵まれている階層を優遇する国でもある。アメリカでもイギリスでも、中等・高等教育のコストが親にとって高く、それが中産階級における出生率の低さを説明する要素になっている。実際、子供一人ひとりにかかる費用が重圧なのだ。フランスでは、状況は正反対だ。中等・高等教育のコストの大部分を国家が負担してくれるから、「管理職および知的上級職」が将来における自分たちの社会的自殺を覚悟することなしに子作りができるわけで、その階層の人口学的な堅調さはそのように説明できる。そうとも、フランスでは福祉国家が今日も生き延びている。しかし、それはまず、中産階級の福祉国家になったからなのである。支配的な言説は何かにつけて毎度毎度、中産階級を税金の犠牲者のように提示する。だが、この犠牲者イメージが物語っているのは、フランスにおいては、中産階級がイデオロギー的権力を握っているということにほかならない(7)。

ここで、あらゆる誤解を避けたいと私は思う。私見では、教育の財政面を国家予算で、いいかえれば税金で負担するのは明らかに良いことである。一般に家族は、そうした支援なしには、長い年月のかかる子供の教育のコストを引き受けることができない。新自由主義者たちのアンチ国家的なドグマティズムは、結局、教養ある階層の文化的蓄積をきちんと次世代へ引き継ぐということが社会全体にもたらすポジティブなものを殺してしまうことになりかねない。ピエール・ブルデューの直系相続人ともいえる学者たちが認めないとしても、文化的再生産は単にスキャンダルなのではなく、もし人が社会システムの継続とみんなのための進歩の確実化を望むのであれば、ひとつの必要性でもある。再生産は、教育を拡大していくのに不可欠の基盤だということを確認しておこう。しかしながら、そうはいっても、極端なことをしてはいけない。失業率一〇%の脅威の下で生きる庶民層に、管理職層の子女の教育費を負担させるようなやり方には臆面のない反社会性が指摘されてしかるべきだ。ところが、その現実を、われわれの社会の報道機関はわれわれの目から隠してしまう。報道機関は、フランスの全部がシャルリなのだと解説するだけでは満足しない。日々絶え間もなく、庶民層こそが税金を払っていないと示唆している。なんという冗談であることか！　間接税——付加価値税〔日本で「消費税」と呼ばれている税〕と光熱費——が国家歳入の内で直接税の二倍の大きさを占めていて、最も恵まれない層のフランス人はそれを、本来彼らに割り当てられるべき割合を超えて支払っている。なぜなら、彼らだって生きていくのに消費しなければならないし、消費すれば税金をかけられるのだから。ところが、集合体MAZのイデオロギーが報道機関を圧倒的に支配しているため、税金のことで経済ジャーナリストたちが登場すると、九五％くらいの率で、所得税だけが税であるかのような話になってしまっている。付加価値税は無視される——「社会的付加価値税」〔社会保障のための付加価値税〕という、ジョージ・オーウェルが『一九八四年』に描いた世界の命名システムを髣髴させるような、実態とかけ離れた用語のもとで、その税率の引き上げが積極的に検討される時期を除いては……。

だからといって、前述したように、シャルリを生んだ社会システムのポジティブな面を見るのを拒否するのはばかげている。なぜなら、ネオ共和主義は実際に、その固有の成果として、見事な成功をいくつか挙げることができるのだから。

もともとの福祉国家の「中産階級の福祉国家」への変容は、経済格差の拡大にブレーキをかけた。巧妙に保護された「管理職および知的上級職」は、子女教育のコスト負担の解決策を自分たちの所得の急上昇に求めなかった。英米の「管理職および知的上級職」は、それぞれの孤立の中で解決策を求めて所得ピラミッドの最上位一％に近づこうとし、民衆の世界に背を向け、自分たちの間でもバラバラに分裂した。毎年毎年、ＯＥＣＤが、フランスについて、他の先進国で観察されることと異なり、少なくとも所得ピラミッドの下位八〇％とその上の一九％〔つまり富裕層を除く全体の九九％〕の間では格差が拡大していないことを確認している。わが国では、最上位一％だけが全体から離れ、イデオロギー的に孤立するリスクを冒している。ほかでもないフランスからトマ・ピケティという、地球全体の規模で最富裕の一％に的を絞った世界的経済学者が出たのは、果たして完全に偶然だろうか。憎むべき対象であるどころか、フランスの中産階級は今もなお、現実に平等主義的で進歩主義的な社会の建設に取りかかることを可能にするための土台を構成している。

それにもかかわらず、シャルリの出現は、中産階級の上位部分にあたる「一九％」を重心とする社会的・イデオロギー的システムの自閉的傾向が強まっていることを思わせる。ピケティ自身にしても、彼が科学者であることを一時的にやめるときには、たとえば『21世紀の資本』の第Ⅳ部では、一人のオーソドックスなヨーロッパ主義者、真正のネオ共和主義者であることが分かる(8)。所得ピラミッド最上位の一％に対して批判的ヴィジョンを抱いても、そのヴィジョンによって彼は、下位五〇％の味方をするようには導かれていない。この意味においても、彼は今日のフランス社会が生み出した経済学者だ。

シャルリは不安なのだ

集合体MAZの自己満足を誇張しないようにしよう。形而上学的空白がこの集合体に作用している。経済の先行き不安がこの集合体を圧迫し、その内部に浸透している。この集合体の子供たちが貧困化しつつある。子供の世代がまともな報酬をともなう仕事を見つけ、独立した住居を得ることに苦戦しているという現実から、親の世代も影響を受けている。親として子供を愛しているからだけではなく、同時に、自分たちがかつてさほどの波風には晒されずに人生を過ごしたことに後ろめたさを感じるからだ。

集合体の中でキー・ポジションを占めるいくつかの層の立場が危うくなってきている。IT産業におけるインド人の擡頭で、情報テクノロジーの分野で高いレベルの職能を持つ層が脅威に晒されている。活字メディアは特に危機的だ。インターネットの発達で時代遅れになり、日没を迎えている。そこに生きる記者たちは、いわば時期遅れで、かつて北仏のピカルディー地方でタイヤ工場が次々に閉鎖した時に労働者たちが体験した状況に置かれている。すなわち、定年前に会社がつぶれるのを目にするという不安だ。『ル・モンド』紙が何カ月にもわたって、まるで熱に浮かされたかのように、シリアのバッシャール・アル＝アサドの体制に対する軍事介入、次にウクライナ問題での軍事介入の旗を振るのを見るとき、あるいは、二〇一五年二月三日〜一〇日付の『レクスプレス』誌がその表紙に「共和国対イスラム」と掲げるのを見るとき、われわれは、好戦的な気質を示すこれらの新聞・雑誌がたいへんな経済的危機状況にあることを思い出さなくてはならない。国家から補助金を受けているとはいえ、これらのメディアの前途に見えているのは、新たなリストラ計画であり、もしかすると倒産なのである。活字メディアのかなり大きな部分が好戦熱に浮かされていることを説明する要素の中には、いうまでもなく、こうした切迫した経済的現実も入る。中産階級の分析モデルの中に、募ってきているこの不安感をも統合しないならば、この階層の内部でイスラム恐怖症が拡がっている理由は理解できないだろう。

マーストリヒト条約の企てがもたらした長期的帰結——二〇年以上続いている失敗——をよく観察し、考慮することはしたがって有益だ。そこに垣間見ることのできるものがある。「ネオ共和主義的」政党の側で通常用いられるレトリックは昔からの価値観に文句なしに忠実であるけれども、その下に、利己的で、不公正で、凶暴な社会の輪郭が見え隠れしているのである。そして、この点を強調しておきたいと思うのだが、フランスというモデルの現実をよく捉えるためには、分析の場に、次の二つの基本的要素を常に一緒に見据えておく必要がある。すなわち、過去に由来する自由主義的・平等主義的な上部構造のドクトリンと、現在のものである権威主義的・不平等主義的な下部構造のメンタリティーである。

一月一一日のデモは、フランス・モデルのこの基本的構造を、それを悪化させた形でものの見事に反復して見せた。一月七日の襲撃のおぞましさの与えたショックがフランスを不意打ちし、それまで抑圧されていた無意識的な傾向を解き放った。その結果、中産階級が明示的な不平等主義へと横滑りし始めていることが明らかになったのだ。そして、その横すべり現象には、スケープゴートの指定も含まれていた。

以上、フランス・モデルの現実をざっと検討してみた。これを踏まえて、今や、あのデモ行進を社会経済的文脈の中に捉え直すことができよう。一月一一日の情景に三色旗や、共和国を象徴するマリアンヌ像のアイコンが多く存在していたことによって目を欺かれてはならない。あの日われわれは、不平等性の水の中にどっぷり浸かっていたのであって、どう転んでも、共和主義的平等の空気を吸っていたのではない。謳われた再建は、共和主義の歴史の歪曲、転覆、レイプ、つまり、社会的排除に特徴づけられるネオ共和主義の明確化だった。そして、この新しいイデオロギー体系をあの日引き受けて担ったのは中産階級で、この階級が強く高らかに宣言したがっていたのは、何がどうなろうとも、自らのエゴイズムによって生み出された社会的崩壊によって動揺させられはしないぞということだった。ヨーロッパ主義とユーロによって破壊されるのは、若者たちの少なからぬ部分であって、それは都市郊外の若者たちに限らないだと？　そんなことは顧慮に値しない、「われわれの奉じる価値」こそ美しく善きもの、他にはない「真の価値」なのだ、というわけだった。

あのデモをめぐっては、「アナーキスト」の新聞を応援するために集まった人びとが自発的に国家とその警察に喝采を送ったという事実が主要な矛盾として指摘された現象だったのだが、考察のこの段階に到ってみれば、もはやどんな困難もなしにその現象が理解できる。

行列の規模から見て、その点に関するメディアの誇張を差し引くとしても、これまたどんな疑問の余地もなしに、上流中産階級が都市社会構造の中でより下位に属する大勢の人びとの牽引に成功したことが確認できる。「管理職および知的上級職」は、フランスの生産年齢人口の一七%しか占めていない――主要都市だけを見ても、パリで二八%、トゥールーズで二四%、リヨンやリールで二〇%、レンヌやマルセイユで一九%、ボルドーで一八%――。全国で確認されたほどの数の群衆を「管理職および知的上級職」に限って集めるには、あちこちで一〇〇%超のデモ参加率が記録されなければならなかっただろう。たしかに、当初のアプローチとしては、上流中産階級の並外れて高いデモ参加率という仮説を、彼らがまったく良かれと思ってマーストリヒト条約に賛同した頃には存在していなかった不安と極度の昂奮の表れなのかもしれないという意味で、一応受け入れてみなければなるまい。しかし、フランス社会の上位層があの一月一一日に何よりも鮮明に証明したのは、下流中産階級の広範な人口層、すなわち国立統計経済研究所（INSEE）の職能別カテゴリー一覧の中の「中間職」に相当し、具体的には、都市圏の中心で働くいくつかのタイプの一般社員・職員である人口層を自分たちの世界観の中に引き連れていく能力だ。大学生たちについては、二〇〇五年の国民投票の分析の際に当時彼らがヨーロッパ主義の影響下にとどまっていたことはすでに確認したが、おそらく現在彼らはネオ共和主義で、社会で富を享受している階層に今なお自己同一化している。だが、現在学生である彼らのうちの大半は、現実には将来もその階層には属し得ないだろう。

逆に、変数「労働者の比率」がデモ参加率に強い否定的効果を持っていることが示すのは、民衆が、文化的に支配的な階層によるイデオロギー的掌握を今や完全に免れたということだ。社会が地理的にどう組織されているかを見ると、かなり広範に、否定として働くこの自由の説明がつく。クリストフ・ギユイ〔フランスの地理学者。一九六四年生まれ〕はフランス社会を表象するにあたり、鋭い現実感覚をもって、庶民層が都市周辺地域に追いやられている事実を中心に据えた。[9] 都市空間の地理的余白に押しやられた労働者たちは、もはやかつてのように町の中心部でデモをすることがない。彼らはもはや一時的動員に応じないし、イデオロギー的に掌握されることもない。国民戦線《フロン・ナショナル》への彼らの投票率の高さがそのことを証している。事実、大統領フランソワ・オランドと社会党は、「共和国の大デモ行進」への国民戦線《フロン・ナショナル》の参加を拒否することで、暗黙のうちに、国民戦線《フロン・ナショナル》を支持する有権者たちを大都市の中心部にやって来てほしくない人びととして扱ったのだった。イスラム教徒という幻想のカテゴリーと同様、労働者というまったくリアルなカテゴリーも、ネオ共和主義的な協約の時代には歓迎されない。

集合体ＭＡＺによる中間層の掌握は、たとえ一時的だったとしても、見事な成功である。マーストリヒト条約への「諾《ウィ》」五一％から欧州憲法条約への「否《ノン》」五五％への移行が、中間層の離脱によるものだったことを思い出しておこう。中間層は一九九二年には五七％が「諾《ウィ》」の投票をしていたのに、二〇〇五年には五四％が「否《ノン》」を選んだのだった。掌握は見事だが、社会的コントロールの手段としてイスラム恐怖症を道具化することにつながる道であるように思われる。

あらゆる過剰解釈を避けよう。デモ参加者数が全国で四〇〇万人に上ったというのはきっと事実よりも多い見積もりだが、仮にデモ参加者が四〇〇万人に達していたとしても、それが二〇〇五年の国民投票の折に「諾《ウイ》」を選んだ一二八〇万の有権者（投票総数の四五％）を上回るものを代表するかどうか、確信を持つことはできない。しかし、できるかぎり控え目を心がけても、次のことは認めなければならない。すなわち、シャルリ現象が中産階級内部の反対勢力の崩壊を助けたこと、右翼と左翼をある意味で融合したこと、そして、「左の左」のイデオロギーに実質が欠如していることを明らかにしたということだ。

ライシテ（世俗性）VS.左翼

自称批判的左翼である多くの知識人と経済学者が、自由貿易とユーロに対する批判をおこなえず、その代替物であるライシテ〈世俗性〉の主張に引きつけられ、吸い込まれた。私は先程、クリストフ・ラモーの名を引いて、福祉国家についての彼の分析に言及した。二〇一五年一月九日に、この経済学者は早速、『ル・モンド』紙上で雑誌『ポリティス』〈反ネオリベラリズム的・エコロジスト的論調の週刊誌〉とＡＴＴＡＣ〈「市民を支援するために金融取引への課税を求めるアソシエーション」の略称。一九九八年にフランスで創設〉を糾弾した。この雑誌とこのアソシエーションは、よく考えもせずにイスラム恐怖症に落ちる愚を犯さなかったがゆえに、ラモーの目には有罪と映るらしかった。二月一一日には、「一月一一日の精神を政治から経済へ延長する」という新たな寄稿文を執筆して、彼は公共投資について語った。しかし、間違ってもユーロ離脱には触れず、自由貿易への異議申し立てもいっさいしなかった。そういった断絶の敢行なしには、経済運営を民衆と市井の若者たちに好意的なものにすることはできないのに——。中産階級の福祉国家を擁護するのが、依然として絶対の優先事項であるようだ。

二〇一五年になってまだ日の浅い現時点では〔本書のフランスでの刊行は二〇一五年五月〕、たしかに、左翼陣営の多くの人の個人的ドクトリンの中で、反EU意識とイスラム教に対する怖れが不安定な配合で混ざり合っているように見える。しかし、中産階級を動かすイデオロギーのダイナミズムは、イスラム教に対する怖れによって反EU意識を除去するように働いている。

既成秩序に異議申し立てをするはずの左翼も大挙してデモに参加したわけだが、そのデモ隊の先頭にいたのは、フランソワ・オランド、ニコラ・サルコジ、アンゲラ・メルケル、デーヴィッド・キャメロン、ジャン＝クロード・ユンカー〔ルクセンブルクの政治家で、現欧州委員会委員長〕、ドナルド・トゥスク〔ポーランドの政治家で、現欧州理事会議長〕、ペトロ・ポロチェンコ〔ウクライナ大統領〕という面々だったのである。繰り返して言っておきたい。誰ひとり、自分がなにゆえにデモ行進をしているか、あるいは少なくとも誰の後に続いてデモ行進しているかを、知らないでは済まされない。人が実地で受け入れるものは、理論上で拒否するものよりも意味深い。「左の左」陣営の大部分は、理論上ではにべもなく、緊縮財政、資本主義システム、米国のリーダーシップ、パレスチナ人の抑圧を拒否する。ところが、実地では単一通貨と自由貿易を受け入れる。あの擬似的な「反体制派」の面々はヨーロッパ主義者たちが先頭に立つデモ隊に入ることをも厭わなかった、と述べても、それだけではまだ真実に届かない。彼らはあの運命の日、フランス社会をイデオロギー的にも政治的にも支配している集合体MAZに自分たち自身も属していることを認めたのだ。

こうして、ライシテ〔世俗性〕と冒瀆への権利を護ろうとする街頭行動が明確化したのは、「部分的満場一致」であった。これは逆説的ではあるが、目下姿を現しつつあるシステムの理解のためには不可欠な概念、「中産階級の満場一致」というように表現し直せば簡単に理解できる概念である。

周囲をとりまく形而上学的空白によって、ユーロの失敗によって、新自由主義のいくつかの帰結によってストレスを与えられてはいるが、中産階級は崩壊するどころか、イデオロギー的かつ情動的な終局の融合を実現しつつある。社会党支持者も、サルコジ支持者も、ジャン＝リュック・メランション支持者も一緒にデモ行進をし、基本的価値観を同じくして皆がそこに立脚していると主張した。一体感は本物で、ある意味では癒しでさえあった。あの日を宗教的な気分で、世界の統一的再建のように生きた人が多かった。その際に彼らは、社会の半分以上を占めるはずの他の人びとを、陰鬱な二級市民ででもあるかのように拒絶し、あたかも存在しないかのように意識下に抑圧した。彼らが誠実に行動していたことに疑いを差し挟む余地はない。政治ジャーナリストたちは、重力の働いている現実生活の場からいっとき解き放たれ、一月一一日のイベントが階層と階層間の紛争を一挙に廃止することを本気で期待した。デモからの排除で象徴的に無化された国民戦線《フロン・ナショナル》が雲散霧消してしまう幻想を抱いた。彼らはまた、正しくも社会党の支持率がごく一時的ながら上昇するだろうと予言し、なぜなら——ここから先は正しくない——フランソワ・オランドという真のリーダーを得たからと言った。

他方、一月一一日に、都市郊外に暮らす若いイスラム教徒たちと労働者たちの二重の排除をともなって社会の上層部で実現されたフランスの一体化の結果、社会のメンタルな「垂直化」が強まった。その一体化は極右勢力を消滅させるどころか、いわば新たに水門を開いて、国民戦線《フロン・ナショナル》の水位をまたも上昇させたのである。もし政治ジャーナリストたちが、早くも二〇一五年一月二一日に発表されたジェローム・フルケの分析報告を読んでいたら、たくさんの愚言を吐かないで済んだだろう。ジェローム・フルケはその報告で、地方により大きく異なっていたデモ参加率の高低を特定し、デモ参加率の低かった地域に、国民投票での「否《ノン》」という標識と国民戦線《フロン・ナショナル》の刻印が認められることを述べていたのである。(10)

一月三〇日には、週刊誌『マリアンヌ』が世論調査でのマリーヌ・ルペン〔国民戦線《フロン・ナショナル》の現党首〕の支持率を三〇％と報道していた。続いて二月八日には、ドゥー県〔スイス国境に接するフランス東部の県。県庁所在地はブザンソン〕での補欠選挙の決選投票で、国民戦線《フロン・ナショナル》の候補者が、社会党候補に次ぐ四八・五％を獲得したのだった。国民運動連合（ＵＭＰ）の候補は第一回投票で敗れ、すでに除外されていた。

二〇一五年三月の県議会選挙で、国民戦線《フロン・ナショナル》は投票総数の約四分の一のラインに到達し、投票率がふたたび五〇％を切るような状況の中で地方レベルでの定着をより確かなものにし続けている。社会党は、投票者の五人に一人を少し上回る率でしか支持されていない。

カトリシズム、イスラム恐怖症、反ユダヤ主義

フランスの人口構成を念頭に置いて一月一一日の大デモを観察すれば、全参加者の内に労働者の占める割合が小さく、「管理職および知的上級職」の占める割合が大きかったことが分かるわけだが、その事実にも増して、デモ参加率の地図とカトリシズムの昔からの分布地図の一致が、平等を重視する伝統的共和主義と、ゾンビ・カトリシズムを骨組みとするネオ共和主義との間に連続性があるという見方を許さない。実際、ネオ共和主義は、人間の不平等とさまざまな社会的条件の不平等を主張する人類学的システムに由来している。この主義のアイデンティティ・カードを形而上学の面から調べると、より多くのことが判明し、ドクトリンをより的確に理解できるようになる。とりわけ、シャルリがテロ行為の反ユダヤ主義的次元を相対的に軽視したことについて、いくつかの仮説を立てることが可能になる。もっとも、ここで企てるのは何らかの結論を下すことではなく、ひとつの研究領域を慎重に切り開くことである。

二〇一五年一月二三日、マルセラ・イアクブ〔アルゼンチン及びフランス国籍のエッセイスト。一九六四年生まれ〕が『リベラシオン』紙でテロ行為の反ユダヤ主義的次元の軽視を次のように心配していた。

「テロ犠牲者の追悼に、ひどく困惑させるような点があった。ユダヤ人の死者たちに割かれる部分がほとんどなかったことだ。もちろん、人は言うだろう。いや、ユダヤ人の死者たちのこともいたるところで話題になった、話題になった程度はといえば、それはたしかに、『シャルリ・エブド』の死者たちほどではなかったかもしれない、でも彼らのことを完全に忘れたわけではなかった、と。まさに、その点が問題なのだ。ほかでもないその点こそが、私たちの記憶を苦いものにするのだ。というのは、ここで強く受ける印象、それは、預言者の諷刺画を描いたことを責めて人を殺すほうが、ユダヤ人を殺すよりも重大だという印象だからだ……」

ここでわれわれは、シャルリの原罪に近づいている。二〇一二年三月の連続銃撃事件、モハメッド・メラという若者がモントーバン〔フランスの南西部、ミディ＝ピレネー地域圏に属するタルヌ＝エ＝ガロンヌ県の県庁所在地〕で兵士たちを射殺したあと、トゥールーズ〔ミディ＝ピレネー地域圏の首府〕のユダヤ系中・高校「オザル・アトラ」で発砲して教師一人と生徒三人を殺害したあの事件の翌日、シャルリは平静だった。しかし道徳的に見ると、まったく疑いもなく、トゥールーズでの殺戮のほうが『シャルリ・エブド』でのそれよりも重大だ。ユダヤ人であるというだけの理由で子供や大人を殺すのが、ひとつの闘いを引き受けている編集部のメンバーを殺害するのに増しておぞましいことは明白なのだから。二〇一四年五月には、フランス人のメディ・ナムシュがブリュッセルのユダヤ博物館を襲って四人を射殺した。フランス社会の第一の問題は、諷刺の自由、あるいは表現の自由の侵害ではなく、都市郊外における反ユダヤ主義の拡がりである。

二〇一五年一月七日の事件は、したがって副次的に、それより前の殺害事件ですでに明らかになっていた反ユダヤ主義に対する平静さを、ふたたび表出することになった。デモ参加者たちが集結したのは、最も重大なことを告発するためではなく、すなわち反ユダヤ主義、およびユダヤ教というマイノリティの宗教が直面しなければならない危険の高まりを告発するためではなく、もうひとつのマイノリティの宗教であるイスラム教に対するイデオロギー的暴力を神聖化するためだった。

このように、シャルリ現象は宗教的なもの——「宗教的な」という言葉はここでは最大限広義に、宗教的なものの否定をも含む意味に解していただきたい——との関係においてしか理解され得ない。戦闘的な無神論は固有の神学を持っていて、祖先の神であれ、他者たちの神であれ、神の不在を主張するために闘うことを重視し、これを優先的なことと見做す。フランス社会を特徴づける宗教的混乱の中に、次の四つの基本的要素が見られる。

①無信仰の一般化

②被支配的状況にあるマイノリティの宗教であるイスラム教への敵意
③被支配的状況にあるそのグループの内部での反ユダヤ主義の擡頭
④その反ユダヤ主義擡頭に対する、支配的世俗社会の相対的無関心

　このような文脈においては、次のことが社会学的に、政治的に、人間的に明白だ。すなわち、イスラム教をフランス社会の中心的問題として指定すれば、フランス人のマジョリティにとってではなく、ユダヤ系の者にとって、身の危険が増大するのが必至であるということ。

　戦闘的無神論の拡大がイスラム恐怖症の拡大につながり、イスラム恐怖症の拡大が反ユダヤ主義の拡大につながるというこの連鎖は、偶発的なものと見做されるべきだろうか。もちろん、政治的・社会的な当事者たちの意識的動機だけに注目するのならば、偶発的と言えるだろう。しかしながら、シャルリ現象の中心にゾンビ・カトリシズムを見出した以上、われわれは慎重にならざるを得ない。もはや、社会的メカニズムを「意識」のレベルだけで読み取って、それでよしとするわけにはいかないのである。人類学的慣性という仮説と、歴史的諸力には継続性があるという自明の理を受け入れるならば、われわれはまた、イスラム教との関係で輪郭が明確になるシャルリの中核に、過去においてユダヤ人に対して必ずしも好意的でなかった諸力の末裔を見ることをも受け入れなくてはならない。フランスは長きにわたって普遍主義のイデオロギーに支配されてきたが、民族はそれぞれ本性から異なると考えるタイプのフランスもまた存在しているのだ。

人類学的な素地が不平等主義である地域には、差異主義の論理が働いている。そしてその論理は、メンタルなメカニズムとしては次のような単純な連鎖に要約され得る。「兄弟が不平等ならば、人間は個々に不平等であり、民族も不平等であり、普遍的人間は存在しない。異邦人、ユダヤ人、イスラム教徒、黒人は、その本性からして異なる」。こうした差異主義は、「差異への権利」という言い方でソフトに主張されることもあり得る。特に、兄弟関係を〔直系家族のように〕ずばり不平等というよりも、それぞれ異なるものと捉える人類学的システム〔絶対核家族〕においてはそうで、具体的には英米世界、オランダ、デンマークなどのケースである。「多文化主義」は一般に、標的となるグループの隔離を「固有の文化の尊重」という表現や「寛容」という言葉で包み隠す。典型的な場合をいえば、差異主義は、移民であれ、ユダヤ人であれ、黒人であれ、あるいはイスラム教徒であれ、それらのグループが各々の場所にとどまり、異なる人間として〔期待される〕役割を果たすならば、そのかぎりにおいてかなりよく許容する。非平等主義的な素地が違和感を示すのは、問題のグループがマジョリティに同化し、他と違わない人間、普通の市民として自己を打ち出してくるときなのだ。

基底の家族構造が不平等主義的であるときには、特定のグループに対する拒否が極度に乱暴なものとなり得る。差異主義的な外国人恐怖症の極限のケースがナチズムであり、あれは、宗教的信念の崩壊と経済危機が重なった時期に遅ればせながら生み出されたドイツ直系家族の所産であった。ナチズムの下では、同化したユダヤ人たち、あるいは同化過程にあったユダヤ人たちが、まずもって我慢ならない存在と見做されたのだ。もし他者なるものが本性から異なる存在であるならば、その同化は幻想、まやかし、嘘、健全な文化の中に入り込んでそれを内側から腐らせる試みでしかあり得ない、ということになる。

　ドレフュス事件の時代にフランスで顕在化した反ユダヤ主義は、差異主義の穏和なヴァリエーションであった。それは、フランス・ブルジョワジーのカトリック部分とその周辺に定着し、不平等主義的な人類学的素地を土壌としていた。しかしながら、当該の人口層は当時、活気あるカトリシズムを生きていて、宗教的危機の状況にはなかった。第一、ほかでもないカトリシズム自体が、普遍主義的メッセージの担う伝統ゆえに、差異主義に対して緩和剤のように作用していた。カトリシズムはまた、正統な系譜により自らがユダヤ教に由来することを十分に認めていた。とはいえ、それでもまさに同化したユダヤ人たち、一九世紀末のフランスの「イスラエル人」たちが標的にされたのだった。

　人びとを——したがって同化したユダヤ人たちを——異質と見ることをア・プリオリに拒否する平等主義的文化がフランスでは支配的であったから、それによる防御のおかげでドレフュス派の勝利が確定したのだった。

　平等主義的な人類学的システムの場合、すでに確認したとおり、論理の連鎖が逆転する。「兄弟が平等ならば、人間はみな平等であり、民族も平等であり、普遍的人間が存在する」。

　もちろん同化過程では、あらゆる抵抗、あらゆる緩慢さが、普遍主義的な偏見で機能する平等主義的な受け入れ側の社会を苛立たせることになる。公正を期して、私は極右のフランス人たちを主題とする本書第4章で、普遍主義的な性質の外国人恐怖症があり得ること、また、危機状況によっては、真正共和主義の反ユダヤ主義もときに発生し得ることを示すだろう。より珍しい形態である反ユダヤ主義は平等原則の極端な適用から派生するもので、その論理においては、不平等原則の昔からの定型的適用に由来するカトリック的もしくはヴィシー体制的な反ユダヤ主義の対極といえる。分析のこの段階では、部分的だが基本的な事実の確認に甘んじておこう。ゾンビ・カトリシズムを特徴とする周縁地域に掌握されるようになったフランスで、ロシアのマトリョーシカ人形のように入れ子構造でルサンチマンを抱く強迫神経症的な〔広義の〕宗教的気分が拡大しつつある。出自がキリスト教の人びとの間にイスラム恐怖症が育ち、出自がイスラム教の人びととの間に反ユダヤ主義が育っている。

今日フランス社会を戸惑わせているイデオロギー的転倒の分析は、さらに補完されなければならない。不平等という価値の擡頭をよく理解するには、実際、世俗的で平等主義的なフランス中央部に巣くう不安感・不調感がどれほどのものかをよりよく認識することが必要だ。ゾンビ・カトリシズムの固有のダイナミズムにも増して、フランス中央部の内部破裂こそが、なぜネオ共和主義システムが出現してきたかを説明する。ヴィシー体制なるものの強さ以上に、革命を受け継ぐものの弱さが、共和国的なものの変質を説明する。平等の価値がフランスで、ヨーロッパで、そして実をいえば先進諸国全体の中で、元気を失っている。

注

（1）周知のように、八五の地点で計算された一次相関係数は、通常の仮説において、その絶対値が〇・二八を上回るならば、有意水準一％の基準で有意である。
（2）多重線形回帰によって確認できるように、労働者人口の比率とカトリシズムの浸透度がいったん把握されてしまえば、管理職人口の比率は実のところ有意ではなくなる。
（3）〔訳注〕ここで用いられている「中産階級（les classes moyennes）」という用語は、通常の日本語とニュアンスが異なるかもしれない。生産年齢人口の上位一％以内の「富裕層」と生産年齢人口の下位五七％の「庶民層」に対するカテゴリーで、生産年齢人口の四二％を占める。つまり、ここに言う「中産階級」は実質的に社会全体の「上位半分」を指している。詳しくは、一一八頁のコラム〈二〇一〇年〜二〇一五年頃の中産階級の人口規模〉を参照のこと。
（4）一要因分散分析（ANOVA）はこの効果を示している（P値は〇・〇〇〇〇三七）。
（5）Direction de l'administration pénitentiaire, *Série statistiques des personnes placées sous main de justice, 1980–2014*.
（6）Christophe Ramaux, *L'État social*, Paris, Mille et une nuits, 2012.
（7）このことは英米には当てはまらない。
（8）Thomas Piketty, *Le Capital au XXI*[e] *siècle*, Paris, Seuil, 2013〔トマ・ピケティ、山形浩生・守岡桜・森本正史訳『21世紀の資本』みすず書房、二〇一四年〕.
（9）〔訳注〕Christophe Guilluy, *La France périphérique. Comment on a sacrifié les classes populaires*, Flammarion, septembre 2014.
（10）« Marche républicaine pour Charlie, des disparités de mobilisation lourdes de sens », IFOP, *Focus* No. 121.

第3章　逆境に置かれた平等

トマ・ピケティと彼の同僚たちの研究が示したとおり、平等の危機は世界的な現象である。したがって、平等の危機の説明を純然たるフランスの文脈に求めるのは現実的とは言い難い。資本の集中、所得格差の拡大、寡頭支配の出現は地球的現象だ。貿易と金融の新自由主義的再編は、そうした現象が出現するために不可欠であったけれども、そうした現象を直接説明する要因ではない。不平等の拡大へ行き着くゲームの規則を定めたのは諸国家である。ほかでもない代議制の政治システムが、所得格差の拡大を受け入れ、用意したのである。どれ一つとして、出し抜けに起こった事態ではない。最も古典的な経済理論――リカードの比較優位論からヘクシャー・オリーンの定理まで――が夙《つと》に、効率と同時に不平等も約束していたではないか。フランスで大銀行と国家を牛耳る国立行政学院（ENA）出身のエリート官僚たちが、今日われわれが経験している所得中央値の低下を予測しなかったことは、十分あり得ることだろうと思う。しかし、事実はといえば、有権者集団がかつてと異なる振る舞い方をし、「勝ち組」的個人、新自由主義的なゲームの規則、競争の必要性、格差が必ずや全体にもたらすであろう良い影響、等々を語る言説を熱狂的に受け入れたのである。

大衆がこのように靡いたのは、すべての先進国に共通する何らかの要因が働いたからにちがいないので、今やその要因を見つけ、特定する必要がある。まず、中央権力に近いところにいる一派がメディアと世論を操っているとする陰謀論的解釈を拒否しよう。そうしてむしろ、各国の人びとが受ける教育の普及の推移を観察するところから、どのようにして市民集団の溶解が起こったかという点の理解に努めよう。

いわゆる「栄光の三〇年」（ほとんどの先進国が高度成長を経験した一九四五年から七三年または七五年までを指す）の曙《あけぼの》であった一九四五年頃、ヨーロッパでも日本でも、国民全員、またはほとんど全員が読み書きすることができたが、教育の普及はそれ以上ではなかった。米国では、すでに若者の八〇％が中等教育を受けていた。先進諸国全体を見渡すと、暗黙のうちに基調は民主的だった。階層が文化的能力のレベルによって細分化されるという現象はあまりなかった。政治家、思想家、小説家らは、自らは高等教育の恩恵を受けていても、社会的に存在することを望むならば、大衆に「訴えかける」必要に迫られるのだった。ところが、先進諸国のいたるところで、米国では一九五〇年代から、ヨーロッパと日本では一九七〇年代または一九八〇年代から、高等教育の進展の結果、国民の教育上の同質性が脆弱化し、砕かれ、解体された。

文化水準のピラミッドが、若年層においては逆立ちする。非常に図式的なモデルを描いてよいならば、若年層の教育は、四五％が高等教育を受け、別の四五％が中等教育を受け、一〇％が初等教育にとどまるという状況へと推移している。逆三角形に近いこの文化ピラミッドの中で、初等教育にとどまる者はほとんど、学校教育上の落ちこぼれのように見える。公式の統計も、教育レベルが特に低い層に焦点が絞られるときには、「初等教育だけ」という捉え方から、「無資格のまま教育課程を終える」という捉え方へ、あるいはさらにいっそうあからさまに

「読む能力が不十分」という捉え方へと移り変わってきている。かつてはデモクラシーの土台であった大衆の識字化が、今や能力不足の象徴、落ちこぼれの象徴になってしまった。初等教育が国民皆教育となったことで生まれた平等主義の感覚のあとに、不平等主義的な社会感覚が発生してきた。もちろん、この社会感覚は全員にとって同じものではない。一方で、高等教育を受けた者が自分は選ばれた者のカテゴリーに属しているという幸福な意識を持っていれば、それに対応するように他方には、初等教育しか受けていない劣等カテゴリーの不幸な意識や、中等教育を背景とする中間層の不安定な意識が存在する。われわれはここに、主要なすべての西洋民主主義社会に見られる、エリート主義と大衆主義《ポピュリズム》のぶつかり合いの起源を捉えることができる。エリートと大衆の対立による社会の亀裂は、ドイツ、日本、スイス、スウェーデンのような社会ではさほど目立たない。もともと垂直的に一体化されているがゆえに、不平等主義的な下意識の新たな発生が持つきわめて破壊的な効果から予め護られているからだ。

このようなあらたな文化的階層化は、いうまでもなく、国民戦線《フロン・ナショナル》（ＦＮ）に票が集まる基本的な原因である。ＦＮへの支持・不支持は所得の差にも増して学歴の差に大きく影響されているのだから。とはいえ、ＦＮへの投票を、幼稚な選択だという意味を込めて一概に「初等」的であるとは言えない。なぜなら、そもそも、あの極右政党に大きな支持を与えているのは「中等」教育まで受けた層なのである。「高等」教育の学歴を持つ層は現段階では同党の誘惑に動かされていない。したがって、非常に単純化したモデルを持ち出して述べると、比較的若い諸世代においてFNに合流する可能性があるのは、一〇％の初等教育レベルの市民＋四五％の中等教育レベルの市民＝計五五％の有権者、ということになる。ただし、この計算で考慮されていない要素がある。高等教育を受けた若年齢層の所得は、現時点ですでに彼らの持つ資格や職能に見合っていないが、それがもっと低下してある限界を超える日には、避けがたく、彼らの内部へも極右が浸透していくだろう……。

世俗的で平等主義的なフランスが直面する困難

不平等へと向かう動きは世界共通であることを確認した上で、その動きが各国の社会に与える作用の多様性を理解したいと思う者にとって、フランスという国は人類学的に多様であるがゆえに、とてつもない実験場であるともいえる。実際、不平等という価値の擡頭は、不平等主義的な人類学的基底が不平等をア・プリオリに受け入れるときと、平等主義的な人類学的基底が一般的趨勢としての不平等の擡頭に苦しみ、これに抵抗し、これを拒絶するときとでは、異なる結果を生む。

では、不平等のフランスと平等のフランス、異なる二つのフランスはどんな反応を示すのか？

最新の国勢調査で得られたデータを分析することで、エルヴェ・ル・ブラーズと私は、共著の『不均衡という病』(1)に書いたように、フランス周縁地域のカトリシズムがそれ自体の死を超えて生き延びていることに注目した。その確認において、本書でもすでに述べたとおり、われわれの考察の理論モデルの中にゾンビ・カトリシズムという概念を導入することが必要になったのである。数多くの統計学的指標から見て、平等に無関心であったり敵対的であったりする諸地域では何かが相変わらず活発であることが明らかだった。学校の生徒の成績が良い、家庭環境の問題の発生件数がより少ない、失業率が相対的に低い、経済活動の転換が成功したケースが多い……といったことにそれが表れていた。対称的に、平等主義的で世俗主義的な昔からのフランスの不調が確認できた。二〇一四年における失業率を県別に示した**地図3-2**に目をやると、失業率と宗教実践の残存、すなわちゾンビ・カトリシズムとの間に、僅かではあるけれども意味深長な負の相関関係（マイナス〇・三〇）のあることが看て取れる。

　教育成果の格差がゾンビ・カトリシズムの好調さと世俗主義の不調さを隔てる動因であると見て、まず間違いないだろう。この点で最も驚くべきはおそらく、教育上の二極化がより鮮明に確認されるのが平等主義気質の地域においてであるということだろう。その諸地域では、初等教育にとどまる人口も、高等教育まで受ける人口も、共に多いのである。

　われわれが『不均衡という病』に提示した分析結果と平行して、他の研究者も教育上の困難に直面している地域の特定に努めた。われわれは同じ結論を共有することになった。**地図3-1**が表示しているのは、二〇〇一年～二〇〇二年度に中学一年生（年齢的には日本の小学六年生に相当する）の能力を評価するために全国一斉におこなわれたテストの結果を、社会経済的階層、家庭環境の問題、および外国人の比率から予想される要因を除外した上で県別に比較し、どの県の成績があまりにも良かったか、そしてどの県の成績があまりにも悪かったかを非常に緻密に分析した結果である[2]。この地図を見ると、難儀している地域に二つの極があることに気がつく。二つの極とは、ここでもまた、脱キリスト教化されたフランスの二つの中心地、すなわちパリ盆地とプロヴァンス地方である。

　これを発見したとき、われわれはまず、現象のポジティブな側面に、つまりカトリシズムを伝統とする地域がとてもうまく行っているという事実に敏感だった。分析の初期段階から、二つの説明要素が補完し合って当該地域の好調さを理解させてくれた。一つ目の要素は、たぶんキリスト教徒の耳に心地よく響くだろう。教会の教えに由来する社会的規律——家庭の安定、地域社会の協同性、反個人主義的な道徳——の残存が保護層を構成して、バラバラになった個人の孤立やエゴイズム、さらに悪いことに大衆ナルシシズム、また、即座には利益を生み出さないあらゆる仕事をア・プリオリに見下すイデオロギーなどが蔓延するネオ資本主義社会の中でも、人びとを荒廃から護るということだから。中央ヨーロッパ出身の二人の思想家が、ナチズムという惨事の人類学的・文化的起源に意識的だったがゆえに、人間生活を薄っぺらにしてしまいかねない市場の抽象性に対する人間の抵抗力向上に文化的な保護層の果たす役割の重要性を、他の思想家たちよりもよく理解した。たしかに、一九四二年に論述されたヨーゼフ・シュンペーターのヴィジョンは、過去からの伝統による保護の大部分を社会構造の上位の、文明

地図3-1　学校問題

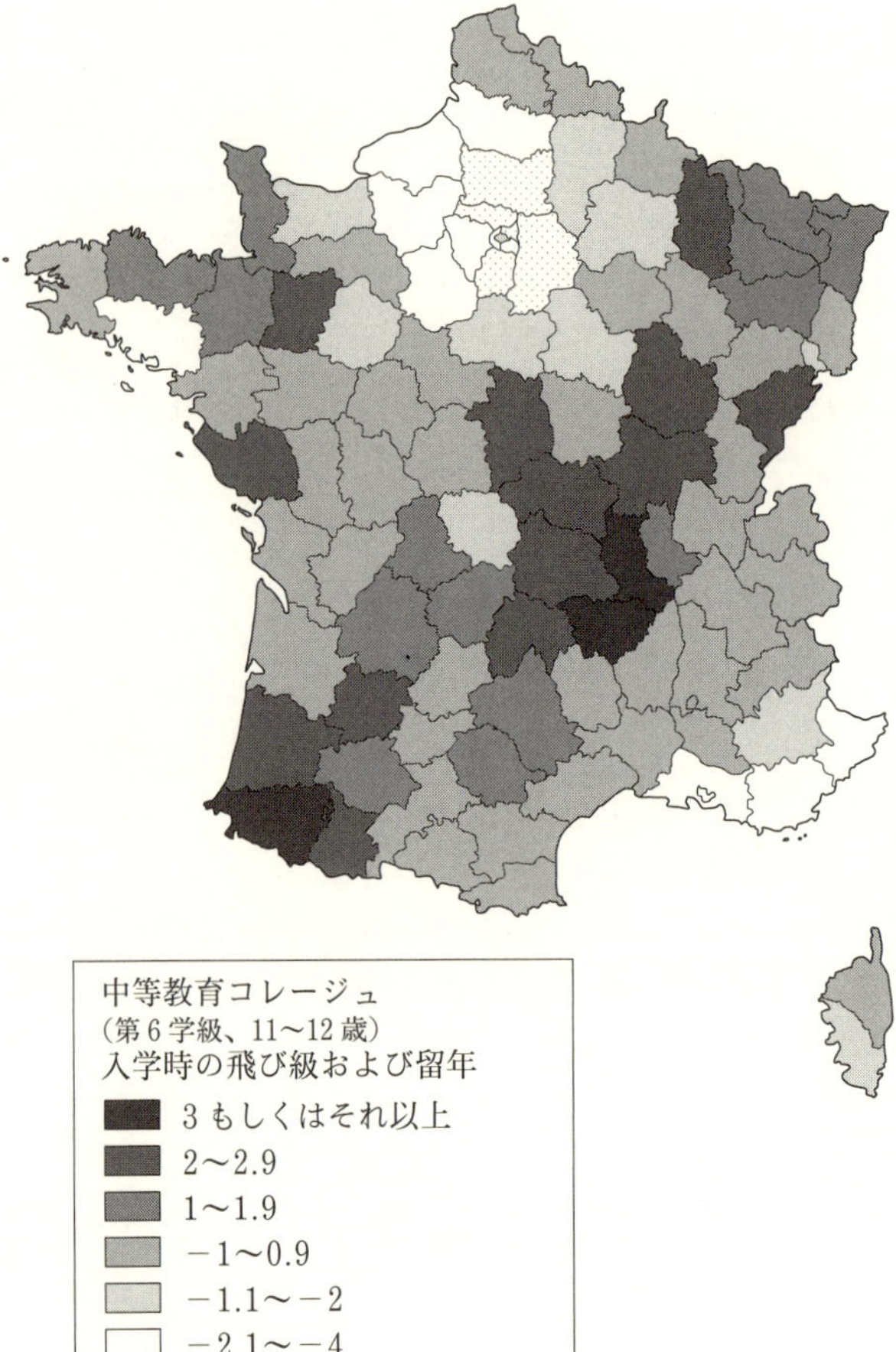
中等教育コレージュ
（第6学級、11～12歳）
入学時の飛び級および留年
3もしくはそれ以上
2～2.9
1～1.9
－1～0.9
－1.1～－2
－2.1～－4
－4以下
＊学校の構造を考慮に入れて調整した数値

地図 3-2　失業率

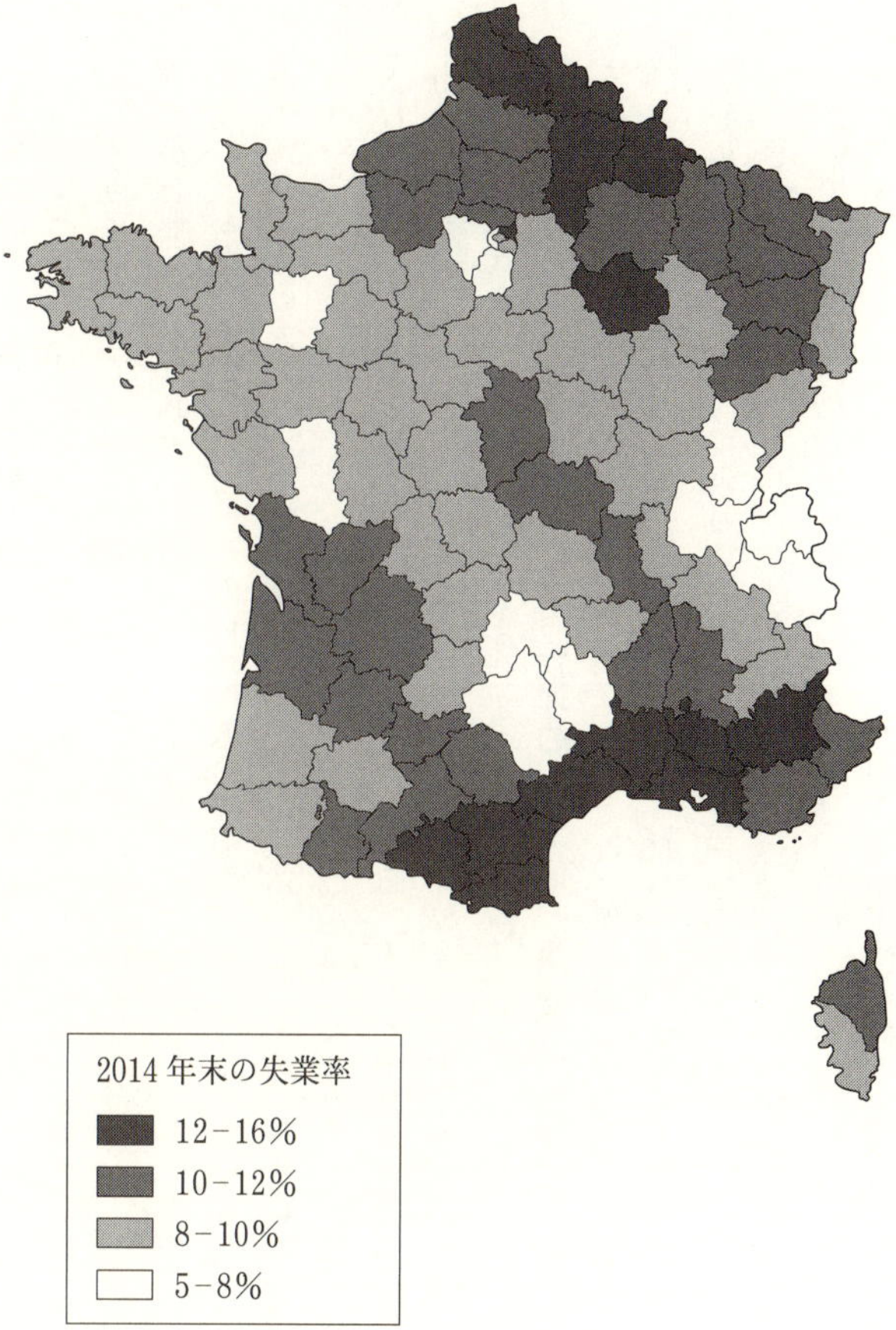
2014年末の失業率
12-16%
10-12%
8-10%
5-8%

化されていて慈善心に富む貴族階級の側に位置づけていた以上、かなりエリート主義的なものにとどまっていたと言わねばならない[3]。しかし、カール・ポラニーは一九四四年に、資本主義の出現を人類学的文脈の中についに位置づけ直し、市場による保護層の浸食が人間生活をどんな脅威に晒すかを理解するに到った。彼のテクストを読もう。

「市場メカニズムを、まさに人間とその自然環境の運命を左右する唯一の支配者とすることは、あるいは購買力の大きさと用途の唯一の支配者とすることでさえ、社会の壊滅をもたらすであろう。なぜなら、いうところの『労働力』という商品は、たまたまこの独特の商品の所有者となっている人間個人に影響を与えることなしには、それを無理やり押しつけることも、手当たりしだいに使うことも、あるいはそれを使わずにとっておくことさえできないからである。市場システムが人間の労働力を処理するということは、それによって、『人間』という名札に結びつけられたその人自身の物理的、心理的、道徳的特性を、市場システムが処理することを意味しよう。人間は、文化的諸制度という保護膜を奪われ、社会的にむき出しの存在となることに耐えられず、朽ち果ててしまうだろう。すなわち人間は、悪徳、堕落、犯罪、飢餓による激烈な社会的混乱の犠牲者として死滅するのである[4]」

ポラニーの著述を読むと、カトリック的な協同性と助け合いの実践の残存が個々人をバラバラにしないための社会的保護の習慣を保全し、その習慣がこの三〇年間、フランスの三分の一の地域を護ってきたこと、そして、まさにその社会的保護の習慣が個人主義的で平等主義的なフランス中央部には苛酷なまでに欠けていたことが分かる。

ゾンビ・カトリシズムの成功を説明する二つ目の要素は、一つ目の要素ほど教会にとってポジティブではなく、むしろ世俗主義的もしくはプロテスタント的な伝統に属する。ローマ法王庁はかつて反啓蒙主義の怪物で、進歩と教育をブロックして突っ張り、いたるところで司祭への服従を奨励していた。したがって、至極当然の成り行きとして、人びとの意識に対する教権のコントロールが崩れた結果、個々人のエネルギーが解放され、将来を楽観する感情が生まれたと考えられる。そもそも一八世紀のパリ盆地とプロヴァンス地方にも、われわれは類似の現象が起こったと想像できる。当時の哲学者ディドロはオート＝マルヌ県〔フランス東部、シャンパーニュ地方の県〕の出身、同じくコンドルセはエーヌ県〔パリの北のピカルディー地方の県〕の、革命家ロベスピエールはパ＝ド＝カレ県〔北仏に位置し、ドーバー海峡に臨む〕の、同じくサン＝ジュストはニエーヴル県〔パリの東方ブルゴーニュ地方の南西部分を占める県〕の出だった。いずれも一八世紀中葉に脱キリスト教化した地域から輩出された面々だったわけだ。

また、一八一九年から一八二六年の間に、パリ盆地の諸県、とりわけソンム県〔北仏ピカルディー地方の北西部を占める県で、県庁所在地はアミアン〕とオート＝マルヌ県をつなぐラインを軸とする一帯は、人口比率から推定できる以上の数の学生をパリのグランゼコール〔フランス独自の高等プロフェッショナル・スクール。大学とは別系統のエリート養成機関〕に供給した(5)。こうして、フランス革命の前夜と直後には、ネイションの平等主義的な心臓が、とりわけその北東部分で力強く鼓動していたのだ。あるいは、より正確に、全方位的に活性化していたと言ってもよい。文化的に先進的で、革新的なエリートを他地域よりも多く輩出し、他地域よりも高い率で自殺者をも出していた。宗教の崩壊は、希望と不安を同時にもたらすのである。

ゾンビ・カトリシズムの諸地方で、一九六〇年から一九九〇年までの間、希望が不安に優ったことは確実だ。特にそのことが鮮明だったのがフランスの西部地域で、あの地域は当時、消費社会だけでなく、遅ればせながらの、しかし洗練された産業革命を含め、重なり合って発生してくるありとあらゆる現代性を発見したのだった。同地域に所在するショレ市民やマイエンヌ県民の経済的ダイナミズムは、そのような新たな精神状態の帰結である。

とはいえ、見落としてはいけないことがある。これらの地域の成功の一部分は、特に一九九〇年以降の成功は、地域固有の相互扶助の伝統にも、教権の影響力からの解放にも起因しておらず、単に、世界的に不平等拡大の歴史的局面にあるときに、これらの地域がそのメンタリティーの奥底でア・プリオリに不平等を受け入れるという事実の結果にすぎないということだ。これらの地域の生産年齢人口を構成する人びとは、フランス本土の中央部を占める平等主義的地域に生きる人びとよりも従順である。従順な態度がもたらす有利さは二重である。一方で、社会的平穏が地域内で、地域経済のメカニズムがスムーズに機能することを容易にする。しかも他方で、このような社会は経営側に対して友好的なので、外部からの投資を呼び込みやすい。ゾンビ・カトリシズムの社会で社会的規律が支配的であることを察知するのに、人類学者や歴史家である必要はさらさらない。労働側で多数派を占めるフランス民主主義労働同盟（CFDT）が賢明な協議を推奨しているが、それは経済的困難と給与下落の局面では、フランス西部地域の昔の封建社会に遡《さかのぼ》るあの旧き良き「ありがとうございます、ご主人様」を思い起こさせる。

工業が昔から定着している東部地域では、物事はたしかにもっと微妙ではある。しかし、リヨンやアルザス地方やサヴォァア地方の経営者たちや銀行家たちは、平等という価値をめぐって他地域の労働者たちほどには騒がない地元の労働者たちを、いつでも当てにできると知っている。家族構造の人類学は、ここでは皆が知っていることを説明するにすぎない。目下の資本主義の局面では資本の流動性が加速しているだけに、各国の内部でも世界規模でも、不平等と最もよく折り合うタイプの社会が有利になる。

世俗主義の諸地域が困難な状況にあるわけは、ちょうど対称的に、ゾンビ・カトリシズムの地域に関して今しがた列挙したすべてのポジティブな要因の逆転によって解明できる。当該地域の特徴である平等主義的な個人主義は、社会の推移が速く、経済の転換が絶え間もなくおこなわれる時代に、苦境にある人びとをセーフティネットなしに放置する。この地域では脱キリスト教はすでに昔の話なので、解放による楽観的なメッセージも発せられることがない。

平等理念のフランスでは、おまけにもう一つ別の不安要因が、すでに指摘した要因に付け加わる。共産主義の消失の結果、民衆はただ単に赤い大きな教会のみなしごになってしまっただけでなく、その上、半世紀以上にわたる共産主義への賛同を恥じるよう催告されたのである。一九九〇年〜二〇一〇年頃のフランス人イデオローグたちは、たいていは「戦闘」が終わってしまってから、敗北した共産主義の悪事を告発するのに汲々として、自分たちの国がフランス共産党を失うことでいったい何を失ったかを見落としてしまった。失ったもの、それは、フランスの約三分の二の地域で暮らす民衆の間で、普遍的なるものへの信頼と外国人恐怖症の拒否を培《つちか》い、さらに、進歩と教育への信念という、結局これこそブルジョワ文化の最良のものだといってよいものを生き生きと保つことに役立っていたひとつの巨大な文化的機構だったのだ。党運営のやり方はスターリン主義的でありながら、フランス共産党はその生活習慣においてはリベラルで、その道徳性においては気高かった。アラブ人を侮蔑するような言葉を吐く者は党員として受け入れなかった。今ここに書きつけているのは、一九六七年から六九年にかけて入党していた私自身の思い出だ。フランス中央部の凋落とそこに漂う現下の悲観的雰囲気は、部分的には、共産党の失墜の結果である。

しかも二重の罰が科せられている。資本は、社会的に不服従で、階級として異議申し立てをする習慣のあるこの地域を好まない。すでにずいぶん以前から、組合運動において労働総同盟（CGT）が支配的なこの地域には投資は不承不承にしか向かわない。フランス民主主義労働同盟（CFDT）の分布図が宗教実践の分布図に決定されているのと同様に、CGTが優勢な地域の分布図は、昔からのライシテ〔世俗性〕の図にぴったりと一致している。ライシテのフランスが不調なのは、単にこの地域の内発的ダイナミズムが弱まっているからだけではなく、まるで気体のように軽々と移動するようになった資本によって日々、平等へと向かう選好を、また社会的恭順の拒否を罰せられているからだ。このフランスに潜在的なのは、「神もなく、主人もなく[6]」という気風である。

平等主義的なフランス中央部にこのような危機が訪れていなかったら、反対方向へ傾く周縁部の価値観が優位を占めることは決してなかっただろう。テリトリーの広さから見れば、不平等のフランスは昔より重みを増したわけではない。しかし、その人類学的な素地が、不平等を目指す競争を主軸としている現代の歴史の動きにうまく適合しているのだ。教育の新たな形の階層化も、不平等主義的な家族的・宗教的素地をもつ地域のア・プリオリなイデオロギー的判断を堅固にする一方、平等主義的な気質の地域社会を破壊する。だがそれでも、ひとつの疑問が残っている。このプロセスの中で、平等主義的地域出身の中産階級——高等教育の普及で大いに分厚くなった階層である——の価値観はどうなるのだろうか？　この間に根本的に変容したのだろうか？　「管理職および知的上級職」のグループは、平等主義的な都市地域で生産年齢人口の五分の一から三分の一を占めているのだが、自らの人類学的な母体から分離独立したのだろうか？　いうまでもなく、この問題はまずもってパリに関係する。われわれはイル＝ド＝フランス地方〔パリ市を中心にパリ盆地の七県を包み込む広域行政地域圏〕の平等主義を破壊されたものと見做すべきなのか、それとも一時的に不活性化しているものと見做すべきなのか？　私はこのデリケートな論点に、人類学的システムの再生産の形態を検討したのちに立ち帰るだろう。

今のところは、フランスについての以上の結論が先進諸国の全体を見渡したときにも有効だということに注目しておこう。事実、平等主義的気質のネイションが苦境にあるわけだから。

難局にある資本主義の人類学

フランスの不安を悪化させる危険を冒しても、われわれはまず次のことを認めなくてはならない。資本主義のいち早い発展は、人類学的な素地が不平等主義でないとしても、非平等主義であるネイションの事象であったということ。これが英米世界全体に言える真実であり、まさに英米世界が世界の資本主義に、一九世紀にはイギリス、二〇世紀には米国という具合に、二つのリーダー国家を続けて供給したのである。この二国では、絶対核家族が、親子関係における自由主義と、兄弟姉妹の関係における平等原則の不在を組み合わせている。人類学的観点から見ると、デンマークとオランダ（ただし、オランダ全域ではない）は英米世界にかなり近い。フランス西部の内陸部も、カトリシズムの外見にもかかわらず、英米世界にかなり似ている。

経済的なテイクオフの第二波は、直系家族を伝統とする国々――ドイツ、スウェーデン、日本、韓国――で起こった。これらの国々ではかつて、不平等と権威主義が家族構造によってはっきりと奨励されていた。跡取り一人が――これはたいていは長男であったわけだが――農家を引き継いだのである。スウェーデンという変異体は、一九世紀のヨーロッパの北端において歴史が浅くてまだ不完全な状態にあった家族システム・モデルの興味深いフェミニスト的逸脱を示している。

したがって、人類学的観点から見ると、西洋世界の支配的経済大国は平等主義的な基質を持たない世界に属している(7)。兄弟の間、人びとの間、階層の間の差異をア・プリオリの原則として受け入れれば、まず勃興期の産業世界の機能的差異化を、それからシュンペーターの言った創造的破壊の原理によって再生する産業世界の機能的差異化を容易に実現できたにちがいない。それがどのようなわけだったかは、即座に看て取ることができる。

もっとも、この「西洋」世界はイデオロギー的に同質的ではない。直系家族の権威主義は、絶対核家族のリベラリズムと対照的である。ドイツまたは日本のはっきりした不平等主義は、英米世界に見られる不平等の黙認とは違う。この対立なしには、第二次世界大戦における双方の選択を理解できないだろう。人はそれぞれ人種という檻から抜け出せず、人種間には絶対的不平等が存在するという概念がナチズムによって考えられたわけだが、それは、英米の自由主義者らにとっては考えられないたぐいの概念だ。彼らは、人びとを真に平等とは見做さないだけなのだから。

不平等のヨーロッパ

フランス中央部だけではなく、平等主義のヨーロッパが苦境に置かれている。二〇世紀の初めに遅れていたイタリア、スペイン、ポルトガルが、二一世紀には、北ヨーロッパに搾取されている。例外はそのサイズが小さい。フィンランドはスウェーデン側ではない部分において平等主義で、ごく最近まで共産党が重きを成していた国だが、どちらかというと全般に好調だ。国教の地位にあるルター派教会は一六世紀からスウェーデン人によって押しつけられたのだったが、これがもたらした運命予定説の不平等理念により、家族構造に由来する平等主義を和らげることができた。ギリシャはもう一つの例外である。ギリシャの大陸部分、特にコリントス湾の北側全体は平等主義的だ。しかし、島々の人類学的素地はきわめて独特で、女系の長子相続を中心とする家族システムに基づいている。いずれにせよギリシャは、今日、北ヨーロッパに服従させられており、心底から平等主義であるとは見做され得ないだろう。

何はともあれ、大局的に見て、ドイツの指導下でのヨーロッパの階層秩序化は、明確なひとつの人類学的論理に基づいておこなわれている。不平等主義の「北」が、プロテスタントであるとないとを問わず、平等主義の「南」に対して、歴史的な優位性をふたたび確然としたものにしている。ヨーロッパ大陸の階層秩序化は、フランス国土の瓦解に対応している。ヨーロッパにおいては、ドイツ的で不平等主義的な中核が経済における支配的地位を利して、平等主義的な周縁部を掌握している。フランスにおいては、平等主義的な中核が経済的に失速し、不平等主義的な周縁部を掌握できなくなっている。いや、中央部が周縁部にコントロールされるようになってきているとさえいえる。ゾンビ・カトリシズムの諸地域がヨーロッパのメカニズムを支えにして、フランス全域を牛耳るという構図が見える。事を単純に述べるべく、今やヨーロッパの中心的パワーとなったドイツを出発点にしよう。ゾンビ・カトリシズムの諸地方は、フランス領内でドイツ・システムの仲介役を果たしているのだ。

ヨーロッパ全域を包括的に検討すると、ヨーロッパ大陸規模でのゾンビ・カトリシズムが家族的価値の作用と連関していることが明らかになる。フランドル地方、ヴェネチア、アイルランド、オーストリア、ポーランドのダイナミズムは、カトリック教会の最も確かな拠点のうちに数えられていた地域における宗教的実践の崩壊に関連している。ドイツ国内でも、カトリック教徒が多数派を占めている南部のバイエルン州とバーデン゠ヴュルテンベルク州が、経済成長率においてプロテスタントの多い北部に優っている。ただ、ルール地方〔ドイツ中西部のルール川下流域全体。かつての重工業地帯〕の産業転換のせいで、カトリック的なラインラント〔ライン川中流・下流域の総称〕の上昇にはブレーキがかかった。スロヴェニアとクロアチアは、経済的適応に成功すれば、ゾンビ・カトリシズムのグループに入れるだろう。これらの地域では、基底に潜む家族構造がさまざまであるにもかかわらず、平等原則の不在という橋渡しの要素は共有されている。

したがって、ヨーロッパ域内にも、フランス国内にも、ゾンビ・カトリシズムの地域が星座のように散在しており、いずれも平等主義的でなく、その大部分がユーロ圏に属している。複数のネイションに真に共通する人類学的・宗教的タイプはこれが唯一なので、このタイプこそが単一通貨の現実の骨組みなのだという仮説を提示できるだろう。この仮説には、突飛なところも、並外れたところもありはしない。ヨーロッパ建設をキリスト教民主主義の娘とするありきたりの考えに、近年の脱キリスト教化現象を付け加えるだけのことなのだ。神への信仰を失った空白感の中で、カトリック文化がユーロを発明した。信仰にともなっていた同情と慈愛の義務から解放されると、社会生活を階層秩序的に捉える従来からのヴィジョンが昂然と頭を擡げ、強固になる。日ごとに、じわじわと、不平等主義の理想が、各国の社会生活のあり方とヨーロッパ諸国民間の関係のあり方を組み替えていく。

フランス、ドイツ人たち、アラブ人たち

フランスの場合、二〇世紀の歴史の中でフランスに問題を投げかけた二つの民族、すなわちドイツ人とアラブ人を相手とする関係の推移ほど如実に、支配的イデオロギーの逆転を明白に示すものはない。ドゴール大統領の下では、諸国民・諸民族の関係において平等の理想が優勢だった。フランスの行動原則は、ドイツ（軍事的あるいは経済的勝利者）に対する劣等意識にも、アラブ世界（われわれの植民地）に対する優越意識にも依存せず、そういうものから独立したかたちで適用されていた。ドゴール将軍の対ドイツ政策、対アラブ政策は、等しく普遍主

義的だった。以来、ア・プリオリなイデオロギーがじわじわと推移して、ついに今日の階層秩序化に到った。ドイツは優越的と再定義されて、模倣ないしは服従の対象となった。アラブ世界は劣等的と捉えられ、近代化されるか、あるいは格下げされるべき対象となった。この二重の動きは実は一つであって、権力の座にあるエリートのメンタル・システムの不平等主義的再編にほかならない。「共和国」よりも「ヴィシー体制」の系譜に連なる動きである。

この傾向は、もう一つの、より平等主義的な傾向と対立する。後者は、すべての他国民を嫌う傾向で、「普遍主義的外国人恐怖症」と呼び得るだろう。この外国人恐怖症の場合には、同時にドイツ人恐怖症、イスラム恐怖症、ロシア人恐怖症であることができる。私は本書のさらに先の方で、一方は平等主義、他方は不平等主義というふうに異なって競合するこの二つの外国人恐怖症それぞれの人類学的な意味と定義の説明を試みるつもりだ。

現段階では、フランスでは、こうしたいくつもの外国人恐怖症が、脈絡のない大騒ぎの中で、重なり合ったり、避け合ったりしている。エリートは皆ほとんど同質的にロシア恐怖症である。社会党は公式にはすべての人を愛するはずだが、ロシア人だけは別だ。保守の国民運動連合（UMP）はヨーロッパ主義でイスラム恐怖症だが、ロシア人恐怖症においてはさほど厳格でない。国民戦線《フロン・ナショナル》はヨーロッパ恐怖症で、イスラム恐怖症だが、親ロシアである。

ドイツと北方の国々の推移によって、秩序づけが始まる。イスラム恐怖症がいよいよヨーロッパ主義の地平線となってきているので、フランスの各政党は近いうちに態度を選択しなければならないだろう。ミシェル・ウエルベックの『服従』が書店でよく売れたのはフランスでだけではない。イタリアでも、ドイツでも同じだった。だからといって、パリを新しい思想の首都だなどと思うのはとんでもない間違いだ。わが国の貿易収支は、他の多くの製品においてと同様、イスラム恐怖症のシリーズにおいても明確に赤字なのだ。

ドイツと割礼

ドイツにはイスラム恐怖症のありきたりのすべての要素が高いレベルで揃っていて、その中に、『ドイツが消える』のようなメイド・イン・ジャーマニーのベストセラーも含まれる。この本は二〇一〇年秋に出版され、二〇〇万部以上も売れた。著者はティロ・ザラッィンといって、社会民主党に属する政治家である。生まれは、プロテスタンティズムのドイツのただ中、テューリンゲン自由州〔ドイツ中部の州、州都はエアフルト〕のゲーラである。彼の本はスキャンダルとなり、ザラッィンはその出版の後にドイツ中央銀行理事のポストからの辞任を余儀なくされた。この本の原題 *Deutschland schafft sich ab*(8) は文字どおり、「ドイツが自らを抹殺する」という意味だ。こうなると、われわれは認めなければならない。二〇一四年に『フランスの自殺』を出した我らがエリック・ゼムールなどは、重心がフランスよりももっと東、もっと北にあるイデオロギー的推移のささやかなエピゴーネンにすぎないのである。同様に『シャルリ・エブド』も、この諷刺新聞がムハンマドを徹底してからかい始めたときには、デンマークの日刊紙『ユランズ・ポステン』のエピゴーネンにすぎなかった。『ユランズ・ポステン』は、早くも二〇〇五年からイスラム教をテーマにした諷刺画をいくつも掲載し、「討論を提起した」のだった。最も注目されたデンマーク人漫画家クルト・ベスタゴーの画では、ムハンマドのターバンが爆弾に模されていた。北方のイデオローグとただちに連帯した『シャルリ・エブド』は、いわば一介の模倣者にすぎなかった。ここでもまた、音頭をとるのはプロテスタンティズムのヨーロッパだと確認できる。プロテスタンティズムが主流の地域におけるイスラム教徒の人口比率は、フランスや、ドイツのカトリシズムの地域に比べてずっと低いのだけれども。

さらにもう少し年月を遡ろう。オランダのイスラム恐怖症政党のリーダーだったピム・フォルタインが暗殺されたのは二〇〇二年五月六日だったから、『シャルリ・エブド』での殺戮に一三年近くも先立っていたわけだ。あの暗殺事件の直後、オランダは、少なくともフランスにおける二〇一五年一月七日の直後と比べられるほどに国中が大騒ぎになった。フォルタインは社会党にいたことがあり、プロテスタンティズムの地域であるオランダ北端の出身だった。

二〇一四年に、ドイツで「ペギーダ」（ＰＥＧＩＤＡ）こと、Patriotische Europäer gegen die islamisierung des Abendlandes が結成された。この団体名は、フランス語に直すと「西洋のイスラム化に反対する愛国的ヨーロッパ人」となる。ただ、この翻訳では、Abendlandes（夕暮れの国、夕日）という言葉の黄昏《たそがれ》のニュアンスが失われる。急成長にともなう内部危機のせいで、この運動体が毎週月曜の夜にドレスデン〔ドイツ中部、ザクセン自由州の州都〕で実施していた反イスラム・デモはひと頃の勢いを失ったようだが、いずれにせよ、この運動体の本拠地ドレスデンは、これまたプロテスタンティズムの地域である。

先鋭なイスラム恐怖症がどんなものであるかをさらに見ておくなら、ドイツには、「ペギーダ」（PEGIDA）の不気味な夜の集会よりもずっと興味深い事例がある。法務エリートたちと一般の人びとに共通する無意識がそれである。これが示すのは、イスラム恐怖症にとって、反ユダヤ主義と一致するのがどれほど容易なことかという点だ。

二〇一〇年の終わり頃、四歳のチュニジア人少年がケルン市内の医院で割礼を受けた後、出血して病院に運び込まれて治療を受けるということがあった。検事が、執刀した医師――シリア人――を「加重情状付き身体毀損」のかどで起訴した。一審の区裁判所は公訴棄却とした。だが、検事は粘り強い人物で、ケルン地方裁判所に控訴した。地裁は医師を放免したが、しかし二〇一二年五月七日の判決で、割礼について、体を「取り返しのつかないかたちで永続的に」変形させる以上、刑事罰の対象となる傷害罪であるとする司法判断を下した。割礼はユダヤ教およびイスラム教の伝統で、かなり広範にアメリカ的なものともいえる（米国人男性のおよそ半数は割礼を施されている）が、それがドイツの裁判所によって、不可逆的な身体毀損と定められた。なぜなら、「身体的インテグリティ〔身体を完全な形に保全すること〕への子供の権利は親の権利より優先されなければならない」……というのだった。

この司法判断は、ドイツで滑稽なほど大まじめな議論を引き起こした。その果てに、いくつかの世論調査が、ドイツ人の五五％がケルン地裁の判断を肯定していることを明らかにした。結局、イスラエルから来た抗議がアンゲラ・メルケルとドイツの諸政党を世界の現実に引き戻し、さまざまな宗教的マイノリティが割礼をおこなうことを合法化する法案が、ドイツ連邦議会にて二〇一二年一二月一二日、賛成四三四票、反対一〇〇票、棄権四六で可決された。ところが、割礼をめぐるドイツの物語《サーガ》はそれでは終わらなかったのである。

二〇一三年九月末、ドイツ社会民主党の議員マレーネ・ルプレヒトが欧州評議会の議員会議に、「子供の身体的インテグリティの侵害」に対抗する措置をとるよう加盟各国に促す決議案を提出した。その決議案は賛成七八票、反対一三票、棄権一五で採択された。欧州評議会議員はこうして諸国家に対し、「女性器切除のような最も有害な行為を公に断罪し、それらを禁止する法制度を採択する」ことを、また、「医学的に正当化される場合を除く少年男子の割礼のように、今日いくつかの宗教コミュニティにおいて広く普及している行為に関して、遵守されるべき医学的、保健衛生的等の諸条件を明瞭に定める」ことを要請した。ルプレヒトが長く代議士を務めていた地元はニュールンベルクの辺りで、そこはバイエルン州の少数派プロテスタントの地域に属する。

またも、イスラエル国家がこの決議文に対して抗議しなければならなかった。だが、その抗議を待つまでもなく、人は単なる良識に照らしてこの決議文を反ユダヤ主義的かつイスラム恐怖症的と見做すべきだった。ユダヤ教とイスラム教のいずれが主な標的となっているのかは分からないけれども。ルプレヒト自身は自分を、子供の権利を擁護する戦士というふうに見ている。それにしても、割礼に関するドイツの強いこだわりには驚嘆する。人類学がそのフィールドワークで、割礼を問題視したことは一度もない。まして、子供に関してそれを問題視したことなどまったくない。実地調査によれば、割礼を施された者も、施されていない者も同様に自分の状態に満足していて、何の不満も抱いていない。したがって、ほかでもないドイツが、一〇〇万人のユダヤ人の子供を皆殺しにしてからまだせいぜい七〇年しか経たないのに、その国内にいる他のユダヤ人の子供たちの身体的インテグリティに関して、何の後ろめたさもなしに判定者のような態度をとるとはどういうことなのだろうか。唖然とするほかはない。ライン川の向こう側で、もちろん人びとはごく誠実に、子供の日々の幸福を大切にする現代的な考えにしたがっているつもりなのである。少し距離を置いて自分を突き放すように見てみるということが最小限のユーモアセンスの条件であるはずだが、それが欠けていること一つを取ってみても、ドイツ人たちは――当然ながらこれは集団としての話であって、一人ひとりのドイツ人がそうだというのではない――やや特殊な国民で、もちろん本質的に反ユダヤ主義やイスラム恐怖症だということはないが、少なくとも分裂症的だとはいえるだろう。因みに注目すべきことの一つは、同じ分裂症的な精神構造が、ネオ共和主義に転じたフランスの支持をも利して、ドイツが南ヨーロッパに押しつけている緊縮財政政策にも作用しているということであろう。

ヨーロッパの諸政党が、日頃「ショア」〔ユダヤ人大量殺戮〕の記憶にどっぷり浸かっているとされるにもかかわらず、この件に関して沈黙している。この事実は現状をよく物語っているにちがいないが、正確にどういう現状を物語っているのかは必ずしもよく分からない。可能な解釈は二つある。一つ目は、大陸ヨーロッパのエリートたちの無気力さを強調する解釈だ。この仮説は、むしろ安堵させてくれるといっていい。二つ目の解釈は、彼らの暗黙の同意を、割礼に関するドイツの新しい問題意識への肯定的態度を見出す解釈である。この仮説は不安をかき立てるけれども、マレーネ・ルプレヒト議員の決議案が欧州評議会で賛成多数を得た事実は、われわれをこの仮説の方へと促す。現段階では判断を下しかねるけれども、とにかく、反ユダヤ主義に対する闘いを欧州の指導者たちが重視し、支持しているといっても、その本気度はもはや確かでないということを認めなければならない。

未来の歴史家たちは、外国人恐怖症の系譜を追跡する任務を負うことになるだろう。二一世紀初頭の今日、新たな、あるいはリニューアルしたいくつもの外国人恐怖症が、じわじわとヨーロッパの夢に入り込んできているからだ。とはいえ、すでに現時点で見えてきている要素もある。ルター派的伝統のヨーロッパは今ではヨーロッパ大陸のカトリシズムの地域とまったく同様に宗教実践はしなくなっているけれども、そのルター派的伝統のヨーロッパがイスラム恐怖症の触媒という特殊な役割を演じているということだ。私はすでに、ユーロ圏一帯にゾンビ・カトリシズムという骨組みが存在していることに注目した。その骨組みの拠点は、バイエルン、バーデン、ヴュルテンベルク、ラインラント、オーストリア、南オランダ、フランドル、アイルランド、北イタリア、北西スペイン、フランス周縁部などであった。これらの地域に共通する非平等主義的な人類学的素地が、ユーロ圏における不平等主義出現の主要な基盤を構成しているのだった。そこで、今やわれわれの分析モデルにもう一つ別の、これまた星座のように諸地域に散在する要素を、ゾンビ・プロテスタンティズムと名づけて付け加えなければならない。ゾンビ・プロテスタンティズムは、ゾンビ・カトリシズムに比べてより北方に所在し、同じように不平等主義的だが、イスラム恐怖症といえる思念の採用においてはより積極的だ。ルター派のドイツの場合には、反ユダヤ主義が擡頭した頃もそうであったようにと、やはり付け加えておくべきだろう。宗教実践としての死のあとのゾンビ・プロテスタンティズムの延命においては、運命予定説の教義に由来する不平等主義のいっそうの徹底が予感される。ゾンビ・カトリシズムとゾンビ・プロテスタンティズムという二つの集合が、オランダとドイツで混じり合い、補完し合っている。

二〇一五年一月一一日のヨーロッパ主義的大ハプニング

デモ行進の先頭に立って歩いた国家元首たちは、不平等のヨーロッパを演出していた。イスラエル首相ベンヤミン・ネタニヤフのケースは脇に置く。彼があそこにいたのは、まったく別の配慮、特にフランスでユダヤ教を実践している人びとが晒されることになったリスクに関する配慮によって正当化されていたからだ。また、ロシア外相セルゲイ・ラブロフのことも、ここでは脇に置く。ラブロフについては後ほど改めて言及するけれども。
ポストモダン的不平等の名士たちが揃っていた。アンゲラ・メルケル（支配、緊縮財政）、フランソワ・オランド（服従）、デーヴィッド・キャメロン（新自由主義）、アンヌ・イダルゴ（パリの管理職および知的上級職）、ジャン＝クロード・ユンカー（ルクセンブルクの銀行システム）、ニコラ・サルコジ（フランスにおけるイスラム恐怖症第一波）、ドナルド・トゥスク[9]（ロシア人恐怖症）等。

われわれはフランソワ・オランドが裏表ない態度をとったことに対して礼を言わなければならない。何カ月も前から世論調査でひどく低い支持率を示され続けて消耗し、一月七日にはフランス史の中に突如悲劇的なものが戻ってきたことでぐらついたが、彼は自らの無意識に語らせることにし、真正のカミングアウトによって不平等主義を表に出したのだ。彼の精神的解放は想像するに余りある。あの大統領選挙の選挙戦のとき、ル・ブールジェ〔パリ北東郊外の都市〕で平等主義の演説を暗誦したときには、ずいぶん居心地の悪い思いをしたのだろうから。「私が闘う真の相手は、名前を持っていません、顔を持っていません、政党も持っていません。決して自ら名乗り出て候補者になることはないのです。彼は選出されないでしょう。ところが、それにもかかわらず、彼は統治するのです。私が闘う相手、それは金融界です」。それにしても、いったいどこから彼は、金融界が顔を持っていないとか、選出されないだろうとか、そんな考えを引っ張り出して来たのだろう？　ともあれ、テロのおぞましさに乱暴に押されて、オランドはついにわれわれの前で、彼自身についてと、われわれの共和国について、本当のことを言った。あの招待者リストによって、彼自身によるシャルリの定義を示した。

　私は白状しなくてはならない。完璧さを気にするあまり、私はいっときジェローム・カユザック[10]（脱税目的の外国への資金移動）の不在を心配した。私のこの発言は度を越しているだろうか？　当時、ありとあらゆる新聞・雑誌の表紙に画一的に「私はシャルリ」と印字されていた。そこから示唆されるのは、『ガラ（Gala）』〔女性向け大衆週刊誌〕もシャルリ、『クローザー（Closer）』〔スキャンダル週刊誌〕もシャルリ、どこかそこら辺に転がっているポルノ雑誌もシャルリ、『ミッキー（Mickey）』〔子供向けの漫画週刊誌〕もシャルリ、ということだった。それなら、どうしてカユザックをジャン＝クロード・ユンカーの隣に、「脱税」を「脱税天国」の隣に並ばせていけないことがあろうか？　彼もまた、我らが共和国の真の「価値＝有価証券」の一つを体現しているではないか。

　一五〇〇万人から二〇〇〇万人の群衆が、あの信じがたい通貨と予算と軍事の「ギーク」〔geeks愛好マニア〕の集団の後について歩くことを受け入れたわけだった。支配が受け入れられていて、不平等は群衆を基盤として持っている。フランス共和国も、それを包み込むヨーロッパ共和国もひとつの階層システムである。あの巨大なネオ共和主義デモを見れば、フランスにおける不平等の拡大が一握りのエリートの陰謀のせいではないこと、ピラミッドの頂点の所得に与っている一％の人びとの仕業でさえないことを認めないわけにいかない。仮に彼らがデモをしたとしても、それがたとえ一〇〇％の動員率（七五歳以上と五歳以下を除く）であっても、「一％」の定義からして、フランス全国でせいぜい五〇万人程度しか集まらないことは分かりきっている。そうとも、フランスは現在たしかに、寡頭制システムへ変異しつつある。しかし、そのシステムの頂点に、昔風に、わずか二〇〇家族だけの門戸の狭いクラブが君臨するとか、一五万人程度が集うクラブが君臨するとかいうふうにイメージするのは間違いだろう。高学歴とそこそこの所得によって限定される集団による寡頭制が出現している。その集団が、国を牛耳り、自分たちの価値観と夢を国に押しつけ、移民の子らを都市近郊へ押しやり、さらに遠い郊外と田舎の県の奥の方へとフランスの民衆を追いやっている。

ロシアという例外

政治家たちのグループにも、デモに参加した人たちの群れにも、偶然的要素が含まれていた。別の理由で、別の論理にしたがって、イベントの主流からは断ち切られた形でそこに居合わせた人たちがいた。ロシアを代表して来ていたが、テレビカメラには映らなかったセルゲイ・ラブロフもその一人だ。彼が奥の方へ押しやられていたのは、緻密に検討された演出によるものだった。ロシアが日々被らなければならない西洋側の攻撃性も同様である。イスラム恐怖症に劣らず、ロシア人恐怖症も意味を持っている。

その性質からして、人類学はイデオロギーの駄弁に抵抗する。政治家たちが当たり障りのなさを高揚感で補うような演説をしても、その言葉の下にナショナルな、あるいはリージョナルな価値の現実を見抜く。人類学は、民衆とその指導者たちの無意識へのアクセスなのだ。わたしは先程、ドイツ的世界では不平等主義的な家族的価値が長い持続の中で優越すること、イギリスではその価値は非平等主義的であることを述べ、そしてフランスでは、従来、周縁部で価値づけられてきた不平等が主導権を握ったと語った。ロシアの家族的価値はというと、それは非常に平等主義的である。ロシアの伝統的家族は外婚制共同体家族だ。この家族システムは、一人の父親と結婚した息子たち全員を、生活と労働を共にする広大な共同体の中で結びつける。ロシアの共同体家族は、父系的組織化の歴史が浅くて一七世紀以前には遡らないため、女性の地位を比較的高く維持するという特殊性を持っていた。ロシアの伝統は、親子関係における強力な権威主義と、兄弟関係における厳格な平等性を組み合わせていた。それは農村社会では抑圧であり、貴族社会では親密さだった。ロシアがわれわれにもたらしたのは共産主義とドストエフスキーだけではない。トルストイとツルゲーネフもロシアの賜物なのだ。かくしてロシアは、多様な形態を成すヨーロッパの家族にとって四つ目の枠なのである。フランス中央部は自由を平等に組み合わせる。イギリスは自由を平等の不在に組み合わせる。ドイツは権威を不平等に組み合わせる。ロシアは平等を権威に結びつける。

一九世紀後半に急成長を遂げて、ロシアの家族は社会生活全般に権威と平等を尊ぶ価値観を伝搬した。それがやがて思想領域にも達し、ボルシェヴィスム、一党独裁、計画経済、そして

KGB〔ソ連国家保安委員会〕を生んだ。時が経つに連れ、また高等教育が普及した結果、ロシア共同体主義の暴力的な形は影をひそめた。ソビエト・システムの崩壊が、しばらくの混乱と迷いの時期を経て、国家指導型の市場経済の出現に好ましい環境を提供した。家族形態に由来する諸価値が潜在的に永続している結果、ロシアでは共産主義の崩壊の後も、権威主義的で平等主義的な感覚が維持された。そして、この感覚の存続が今やロシアを、ロシア自身も意識しないうちに、西洋的新自由主義の膨張に対する抵抗の埠頭《ふとう》ともいえるような勢力にしつつある。

　権威主義がロシアをフランスから遠ざけるのは確かだ。ドイツの権威主義がほどなくドイツをフランスというパートナーから切り離すであろうように。しかし、シャルル・ドゴールのフランスなら、ウラジミール・プーチンのロシアを前にすればただちに、平等の価値における姉妹を、フランス同様に平等な諸国民の世界というヴィジョンを担うことのできるパートナーを見出しただろう。ロシアは今なお、国内的にごくわずかしか自由主義的になっていない。しかし、兄弟、人びと、諸国民に対するロシアの平等主義的な捉え方は、「自由で平等な諸国民」というドゴール主義的な概念の世界規模での擁護者にふさわしい。

　フランソワ・オランドのネオ・フランス共和国は、平等の価値が力を失った結果成立したわけだから、プーチンのロシアを好きになることはできない。西洋のエリートたちがモスクワに向ける嫌悪を考慮すれば、セルゲイ・ラブロフがネオ共和主義の行進の隊列の中で奥の方へ追いやられたのは論理的なことではあった。

パリの不思議

パリ市長のアンヌ・イダルゴもデモ隊の先頭にいた。そこで、この章をひとつの根本的な問いかけによって閉じようと思う。首都は、実際のところ、ナショナルなシステムを不平等主義的な方向へ逸脱させる上で大きな役割を演じている。それでも、パリの潜在的な人類学的システムをこの現象の第一の原因にすることはできないのである。

パリは、平等主義的核家族の地域の中心に位置している。一八世紀までずっと、パリの人口の大半はこのフランス中央部各地から流入し、自由主義的で普遍主義的な家族システムの価値観をネイションの中核へと持ち込んだのだった。一九世紀になり、さらに二〇世紀になると、国土の周縁部からの移住が多くなった。同時にヨーロッパ各地からの移民も増え、やがて世界各地からも人が集まってくるようになった。しかし、ごく最近までパリの周囲に市街を丸く取り囲むように共産党の強い地盤があって「赤い帯」と呼ばれていたことは、パリ地方の平等主義が、一九世紀と二〇世紀前半の移住によって浸食されなかったことの証拠である。

地方の大都市は、基本的に一八世紀のパリのように機能し続け、それぞれの人口の大半はそれぞれの周辺地域からの流入者で構成されている。ライン川とローヌ川を結ぶ軸に沿った地域では、遠方からの移民が多いわけだが、そこも含めて、地方都市は人口学的にもそれぞれの地域の中心として存在している。かくして、すでに見たとおり、レンヌやリヨンはいずれも依然としてゾンビ・カトリシズムにとどまっているし、マルセイユは相変わらず、独特の魔法のような無秩序の中でマルセイユであり続けている。

パリは地方都市と異なり、世界都市とも呼べそうなものに発展し、地球上の諸民族が会する場所になっている。移住プロセスの世界化をフランスよりも先に経験した米国の諸都市における同化メカニズムに関して分かっていることを参照すれば、受け入れ国の既存の人類学的システムが移民の流入によって崩壊すると想像するのは誤りであろう。ニューヨークでも、ボストンでも、シカゴでも、サン・フランシスコでも、ロサンジェルスでも、家族は相変わらず絶対核家族として描かれ得る。自由主義的だが平等主義的ではないイギリス流の当初の原型は、スコットランド、アイルランド、ドイツ、スウェーデン、ポーランド、ユダヤ、イタリア、日本、韓国、中国などからの三世紀にわたる移民流入を経ても元どおりで、変化していない。移民の子孫は二世代目か三世代目になると、もともとの家族システムがどのようなものであっても、受け入れ社会の家族システムを採用する。

場所の記憶

米国での移民の動向が与えてくれる歴史的教訓は、人類学にとってきわめて重要だ。この教訓は、家族を通して伝わる価値に想定されているパワーを相対化してくれる。そして子供たちの無意識の中にハンマーで叩き込まれたような強い価値というものの伝達ばかりを想像する「精神分析的」モデルを遠ざける。家族が子供に教え込むことで価値が伝達されるメカニズムももちろん存在するが、それと同時に、学校、街、界隈《カルチエ》、企業など、家族よりも広い環境で、漠然とした軽い模倣プロセスにしたがって再生産される弱い価値の伝達もまた認められなければならない。テリトリーが、家族に劣らず、そのテリトリーで認められている諸価値を伝達する。この仮説なしでは、われわれは米国やカナダやオーストラリアの存在を理解できないだろう。

実をいえば、家族システム自体、それのテリトリーなしでは考えることができない。自分の家族に思いを馳せるとき、誰もが自然に、一種樹木のような表象になる家系図を思い浮かべ、年月を貫いて自分にまで降りてくる垂直軸を意識するだろう。しかし、両親も、祖父母も、曾祖父母も、出会って結婚するには、まず同じ場所で暮らしている必要があったのだ。ひとつの家族システム、それは現実には、同じテリトリー内で配偶者をやり取りする家族群なのである。アラブ世界や南インドの「内婚制」と呼ばれるシステムにおいても、配偶者のマジョリティは純然たるいとこではなく、テリトリーが家族に劣らず、嫁交換と諸価値の永続を保証する。たしかにある種のケースにおいては、宗教が象徴的な場所の役割を果たし、たいてい富裕な家族同士の場合だが、遠距離での配偶者交換を可能にする。しかし、ユダヤ人コミュニティにおいてさえ、かつての結婚のほとんどは居住している界隈かゲットーの中で成立したのだ。

人類学的システムが今日、人口の流動性が極度に高いにもかかわらず易々と永続するのは、漠然とした模倣プロセスによって受け入れ国または受け入れ地域の文化の勝利が際限なく繰り返されるからである。移民は適応するし、子供たちは別の家族的価値に乗り換える。テリトリーにおいて支配的な価値は変えられもしないし、脅かされることすらない。根本的な逆説は、ここでは強いシステムを生み出すのが弱い価値だということだ。移民が自らのもともとの価値を捨てることができるからこそ、テリトリーにおいて支配的な価値が、それも同じように弱いのだけれども大勢の個人によって尊重されているからこそ毎度勝利するのである。フランス国内で、地理的移動に拍車がかかっているにもかかわらず地域文化が永続していることをエルヴェ・ル・ブラーズとともに確認した折、われわれは場所の記憶という概念を活用することにした。家族システムという概念と矛盾するどころか、場所の記憶という概念はそれを補完する。なぜなら、繰り返すけれども、ひとつの家族システムとは、同じテリトリー内で配偶者をやり取りする家族群だからである。

　場所の記憶という概念はわれわれを解放してくれる。この概念によれば、人間を不変的なある本質に閉じ込めることなしに、地域文化や国民文化の永続性を受け入れることができる。ピカルディー地方、ブルターニュ地方、プロヴァンス地方が自らをそのまま永続させるからといって、子供時代に刻印された強い価値によって強引に分け隔てられたピカルディー人、ブルターニュ人、プロヴァンス人という人間のタイプがあるわけではないのと同じように、イギリス、スウェーデン、ドイツはいずれも実に堅固にそれぞれの国であり続けることができるが、だからといってわれわれは、受けた教育によって世界から切り離された、諷刺画のようなイギリス人、スウェーデン人、ドイツ人なるものが存在するというような仮説を採用する必要などには迫られない。

ひとつの背理法をとおして、精神に強く刻印されている家族的価値の行き着く先が、移住率が高い場合にはテリトリーの解体にほかならないこと、どんな家族システムも永続できなくなる状態だということが理解できる。もし伝統的家族構造によって培われる価値観が「精神分析的」モデルに合致し、子供たちの脳の奥に埋め込まれているとしたら、移住は受け入れ社会の内部へ、決して同化されることのない家族を送り込むことになってしまうだろう。その場合、移民が増加すれば、受け入れ社会のもともとの文化とは異なる文化を生かすための特別ブロックを都市の中にいくつも作っていくことになろう。そうした特別ブロックも、一時はまともに存在するかのような幻想を与えるかもしれない。しかしリトル・イタリアやチャイナタウンはこれまでも、受け入れ国に着いたばかりで、ある文化から別の文化への移動のショックからまだ立ち直っていない移民第一世代のための着陸滑走路、適応のために水位を調節する閘門《こうもん》にすぎなかった。移民たちは常に、移住先がどこであっても、もし受け入れ社会が彼らに対してそれを禁止しないならば、その場所の市民になるのが運命だ。差異の尊重についての多文化主義的言説を超えて、真実を述べよう。実際には誰でも、現にいる場所で、たとえできるかぎり家族から引き継いだものに忠実であり続けようと願っていても、何よりもまず、周りの人びとのうちの一人になりたいと切望するのである。このメカニズムは、子供や青少年においては格別に強い。学校や界隈の影響に抗して子供を教育しようとする家族があるようだが、そういう闘いはたいてい、あらかじめ敗北が決まっている闘いだ。複数の文化をどうしてもそのまま存続させたければ、別々のテリトリーに分けて、隔てる必要がある。さて、こうした点で、フランスの現況は他の国々と根本的に異なるようには見えないけれども、しかしフランスの場合には、バカげた、あるいは倒錯した経済運営がもたらす困難があり、それが差別的な結果をもたらしている。しっかり意識しておかなければならないのは、同化の失敗が起これば、それは常に受け入れ社会の側の失敗で、移民グループの側の問題ではないということだ。同化することの拒否はまずあり得ないのに対して、受け入れ側住民による拒絶は常に起こり得る。

あらゆる指標に照らして、パリでは、同化の模倣メカニズムが働いてはいるが、その働き方が断片的になっていて、この町の人口の四分の一以上を構成する中上流の階層において、基本的価値観が変化したという仮説を除外できない。

自由が歴史的・社会的文脈によってパリで損なわれたというようなことは、あまり考えられない。自由はむしろヒステリックになっている。現代のハイパー個人主義、クリストファー・ラッシュ[11]の言葉を借りれば「ナルシシズムの文化」だが、これが社会の原子《アトム》化をもたらし、実存の究極目的の不確かさの原因になっている。個人は、能力開花や自己実現よりも、アノミーや集団的価値観の不在を思わせるこの雰囲気の中で本当に自由なのだろうか？　答えるのは難しい。確かなのは、意識の孤立と、そこから来る感動への渇望が、二〇一五年一月一一日、群衆の一体化に大いに貢献したということである。個人の過剰は、ときに個人を殺す。しかし、われわれはここで今、ひとつの可能性として、自由の病理学を考えている。価値観の権威主義的変化を考えているのではないのだ。

われわれが理解しなければならないのは、パリ地方で、イデオロギーにおいても政治的な振る舞いにおいても、平等の価値が不活性化させられたことである。教育の新たな階層化が、不平等主義的な社会的下意識が浮かび上がってきた原因なのだが、それがイル＝ド＝フランス地方ではエンジン全開で機能している。パリは際立って管理職の多い都市だ。管理職が生産年齢人口の二八％を占めている。トゥールーズではそれが二四％、地方のたいていの主要都市では一八％から二〇％程度である。イル＝ド＝フランス地方の学歴階層が最大限に垂直化し、そのせいで、この地方における平等主義的な人類学的与件の効果が無に帰している。こうした環境の中で、初等教育修了、中等教育修了、高等教育修了などの個々の層がそれぞれの世界に閉じ籠もり、それぞれがいわばひとつのテリトリーになり、そのテリトリーがさらに細分化されるような状況が生まれている。裕福な上級管理職、「ブルジョワ・ボヘミアン」[12]、郊外に住む男、界隈《カルチエ》に暮らす男、等々がそれ自体として類型となり、地理的にも他から隔てられている。おそらくは、それぞれが自己の周辺で自由主義的かつ平等主義的な価値を再生産しているのであろうけれども……。ともあれ今日、細かく差異化された教育格差が、パリの平等主義的気質を見えなくしている。人類学的システムの平等主義的無意識が社会上層部の集団の中ではすでに傷つけられてしまったと、果たして断定できるのだろうか？　正直なところ、われわれにはその点は分からない。伝統的家族構造に由来する昔からの諸価値と教育レベルの新しい階層化が組み合わさっていること、エスニシティ別というよりも社会職能別にテリトリーが分かれていること、パリの高学歴カテゴリーの中にゾンビ・カトリシズムを出自とする新たな世代の高学歴者がどんどん参入してきていること、移民出身の高学歴者の参入も増加してきていることなど、こうした現象のすべてが状況を混濁したものにしている。諸価値の再生産メカニズムに関するわれわれの理解は、弱い価値が強いシステムを成立させるという仮説を得て豊かになったとはいえ、現在、平等の価値がパリの中産階級において失墜しているのかどうかという問いに答えるには十分でない。一月一一日のデモへの参加率が非常に高かったという事実は、肯定的な答えへとわれわれを促す。しかし、フランスには二種類の外国人恐怖症が存在していて、両者は競合関係にある。すなわち、不平等原則に根ざす「差異主義的外国人恐怖症」と、平等原則に立脚する「普遍主義的外国人恐怖症」である――次章でこの二つを比較検討する――が、競合する二つの外国人恐怖症が存在する以上、分析のこの段階ではまだ、何がパリでのデモ行進を動機づけたのか言い当てることはできない。

その代わり、ここ三〇年の政治の推移を踏まえて、フランス中央部の民衆の世界では、平等の価値が完全無欠のままだということは断定できる。ただ、ほかでもないこの価値が、一九八〇年代以来、不幸にして「普遍主義的外国人恐怖症」のとてつもない波を作りだしているのだ。もっとも、その波は、不平等へと向かうフランス社会の主要な動きの余波にすぎない。

危機の四段階

ドラマの主要な要素を分析し終えたので、われわれは今や、かなりシンプルな図式でもって、フランスにおけるイデオロギーの逆転を、平等原則からその反対物へという逆転を要約することができる。

(1)出発点。不平等という価値にとって二箇所、安定した錨の下ろし所がある。すなわち、非常に限られた上級階層と、カトリシズムの拠点地域である。

(2)最終的な脱キリスト教化によって、フランスの三分の一に相当する周縁部のゾンビ・カトリシズムと、その不平等主義的な基盤が擡頭する。

(3)ゾンビ・カトリシズムであるとないとを問わず、教育の進展によって膨張した上級階層が、不平等の価値そのものによる支配ではないとしても、漠然とした不平等主義的感情による支配を、下方へ向かう社会的な毛管を通じて拡げる。

(4)ヨーロッパのメカニズムの重心が北方へ、また不平等原則の方へと移ると、そのヨーロッパ・メカニズムが、フランス内部で不平等を支持する勢力にとってきわめて重要な支えとなる。それに対応して、フランスの三分の一に相当する諸地方と、中産階級の一部分が、ドイツのリーダーシップの下でヨーロッパ規模で展開する不平等原則の仲介者となる。
もちろん、論述のこの段階で、かのヴィシー政権（ドイツがヘゲモニーを握った大陸ヨーロッパの中での共和国の自己解体）に言及する誘惑に駆られる。しかし、それをすれば、粗雑すぎる単純化をおこなうことになってしまうだろう。一九四〇年の直前、カトリシズムの強いフランス周縁部の擡頭はいささかも観察されていなかった。高等教育のどんな進展も確認されていなかった。それどころか、その数年前に、人民戦線《フロン・ポピュレール》が国内での平等原則の活力と社会の上級階層の弱さを証明したのだった。テリトリーと人間集団の継続性を認めるからといって、不動の歴史という「間違った」歴史観にすべり込んで行くようなことがあってはならないのである。

注

（1）〔訳注〕Hervé Le Bras et Emmanuel Todd, *Le mystère français*, Seuil, 2013〔『不均衡という病——フランスの変容 1980–2010』石崎晴己訳、藤原書店、二〇一四年〕.

（2）Sylvain Broccolichi, Choukri Ben Ayed, Catherine Mathey-Pierre et Danièle Trancart, « Fragmentations territoriales et inégalités scolaires : des relations complexes entre la distribution spatiale, les conditions de scolarisation et la réussite des élèves », *Education et Formations*, n° 74, avril 2007.

（3）Joseph Schumpeter, *Capitalisme, socialisme et démocratie*, Paris, Payot, rééd. 2006〔ヨーゼフ・シュムペーター『資本主義・社会主義・民主主義』中山伊知郎・東畑精一訳、東洋経済新報社、

一九九五年〕.

(4) Karl Polanyi, *La Grande Transformation*, Paris, Gallimard, 1983, p.108〔カール・ポラニー『新訳　大転換――市場社会の形成と崩壊』野口建彦・栖原学訳、東洋経済新報社、二〇〇九年、一二六頁〕.

(5) Hervé Le Bras et Emmanuel Todd, *L'Invention de la France*, *op.cit.*, p.269.

(6)〔訳注〕« ni Dieu ni Maître » はアナーキズム（無政府主義）のスローガンである。アナーキズムを標榜するシンガーソングライターのレオ・フェレ（一九一六～一九九三年）の持ち歌の題名としても名高い。

(7) このテーゼの統計学的かつ計量経済学的な最近の確認については、以下を参照のこと。David Le Bris, « Family Characteristics and Economic Development », Kedge Business School, 2015.

(8)〔訳注〕Thilo Sarrazin, *Deutschland schafft sich ab: Wie wir unser Land aufs Spiel setzen*, Dva Dt.Verlags-Anstalt, 2010.

(9)〔訳注〕ポーランドの前首相で、欧州理事会議長（EUの元首）。

(10)〔訳注〕フランスのオランド政権の経済・財務相付予算担当相だったが、税金逃れのための銀行口座をスイスに持っていたことが発覚し、二〇一三年三月に辞任した。

(11) *La culture du narcissisme*, Paris, Flammarion, 2006（ジョルジュ・リエベールと私自身がフランス語版の最初の版を一九八一年にRobert Laffont社から出した）〔クリストファー・ラッシュ『ナルシシズムの時代』石川弘義訳、ナツメ社、一九八一年〕.

(12)〔訳注〕たいてい縮約形の"bobo"で表示される社会文化的グループ。フランスではおよそ、ある程度余裕のある所得を有し、かなり日常的に文化的なものに親しみ、左翼に投票する傾向のある人びとを指すと考えられている。

第4章　極右のフランス人たち

科学的研究の道具のうちで最も強力なものは対称性の原則である。安定したシステムはそのほとんどのケースにおいて、その内部で力や形が互いに対応している均衡状態を、つまり、〈A〉の方向の錯誤が不可避的にその対称物を反対方向〈マイナスA〉の錯誤の内に見出すようなひとつの包括的な構造を成す諸要素を統合している。したがって、今や不平等主義的な人類学的構造を土台とするようになったフランス共和国という不条理に、平等主義的な人類学的素地に根ざしていながら外国人恐怖症を看板にしている勢力という対称的な不条理が対応していないとしたら、そのほうが意外なのだ。フランス国内でその勢力を特定するのはまったく容易い。それは国民戦線《フロン・ナショナル》（FN）なのだから。FNは、移民とその子供たちの劣等性を主張しながら、その実、自らの地理的基盤をかつてフランス革命をやってのけた諸地域に見出していることが年々明らかになってきている。

フランス中央部への国民戦線のゆっくりとした歩み

われわれはこのところずっと、国民戦線《フロン・ナショナル》（FN）が存在している環境で生きている。一九八八年以来、政治ジャーナリストたちはこれでもか、これでもかとばかりに、フランスの政治システムがだんだんと極右からの浸水に沈みつつあるとコメントしてきた。しかし、その極右の伸張は実際にはさほどのスピードではなかった。一九八八年の大統領選挙で、ジャン＝マリー・ルペンはすでに一四・四％の票を獲得していたのである。二〇一二年の大統領選挙でのマリーヌ・ルペンの得票率は一七・九％だった。四半世紀かかって三・五％の伸びでは、電光石火の進撃といえない。それでも、フランス社会の一部分へのＦＮの影響力に拍車がかかってきたことに疑いの余地はない。しかし、党勢の伸張がゆっくりだった結果、ＦＮの構造的変容はあまり目立たず、むしろ見落とされてきた。党を率いているリーダーたちのイデオロギーの推移は真に説得的でない。私は個人的に、フランス全体の中の差異主義的周縁部に由来する反ユダヤ主義を彼らが放棄したというのは怪しい話だと思っている。だが、極右が労働者層を支持基盤にしたのは、フランス史上新しい現象である。この現象が確認できるようになったのはかなり早く、一九八〇年代末のことだった。

いずれにせよ、ここ一〇年の間に起こった真に新しい現象は、ＦＮの地理的移動だ。ＦＮが当初擡頭したのは、フランスの約三分の一に相当する、移民人口の多い地域においてだった。そのＦＮが徐々に、本土の中央部へと移動した。極右への投票と、アルジェリア、モロッコ、および／またはチュニジア国籍の移民の人口比率を結びつける相関関係の係数は、一九八六年にはプラス〇・七九だったのが、二〇一二年には〇・一〇に落ちた。昔から庶民層の中の勢力である極右が模索しながら、人類学的に理想的な基盤を少しずつ見出したのだ。私が人口学者エルヴェ・ル・ブラーズとの共著で二〇一三年に上梓した『不均衡という病』は、ＦＮが平等主義を特徴とする中央部に定着する傾向を持っていることを強調したのだった。だが、緻密な地図学的分析によれば、その傾向は一九九三年からすでに看て取ることができた。そのためには、統計学上の回帰分析をおこない、マグレブ系移民人口の割合から予期される数値をFNの得票スコアが上回った県を特定すれば足りるのだった。

その差、隔たりを示した**地図4-1**は、非常に印象的だ。一九九三年の選挙ですでに、FNのスコアが平等主義の地域で、すなわちかつてフランス革命の中心だった地域で異常なまでに高かったことを示してくれている(1)。

グラフ3を見ていただこう。このグラフが示しているのは、二〇一二年の大統領選挙におけるマリーヌ・ルペンへの投票レベルを人類学的システムの潜在的平等主義との関係で見たときのありさまである。極右が最も悪い選挙結果を記録したのは、第1章で定義した県単位の平等指数が〇・五でしかないところだったと分かる。最も良い結果が出たのは、平等指数二の地域だった。もし、全面的不平等と強い不平等(指数〇と〇・五)の地域を束ねると、そこでのFNの得票率は一七・一%だ。強い平等、非常に強い平等、最大の平等(指数二、二・五、三)を一緒にすると、FNの得票率は二〇%ということになる。要するに、すべてのローカルな政治的、社会的、経済的偶然を超えて、FNの得票率は、平等主義の土地柄の地域のほうが、不平等主義の地域よりも高いのである。

国民戦線《フロン・ナショナル》への投票者たちを動かしている感情はとりあえず不平等主義的と描写できるものであることは確かだ。なぜなら、彼らの投票に反映されている意志が、彼らから見てより低い程度でフランス人であるとか、フランス人ではないというふうに映る個人やグループを社会の

地図4-1　1993年　国民戦線（FN）と平等指向の度合い

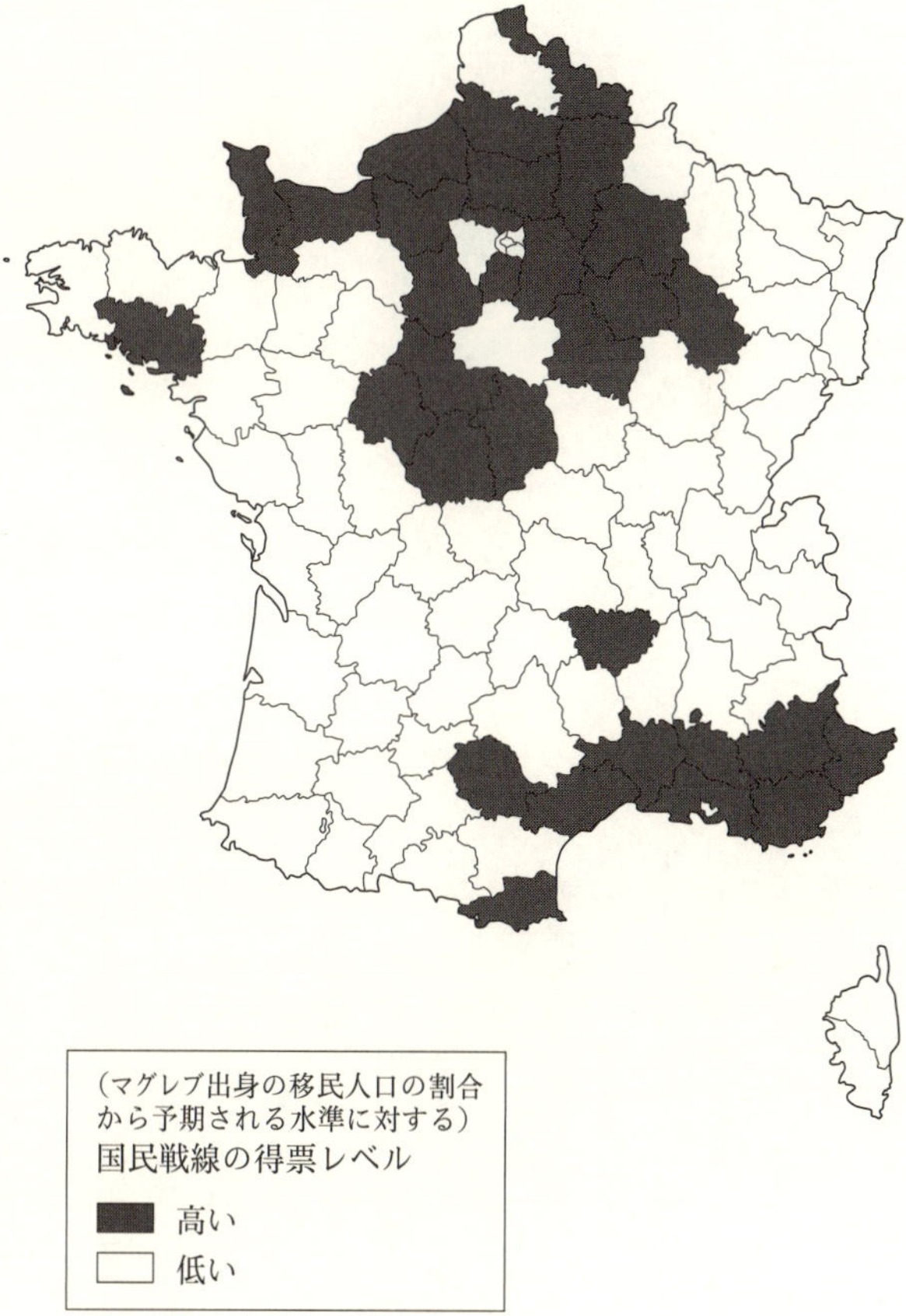

グラフ3　2012年フランス大統領選第1回
ルペンの得票率と平等指向の度合い

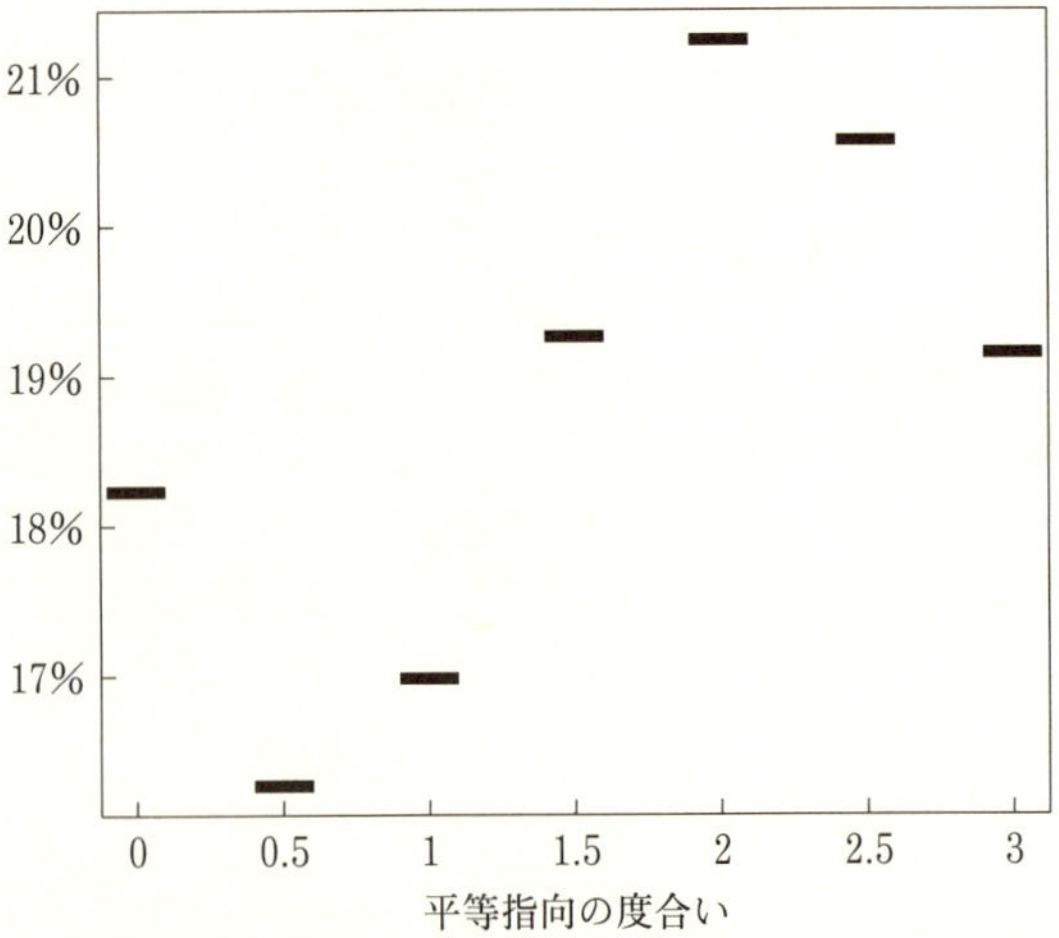

下方へ、あるいは外へ追いやろうとする意志だからだ。それにもかかわらず、彼らは平等主義的な無意識の作用を受けているように思われる。極右支持の選挙民たちの「共和国的な」人類学的基盤が同定されてみると、彼らに、社会の指導層や自称エスタブリッシュメントたちの権威を拒否する能力のあることがよりよく納得できる。

普遍主義に起こる倒錯

ＦＮへの投票者集団のうちでも大きな部分を構成する小商人や労働者は、マグレブ出身の人びとに対して敵対的であるわけだが、あの敵意をレイシズムと解釈してよいのかどうか、つまり、人びとのカテゴリーを本質化して、そのようなカテゴリーの存在をア・プリオリに信じることの結果として解釈してよいのかどうかは、確かでない。フランスでは、構造的現象として、異民族間の結婚率が高く、これは出身が非ヨーロッパの人口も含めてのことだ。この率の最近の推移は次章で検討することになるが、いつの時代にも、われわれの国はこの点で、プロテスタントで多文化主義を採る北ヨーロッパの国々とは区別されるあり方をしてきた。そうした異民族間結婚は、いうまでもなく民衆の世界に関与する。なにしろ、中産階級よりも一般民衆のほうが移民グループと接触する機会が多いのだから。しかし、アラブ出身の人びとに対する敵意と異民族間結婚の受容とを、いったいどのようにして納得のいく一つの説明の中に統合すればよいのか？　その統合を可能にするのが、「普遍主義に起こる倒錯」という概念である。

まず、平等主義的家族構造によって定義されるメンタルな連鎖、「兄弟が平等ならば、人間はみな平等であり、民族も平等だ」から出発しよう。外国人とじかに相対するとき、何が起こるだろうか？　コンタクトの時、平等主義システムのア・プリオリな判断と目に見える差異という現実の間には必ず食い違いがある。その具体的な差異が大きければ大きいほど反応が乱暴になる。マグレブの家族構造が提示する差異は当初、人類学的観点から見て最大限である。古典的なアラブ人の家族は共同体家族で、父系制で、内婚制である。男性を特権化し、女性を閉じ込め、いとこ〔ここでは、日本でいう四親等のいとこを指す〕同士の結婚に選好を示す。二〇〇〇年頃まで、全結婚のうちでいとこ婚は、およそのところ、モロッコで二五％、アルジェリアで二八％、チュニジアで三五％だった（今日、これらの率はマグレブ諸国では急速に低下している）。

フランス中央部のシステムの普遍主義的な「ア・プリオリ」はたしかに、世界人権宣言が内包しているような立派な理論を練り上げさせてくれるし、また、それにも劣らぬほど強い印象を与える、結婚による移民の同化という実践をも生み出してくれる。しかし、それはまた、中間的な段階では極度に烈しい痙攣へも人を導きかねない。平等主義的「ア・プリオリ」の論理的帰結の果てまで行ってみよう。「もし人間が地球上のどこででも同じなら、そしてもしわれわれの国にやって来る外国人たちが本当に異なる振る舞い方をするのなら、彼らは人間ではないのだ」ということになる。

これで思い出すのだが、一九九五年頃、私がこの説明を提示する講演をした折、その直後に聴衆のうちの一人がひとつの冗談を教えてくれたことがある。彼はこう言ったのだ。「うん、ベジエ〔フランス南西部の都市〕では、そのことを別の言い方で言うんですよ。レイシズムってのはアラブ人みたいなものさ、存在しちゃいけないんだ、とね」。追放ないし殲滅《せんめつ》の普遍主義も、理窟の上では考えられないわけではない。実際においては、フランス語を話す子供の出現が、それが異民族間結婚から生まれた子であるとないとにかかわらず、そのような理論上の可能性をたちまちのうちに封じてしまう。とはいえ、国民戦線《フロン・ナシヨナル》への投票は、典型的に、普遍的人間というドグマの字義どおりの解釈の帰結である。それが夙《つと》に表明していたのは、スピーディな同化しか考えることができず、いくつかの差異の吸収が遅々として進まないことを確認せざるを得ない人びとの苛立ちなのだ。しかも、ＦＮが社会の表面に現れてきたあの決定的な時期に、エリート層からフランス民衆の世界の方へ流布されたのが、移民の持っている差異を尊重する必要があると主張する、完全に逆作用的な寛容の言説だった。こうして、民衆がマグレブ系移民の同化の遅さを不安に感じ始めていたまさにその局面で、彼らの指導者たちが同化は必要ないと宣言したのだ。ＦＮの生成には、社会の上層部が生み出した「差異への権利」という考えも、女性尊重型で外婚制の受け入れ側文化と父系制で内婚制の移民たちの文化が生活現場でぶつかり合うことと同じくらいに不可欠だったのだ。民衆の平等主義とエリート層の多文化主義が、一九八〇年代の初めに、問題が病的なかたちで結晶してしまうための条件を揃えてしまったのだ。試験管から出てきた化学的生成物、それがＦＮへの投票だった。

先程来、民衆階層の有権者たちの極右への移動を分析してきたが、この間、一度もイスラム教は問題にならなかった。問題になったのはアラブ人たちの具体的な生活様式だ。ＦＮが大きく伸張したのは、宗教形態としても、抽象的なイデオロギーとしても、「イスラム」がほとんど誰をも悩ませていなかった時期だった。イスラム恐怖症という概念は、一九八〇年代～一九九〇年代にはうまく適合しない。「アラブ恐怖症」のほうがより正確な言葉だろう。そしてそれは、まったく論理的なことだ。「普遍主義的外国人恐怖症」が気にするのは、振る舞いや礼儀の領域の目に見える、具体的な差異なのであるから。他者をア・プリオリに異なる存在と見做す「差異主義的外国人恐怖症」のほうは、具体的現実なしで済ませることができる代わり、要注意の対象を指差すために、抽象的なラベル、理想的には宗教的なラベルを必要とする。こうして、中産階級の差異主義的な気懸かりが膨らんでいくにつれて、世間に流通する支配的表象の中で、「イスラム教徒」が「アラブ人」に取って代わった。もちろん、ただ一つのイデオロギー空間の中で二つの論理が共存すれば、部分的な融合も起こるし、両者を区別するのが困難を極める状況に立ちいたる。それでも、将来二つは分離するかもしれないと考えてみることを禁止するものなどありはしない。アラブ恐怖症はフランスの民衆のもので、その動機においては平等主義的だ。イスラム恐怖症はブルジョワのもので、不平等主義的だ。この二つは非常に異なっている。加えて、民衆は今日、中上層階級に対して反抗的になっているから、彼らがその中上層階級と一つの恐怖症を分かち合うことに情熱を燃やすなどということは決して自明でない。社会物理の観点に立って、特権階層の抱くイスラム恐怖症のありさまが、最終的には逆説的に、労働者や平社員たちの心の中でアラブ恐怖症の価値を低めるに到るかもしれないと考えてみてもよいのではないか。

しかしながら、思い違いをしないようにしよう。自分たちと異なっている外国人のことを人間に非ずと宣言しかねないこの普遍主義の倒錯の犠牲者は、歴史的にアラブ人だけではない。一九一四年〔第一次世界大戦勃発の年〕には、パリでは、ドイツ人たちが野獣と見做された。イギリス人たちも、ドイツ人たちより遥か以前に、フランスの革命家たちによってホモ・サピエンスの資格を奪われた。ロベスピエールの発言を聴いてみよう。フランス革命暦二年〔西暦一七九四年にほぼ相当〕のプリュヴィオーズ（雨月）〔革命暦の五月で、現行暦では一～二月〕一一日、ジャコバン・クラブで、彼はこう言い放っていた。「フランス人であり、かつ人民の代表であるという資格において、私は、イギリス国民を憎むと宣言するものであります」。五カ月後、革命暦二年のプレリアル（草月）〔革命暦の九月で、現行暦では五～六月〕七日付の政令はこう宣言した。「イギリス人やハノーヴァー選帝侯領の領民は一人として捕虜にしない」[2]。イギリスの人民は彼らの憲法によって自由と定義されているのであるから、彼らは彼ら自身の行動の責任者である、フランス革命に対するイギリス人民の敵対は、理解しがたいものであり、彼らを人類から除外する、というのがその理窟だった。当時よくあったことだが、国民公会〔フランス革命時、一七九二年～九五年の立法府。同時に革命政府の最高行政機関でもあった〕の件の政令を、革命軍は戦場では適用しなかった。普遍主義を本質とする外国人恐怖症は、その性質からして壊れやすく、不安定で、実際の男たちや女たちの現実の中に急着陸する可能性によって絶え間なく脅かされている。実際の男女は何といっても具体的に存在する人間たちであるからにほかならない。この固有の壊れやすさの理念型を現代のフランスでかなりうまく例示するのは、FNの男性活動家がマグレブ出身の若く可愛い女性といっしょに暮らし出し、党員証を破り捨てるという、珍しくもないケースであろう。

フランスは、激越な普遍主義を生み出すのに、脱キリスト教化と大革命を待たなかった。パリ盆地のカトリシズムは、それがまだ生き生きとしていた時には、たとえば一六世紀ないし一七世紀には、荒々しい様式で平等主義かつ普遍主義だった。プロテスタントは、フランスでは、一七九三年のヴァンデ地方人[3]やイギリス人に先立って、中央部のシステムに巣くう還元主義的〔多様な具象をややもすれば性急に抽象的普遍へと還元する傾向の意図〕な情熱の対象となった。フランスのプロテスタンティズムは直系家族型だった南部の周縁的地域に特によく定着していたのだが、長い闘いの果て、カトリシズムによって実際上、撲滅されてしまった。そのカトリシズムは当時、主要な基盤をパリ盆地に有し、形而上学的な自由と平等の理想によってフランス革命を予示していた。カルヴァン派の運命予定説のほうは、南フランス・オック地方の直系家族を惹きつけた。この直系家族は長男を相続人に指名することに慣れ親しんでいて、自由も平等も信じていなかった。

フランス中央部の普遍主義的で還元主義的な意志は、フランス革命で減速されたのち、第三共和制〔一八七〇～一九四〇年〕の下で最終的に穏健化した。第三共和制は、自由と平等の原則への忠実さを堅持しつつ、それでもついには世界の多様性を――まず第一にフランス国内の多様性を――寛容に受け入れるに到った。カトリックの共同体も各地方で受け入れられた。

いずれにせよ、普遍主義者であることは、「フレンドリーで感じがいい」ことではない。それは、どんな場所にいても、どんな時代にあっても自らに同一であるような普遍的人間――我ら、我！――の「ア・プリオリ」とともに機能することなのだ！　もし世界の現実がこの精神システムに、具体的に差異を体現する一人の人間をぶつければ、普遍的人間は自ら知らずして最も純粋にエスニックな状態に戻されてしまい、矛盾をもたらす者の人間性を否定するような反応も起こしかねない。

共和主義的な反ユダヤ主義

第三共和制下にも、明らかに普遍主義的外国人恐怖症の発作であったものを見つけることができる。ただし、それが現れたのはパリ盆地から遠く離れた地においてだった。ごく短期的なことではあったが、植民地だったアルジェリアに、自由主義と平等主義を帯びた共和主義的な反ユダヤ主義が存在したのだ。これを私は『移民の運命』[4]で詳しく分析しておいたので、そちらも参照いただきたいが、要するにドレフュス事件の最中の一八九八年五月、当時フランス共和国の一部分だったアルジェリアが国会に「反ユダヤ」の議員を四人送り込んだのだ。しかしながら、北アフリカのヨーロッパ人たちにおける反ユダヤ主義は、そのヨーロッパ人たちがフランス系であれ、イタリア系であれ、スペイン系であれ、フランス国内のカトリック的な反ユダヤ主義とは性質を異にしていた。アルジェリアにおけるヨーロッパ系の人類学的素地は、いささかの疑いの余地もなく自由主義的で、平等主義的で、そして完全に世俗主義的だった。共和主義的な植民者たちの間で、カトリック教会は重きを成していなかった。アルジェリアのユダヤ人たちは、フランス本土のユダヤ人たちの場合のように、あまりにもよく同化することを責められていたのではない。そうではなくて逆に、遅々としてしか同化せず、相変わらず自分たちのコミュニティでまとまって投票しているという点を非難されていたのだ。当時ユダヤ人地区は周りから離れた形で存在し、内婚制だったわけだが、選挙になるとそのリーダーたちは自分たちがコントロールする票でもって候補者陣営と交渉し、市民の個人的選択を基本にしている地元の政治ゲームを混乱させていたのである。話を戻して国全体を見渡すと、差異主義的なカトリック系の反ユダヤ主義と、普遍主義的な共和主義系の反ユダヤ主義というこの二つが縺《もつ》れ合っている。

フランスの人類学的多様性はまず間違いなくひとつの豊かさであり、おそらくフランスが持つ豊かさのうちでも主要なものであろう。しかし、化学においてと同様、社会学の領域でも、すべての合成が美しくて良いものになるわけではない。両次大戦間のドイツで、北部のプロテスタント地域はナチズムに多数の選挙民を供給し、南部のカトリック地域はナチズムに、ヒトラーをはじめとする指導者たちを与えた。今日、いったい誰が、プロテスタントの真面目な内面性とカトリック教徒の想像力に富む外向性の融合がドイツにとって神の加護のように幸いなものだなどと言えようか。

さて、平等主義の攻撃性は健全な形で上位の社会的カテゴリーに向けられることもあれば、倒錯してしまって、外国人や外国出身のフランス人に向けられることもあるわけだが、民衆が国民戦線《フロン・ナショナル》への投票へと促される原因は、そうした平等主義だけではない。すでに指摘したように、教育の新たな階層化が不平等主義的逸脱の動因となる。かつて、共産主義の労働者は、全員が識字化された社会のただ中にあって、社会構造の上の方へと目を向けていた。彼の照準線の先には少数者たちの上級階層があって、彼は上級階層の文化教養を承認するとともに、その経済的特権には異議を申し立てていた。彼は将来へ向かって歩んでいたのだ。今日、FNの選挙民の目に映るのは、学歴を背景にして自分の上にのしかかるように存在する圧倒的に分厚い中産階級だ。彼はもはや自ら中産階級のステイタスに到ることを夢見ない。何よりも沈没を恐れる気持ちから、彼は下の方に目をやる。こうして怒りが移民の方へと転じてしまう。

このように、教育の推移によって起こった平等の理想のぐらつきは、フランス国民の心臓部に、特にその民衆の世界に影響を及ぼした。しかし、FNと平等主義的な人類学的素地の間に、弱まるどころか、むしろ強まる一方の繋がりがあることを忘れてはならない。政治的な言葉でこれを言い直せば、FNのリーダーたちが自分たちの党を共和主義だと言っているのは必ずしも完全な筋違いではないということになる。ロベスピエールのあの反イギリス的な暴言が思い出させてくれたように、共和主義的普遍主義は具体的な外国人に対して常に友好的とはかぎらない。

平等の価値から日々遠ざかっていくこのフランスで、今日こうして誰もが自分のことを共和主義者だと主張している。こうなると、もっと精確な用語法を提示せざるを得ない。私はすでに「ネオ共和主義」という言葉を、（共和主義を標榜する政党で構成されている）フランスの政治的代表システムのうち、暗黙のうちに不平等主義的価値観に根ざして排除の論理を受け入れる部分に対して用いた。そこで今度は、平等主義的な人類学的構造から生まれながら、エスニシティにこだわる外国人恐怖症的イデオロギーによって平等主義から逸脱しているように見える国民戦線《フロン・ナショナル》のことを、「ポスト共和主義」的と呼ぶことにする。

ところで、人類学的分析を進めていくと、また別の驚きに遭遇する。FNは常日頃、社会党（PS）と国民運動連合（UMP）[5]を同じ穴の狢《むじな》と見て「UMPS」と揶揄しているが、そういう捉え方は否定される。平等という価値に対して、PSとUMPは異なるあり方をしている。しかもその異なり方が、一般に予想されるであろうところとまったく異なる……。

ルペン、サルコジ、平等

二〇一二年の大統領選挙の第一回投票でマリーヌ・ルペンへの投票が地理的にどう分布していたかを示す**地図4-2**を見ると、フランス中央部の平等主義空間へと重心を移していくFNの動きが継続していることが分かる。今のところ、FNのパワーが最大になっている地域はパリ盆地の北東部と南仏プロヴァンス地方で、前者の震央《エピセンター》はシャンパーニュ地方にある。この配置は、フランス革命のときの革命勢力を想起させる。選挙のたびに、FNでは、移民の劣等性を主張する不平等主義の原理と、投票行動を決する要因になっている平等主義との間で緊張が高まっている。

地図4-2　2012年フランス大統領選第1回　ルペンの得票率

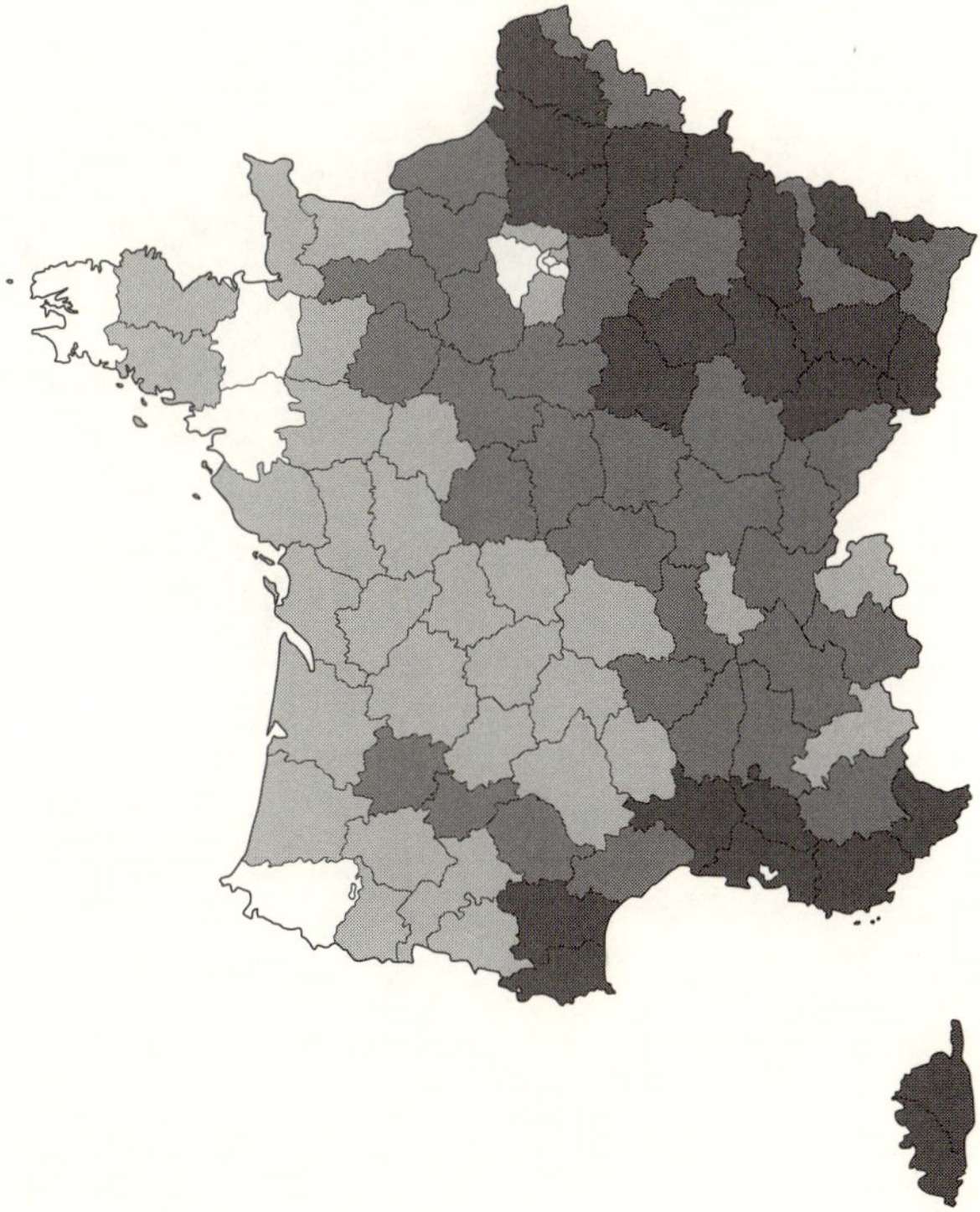

■	23－28%
■	18－23%
■	13－18%
□	6－13%

地図 4-3　2012 年フランス大統領選第 1 回　サルコジの得票率

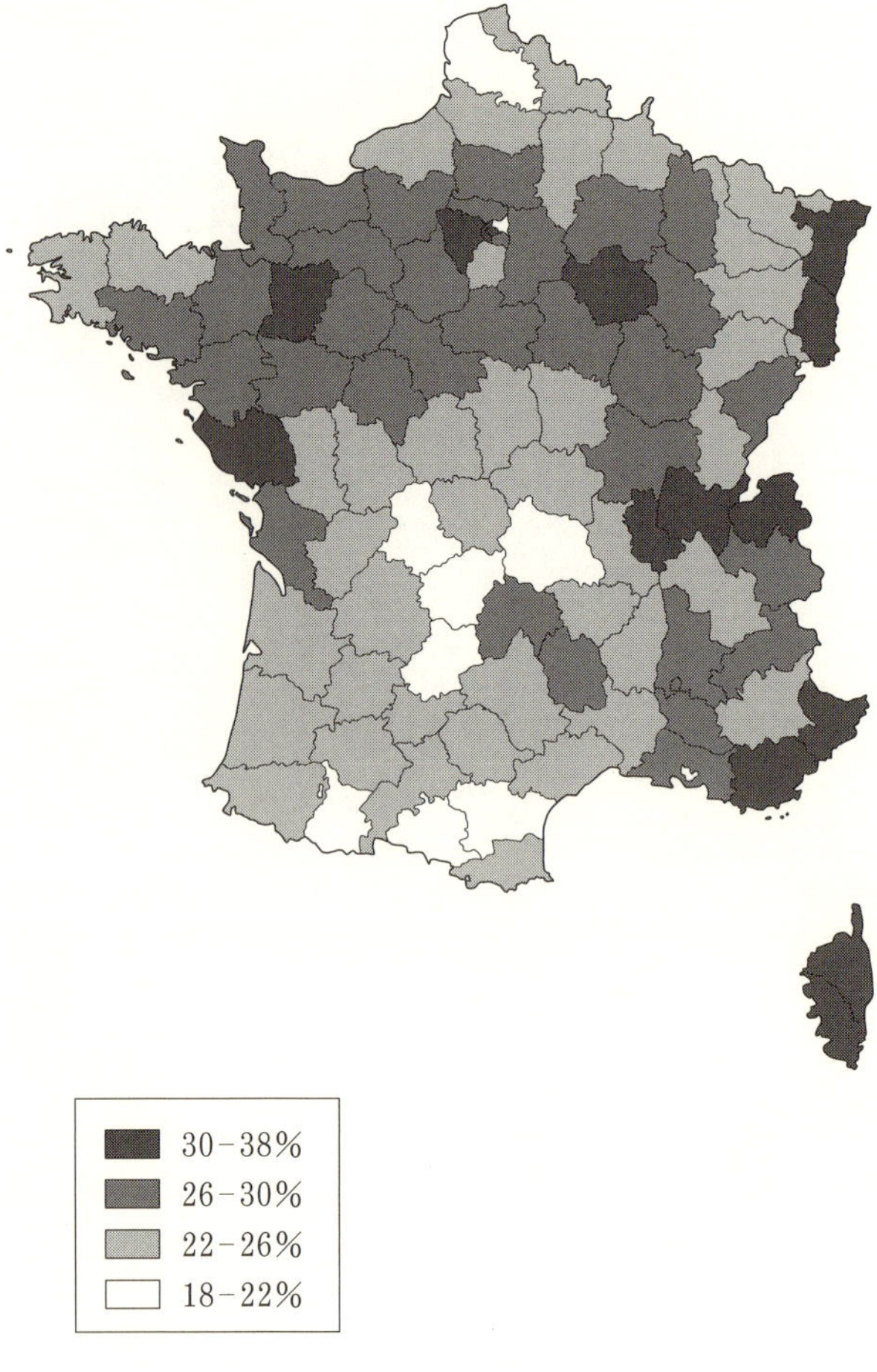

グラフ4　2012年フランス大統領選第1回
サルコジの得票率と平等指向の度合い

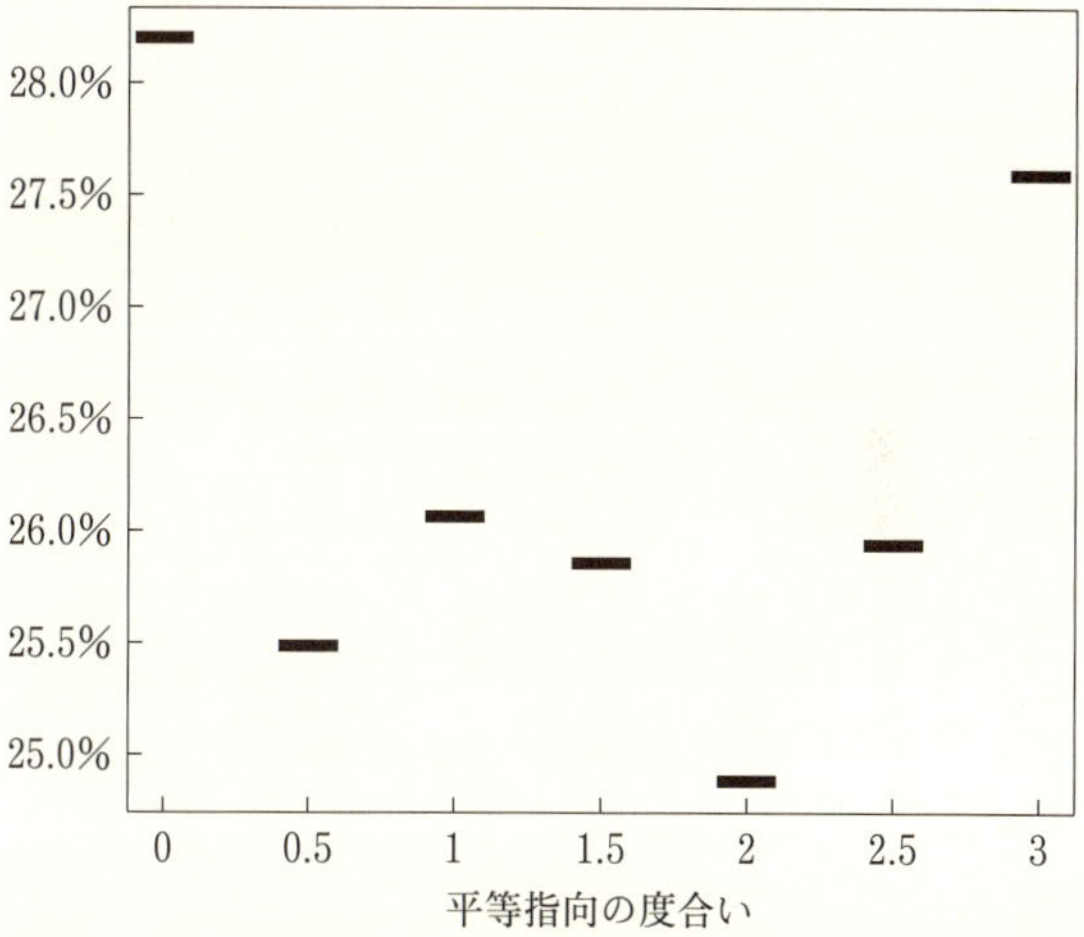

フランス周縁部の不平等主義的なカトリシズムの拠点群の地図を見慣れている者にとって、二〇一二年の大統領選挙の第一回投票におけるニコラ・サルコジへの投票の分布（**地図4—3**）は、さらにいっそう驚くべきものだ。なるほどこの地図を見ると、サヴォア地方〔スイスおよびイタリアと国境を接するフランス東部の地方〕、アルザス地方、ヴァンデ地方、マイエンヌ県〔フランス北西部の県〕、さらには西部の内陸側一帯に、カトリック的保守地盤の残存をたくさん確認できる。しかしサルコジは、プロヴァンス地方やパリ盆地の中心、つまり革命的フランスの中央部でもすこぶる好成績を上げている。つまり、**グラフ4**が示すように、

候補者としての彼の成功は、平等主義が最も弱い地域とそれが最も強い地域で同時に最大になっている。彼の政治的勢力圏全体に共通する人類学的変数は、家族の核家族性であろう。この変数の大きさは、ごく最近までカトリックだった西部の内陸側一帯にも、かつて共和主義が格別濃厚だったパリ盆地の中心とプロヴァンス地方にも共通する。このような支持基盤の分布は、ネオ共和主義的保守の選挙民が基本的に個人主義的であることを明示している。とはいえ、最も注目すべきは、平等主義の地域へのUMPの本格的定着という新しい現象だ。だからこそわれわれは、二〇一二年の大統領選挙の決選投票でも、ピカルディー地方とシャンパーニュ＝アルデンヌ地方の民衆が、「左翼」の候補であったフランソワ・オランドではなく、サルコジに多数派の地位を与えたことを確認しなければならないのである。[6] フランス政治の代表システムの風変わりさ、まったくもってここに極まれり。（ポスト共和主義的）極右と（ネオ共和主義的）保守の選挙民がいわば「隠れ」平等主義者であるとは……。コミカルな状況だというべきだろう。つまり、マスメディアで日頃話題になり、しばしば眉を顰められたり、ことさら強く否認されたりしているFNとUMPの接近を現実のものとしているのが、両党のリーダーたちがいずれも同じ右翼には違いないということを超え、両党の人類学的基盤に共通する平等主義なのだ！　これでよく分かることの一つは、権力の座についたときに保守が「改革」の実行を望みながら、いつも難儀してしまう背景である。支持基盤の核家族的個人主義はそれを後押しするのだが、同じ支持基盤が無意識的に平等主義に根ざしているため、新自由主義的政治の理想郷へと、福祉国家の見直しへと到ろうとするあらゆる企ては抵抗に出会うのである。

社会党と不平等——客観的外国人恐怖症という概念

不平等を是認する人びとよ、安心したまえ。社会党（ＰＳ）が存在している。もしかするといつの日か、この党が不平等主義的なトチ狂った夢を体現するかもしれない。

科学的道具としての対称性をここではフランスのイデオロギー空間に適用している。続けていこう。平等主義的な保守が存在している以上、われわれは反対方向に探すべきものを探さざるを得ない。そして見つけてしまうのが、不平等主義のＰＳである。**グラフ5**が、フランス左翼の人類学的基盤が左翼の起源たる革命から今やどれほど遠ざかってしまったかを示している。**グラフ3**および**グラフ4**と同様に、ただし今度は大統領選挙の第一回投票ではなく決選投票に注目して、人類学的平等主義に傾いている度合いの異なる諸々の県ごとにフランソワ・オランドの得票スコアの平均を表示している。

平等主義の水準が〇のところでのスコアはきわめて低い。社会党の浸透に抵抗する最後の堡《ほう》塁《るい》があるわけだ。アルザス地方とヴァンデ地方には昔から、保守が他の地方では見られない形で地盤を築いている。しかし、平等主義の水準が〇・五となるや否やオランドへの投票率はその最高値に達し、そのあとは平等主義の度合いが上がるにしたがってコンスタントに低下している。もちろん、これを逆の側から見て、大統領選決選投票で選挙区の平等主義の度合いとと

グラフ5　2012年フランス大統領選第2回
オランドの得票率と平等指向の度合い

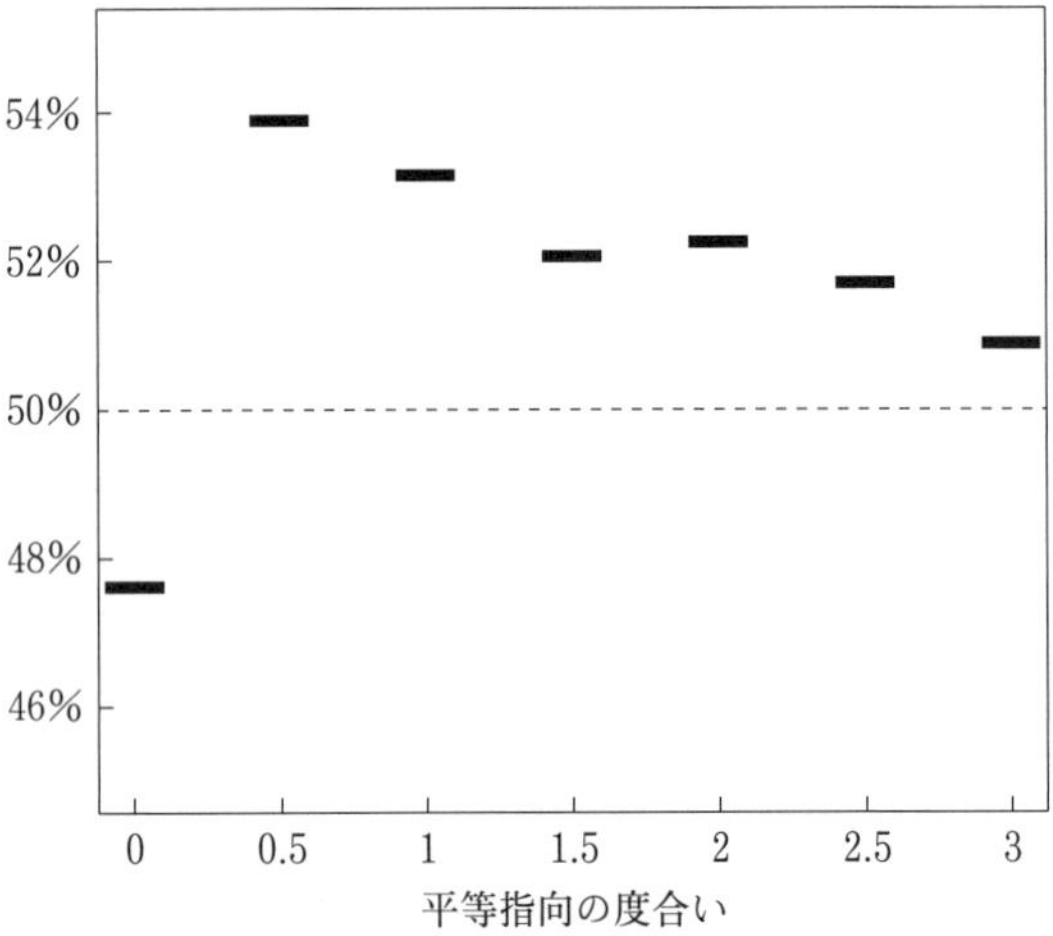

もに上がったのは、オランドと争ったサルコジへの投票率だったと強調してもいい。

オランドへの投票の地図（**地図4－4**）が**グラフ5**に表れている結果を再確認させる。フランス南西部の部分的に脱キリスト教化した直系家族の地域と、北部の不完全であまり平等主義的でない核家族の地域は相変わらず地図上で存在感を示している。いずれも「労働インターナショナル・フランス支部（SFIO）」（現社会党の前身にあたり、一九〇五年から一九六九年まで存在した）の時代にすでに伝統的拠点のうちに数えられていた地域である。しかし、ネオ共和主義の現PSは、平等主義のブーシュ＝デュ＝ローヌ県

地図4-4　2012年フランス大統領選第2回　オランドの得票率

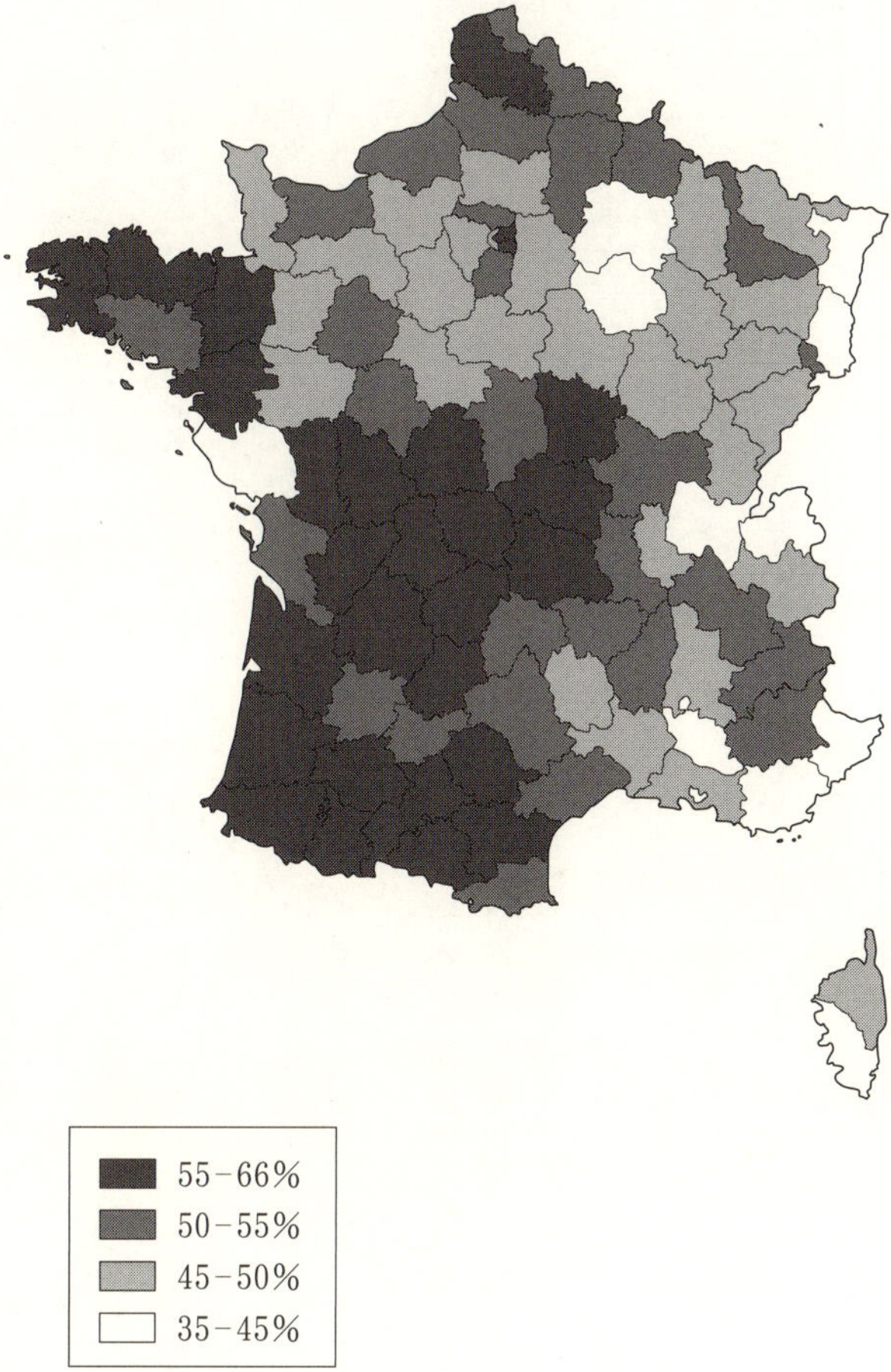

〔マルセイユを県庁所在地とする地中海沿いの県〕を失う一方で、南方のカトリック的保守の地盤であった地域へ勢力を拡大した。南西部地中海沿いのオート＝ピレネー県やピレネー＝アトランティック県、中央山地南西麓のアヴェロン県、ロット県がそれだ。PSはブルターニュ半島の大半も征服した。西部でPSに抵抗できたのはメーヌ＝エ＝ロワール県、ヴァンデ県、マイエンヌ県の三県だけだった。これについては、「もちろん、あれらの県はなにしろ反革命ふくろう党蜂起[7]の中心地だったくらいだからね」というようにも説明できるだろう。むしろ確認すべきは、当該の三県がフランス西部で最も産業が盛んで、労働者人口の多い県のうちに数えられるということではないかと思う！

　今や推論を徹底し、その究極の結果までをも含めて、不平等という価値への社会党の同調という仮説を受け入れるべきだろう。この人類学的分析との整合性が経済領域でも確認されることは明白だ。なにしろ現在政権の座にあるPSは、貧困者と若者層の擁護を掲げて選挙運動をしておきながら、果てしもなく富裕層と高齢者の側にばかり味方しているのだから。移民問題に関する社会党の言説と実際の行動をしかるべく理解するということになれば、われわれの発見の帰結はさらにいっそう重要だ。この真実の岸辺に漕ぎ着けた今、研究者たる者はあくまで一貫してマックス・ウェーバーの論理と教えにしたがい、もちろん最大限に自己抑制しつつ、政治行動に潜在している価値観を白日の下に晒すべく努めなくてはならない。

　公式には、PSは一九八〇年代以来、移民とその子供たちの擁護者である。その「反レイシズム」は一貫している。PSは「SOSレイシズム[8]」とそのスローガン「オレのダチに手を出すな[9]」の後ろ盾となったし、今もときどきは、地方選挙での外国人参政権に（肯定的な立場から）言及する。しかし、その関与のあり方は当初から多文化主義の論理の中にあり、その論理は「差異への権利」を強調するわけだが、これは不平等主義的な無意識に錨を下ろしていることのいわば「症状」なのである。このことは、少し冷静に考えてみれば驚くにはあたらない。PSは一九七〇年代、一九八〇年代に、カトリック的周縁部から新たに参入してきた幹部候補生や選挙民によって活性化された政党なのである。「差異への権利」は、ポスト・カトリシズム的移民管理の標準形であって、それなりにかなりよく機能する。その賛同者たちにとっては、社会が物質的に繁栄している時期には、そしてなかんずく外国人がまだそれほどフランス的になっていないかぎりは。しかし厳しい時代になって、失業率の高さと、当事者の同化がすでに深く進行しているという事情が重なると、差異主義的メンタリティーは、寛容的だったはずが不吉なものに変じ、混乱した状況の中にすぐアパルトヘイトのモデルを見てしまう。それが、二〇一五年一月に首相マニュエル・ヴァルスがしたことだ[10]。フランスにおける異民族間結婚率の高さを見れば、アパルトヘイトの概念を持ち出すのが言語表現上の侮辱だということはすぐに分かる。なにしろ、南アフリカのアパルトヘイトの定義には、何よりもまず、人種の異なる男女が結婚することの禁止が含まれていたのだから。しかし、そんなことは気にしない、概念がそこにあるんだ、差異主義的メンタリティーの鞄の中に、いつでも使えるように入念に取っておかれている、ということだったのだろう。なぜなら、アパルトヘイトは多文化主義の真の地平線なのである。

マニュエル・ヴァルスは、スペインにおける差異主義の中心地の一つであるバルセロナで生まれた。あの町とその周辺地域では、今日ナショナリズムが高揚期を迎えており、スペインにネイション瓦解の脅威を与えている。カタルーニャの農民はかつて非常に純粋な直系家族の一タイプを構成していたのであり、その hereu、すなわち指名された総領息子は、今なお文化的ステレオタイプとして通用している。「兄弟は不平等、民族も不平等」という連鎖はしたがって、カタルーニャでは格別によく確認される。ただし、カタルーニャはごく小さな民族集団であって、征服的であるよりも防衛的な精神に動かされている。

一人の人間を一つの人類学的特定の中に閉じ込めることは決してできない。確認され得るのは統計に表れてくる波及的事実だけで、これによって、たとえば、ある人間グループにおける不平等な家族原則の優越性から、同じグループが差異の政治を好むことが推測できる。だが、可能なのはそれだけだ。それでも、フランスにおける「アパルトヘイト」という言葉の使用の系譜を遡ってカタルーニャを見出すとは、率直にいって面白い。

いずれにせよ、移民とその子供たちに対する社会党の好意的態度は額面どおり鵜呑みにせず、警戒心をもって見たほうがよい。その態度の中に真の普遍主義の残滓が含まれていることは確かで、そこにはどんな疑いもない。ここでいう真の普遍主義は、外国人が個人として中心的な文化に対して純然たる同化を果たすことを期待し、要請する。ところが、フランスの左翼は今日それと同時に、無意識の差異主義的基質にも浸透されている。この基質に引きずられると、アラブ人や黒人やユダヤ人の子供たちが、他と何ら変わりのない普通の市民になることにあまり拘わらず、それどころか、マグレブ系移民の二世・三世がテロリストになっていたり、黒人がラップしていたり、ユダヤ人がキッパを被っていたりするのを見たときに、自分が知的に正当化されたかのように感じる。

立派なスピーチは勝手にさせておき、客観的な事実へと向かおう。この観点に立つと、明らかに社会党の経済運営——一九八三年以来、彼らが政権の座にあるときには常に同じだ。すなわち、フラン高政策、ユーロへの前進、ユーロの防衛——は、マニュエル・ヴァルスがアパルトヘイトに脅かされているという、ほかでもないその人びとを失業状態に閉じ込める。この経済運営こそ、移民の子供たちの同化を妨げる主要なブレーキだ。なぜならそれは、彼ら・彼女らの多くに対して、人間の尊厳に見合う何らかの未来へと実践的かつメンタルに自分を投企することを禁じてしまうからである。推論のこの段階で、われわれは、どう考えても間違いないと思えるひとつの仮説をつけ加えてみる必要がある。社会党のリーダーたち、幹部たち、運動員たちが一応まともな知能を備えているという仮説だ。その上で言うのだが、ドイツが比率でいうとフランスより三五％も少ない子供しか作っていない国だということはご存知であろう。そのドイツの経済政策に忠実に倣った経済政策をフランスが行なえば、当然、フランスの若者のうちのかなり大きな割合を失業状態に陥れてしまうことになる。こんなことは、一応まともな知能にとって絶対的な明証性に属することではないか。そして、これを補完するもう一つの自明の理は、さまざまな特権や有利さを含むナショナルなシステムからいちばん遠い所にいる若者たち、つまりいちばん最近にこの国にやって来た人びとの子供たちが、他の若者たち以上にこの経済政策の有害な効果を被るということだ。いいかえれば、社会党は社会統合を語るそばから、自らの経済政策によって隔離を実現することを選んでいるのである。この論理の連鎖があまりにもシンプルで、その現実化があまりにも執拗なので、われわれはこれをアクシデントや不幸な偶然によるものと考えることができない。

もちろん、PSが移民系の若者たちを閉じ込めたがっているとは言えない。しかし、少なくとも、この閉じ込めの状況が受け入れられているということ、そして、フランスの左翼で幅をきかせている政党が、移民系の若者の福利と将来に対して自らに責任があると思っていないということは認めなければならない。したがって、われわれが前にしているのは、ひとつの底深い差異主義であり、この差異主義は間接的なやり方で機能しているが、だからといってその差異主義自身がそのやり方に対して完全に無意識であるなどとは、私はあえて断言しない。悪をなすには、視線を逸らすだけで十分なのだ。

分析のこの段階まで辿り着いた今、われわれに必要なのは、しかるべき用語法を用意することによって、国民戦線《フロン・ナショナル》の外国人恐怖症的な怒号と社会党の経済政策の実践とをきちんと区別することであろう。前者は都市郊外の経済生活に何の影響もないが、後者は夥しい数の移民の子供たちをフランスというネイションから排除することに現実に貢献するのである。

　意識的であり、公然と引き受けられていて、我が物と主張さえされているFNの選挙民の外国人恐怖症は、「主観的外国人恐怖症」に属する。PSの外国人恐怖症は、経済政策領域での振る舞いによって露見しているが、ドクトリンによっては否定されているので、「客観的外国人恐怖症」という表現で指し示せるだろう。

　要約しよう。

・PSは客観的に外国人恐怖症である。不平等主義的な人類学的構造に根ざしているこの党は差異主義であり、すべての移民の子供がネイションの一員になることを本当には望んでいない。

・FN支持の選挙民は主観的に外国人恐怖症である。平等主義的な人類学的構造から生み出されているこの選挙民は、移民が体現する具体的な差異の存在に我慢がならない。

　科学的論理と対称の原則から見て、世界は今や秩序立っている。フランス人の生活はというと、それはまったく事情が異なる。経済政策の客観的外国人恐怖症が移民全般を、とりわけ移民の子供たちを、目に見える差異の中に維持する。すると、国民戦線《フロン・ナショナル》の選挙民が、外国人の「差異」に、「同化することの拒否」に苛立つ。こうして、客観的外国人恐怖症が絶え間もなく主観的外国人恐怖症に餌を与えている。

われわれはここで——一九世紀末に反ユダヤ主義が擡頭したときのようにではあるが、やはり異なる仕方で——フランスの人類学的多様性なしには可能でない複合的なイデオロギー的組み合わせの一つに直面している。周縁部の差異主義的モチベーションと中央部の普遍主義的モチベーションが協力して、たしかに混合的ではあるけれども極めて脅威的なレイシズムの一形式を出現させている。頭に思い浮かぶイメージは、二つの異なるDNAリボンが再び組み合わさったところから発生するきわめて有害なウイルスのそれである。

フランスの人類学的空間における国民戦線《フロン・ナショナル》の研究は、この党に取って代わることを目指しながら、そうするに到らずにいる政党、すなわち左翼党《フロン・ド・ゴーシュ》の検討なしでは不完全であろう。これまでと同じ分析方法を今度は二〇一二年にジャン＝リュック・メランションに投じられた票に適用してみることが、説明の役に立つ。

左翼党党首メランションと不平等

ジャン＝リュック・メランションは、二〇一二年の大統領選挙の第一回投票で一一・一％の支持を得た。フランソワ・オランドに関して表れたこととは反対に、投票日に行なわれた「出口調査」では、「民衆」の支持の比較的多いことが明らかだった。メランションの選挙民の中には労働者と失業者の割合が多かった。共産党が左翼党《フロン・ド・ゴーシュ》の候補者を推したのだから、当然のことではあった。しかし、労働者たちが抑圧されているという政治的には好機といえる文脈の中でメランション現象を説明するのは、とりもなおさず、彼には国民戦線《フロン・ナショナル》のように民衆層の選挙民を大量に引きつける能力がないことを理解することにほかならない。

　政治的な面では、経済政策に正真正銘にラディカルといえるものがなかったこと、ユーロからのはっきりとした離脱を唱えることの拒否だけで、メランションを社会党候補の補完的ヴァリエーションと見切るにはおそらく十分だったのだろう。メランションの常で、大原則を謳い上げるのは得意だが、具体的な提案に欠けていたという点もマイナスだった。彼の支持層に共産党系労働者集団が加わっていたことは間違いないが、メランション陣営でその主張に共鳴して活動していたホワイトカラーはたいてい公共セクターに、より精確にいえば例の、中産階級による中産階級のためのフランス式「福祉国家」に近い人びとだった。

　メランションへの投票の**地図4‐5**を見れば、「抗弁」の余地があるまい。なるほど、フランス共産党（PCF）の影響の跡がノール＝パ＝ド＝カレ、パリ地方、中央山地の北西麓、コート＝ダルモール〔ブルターニュ半島北辺の県〕に見える。しかし、目に飛び込んでくる大きな傾向は、票の出所が南仏オック語地域方面の直系家族地域に偏っているということである。そこそこ古い世俗主義の諸県とともに、ゾンビ・カトリシズムのピレネー＝アトランティック、アヴェロン、ロゼール、オート＝ロワール、そしてサヴォアなどの県が連なっている。その辺りは、直系家族で不平等主義、国家にしろ教会にしろ垂直構造を好む権威主義的な不平等主義

地図4-5　2012年フランス大統領選第1回
ジャン＝リュック・メランションの得票率

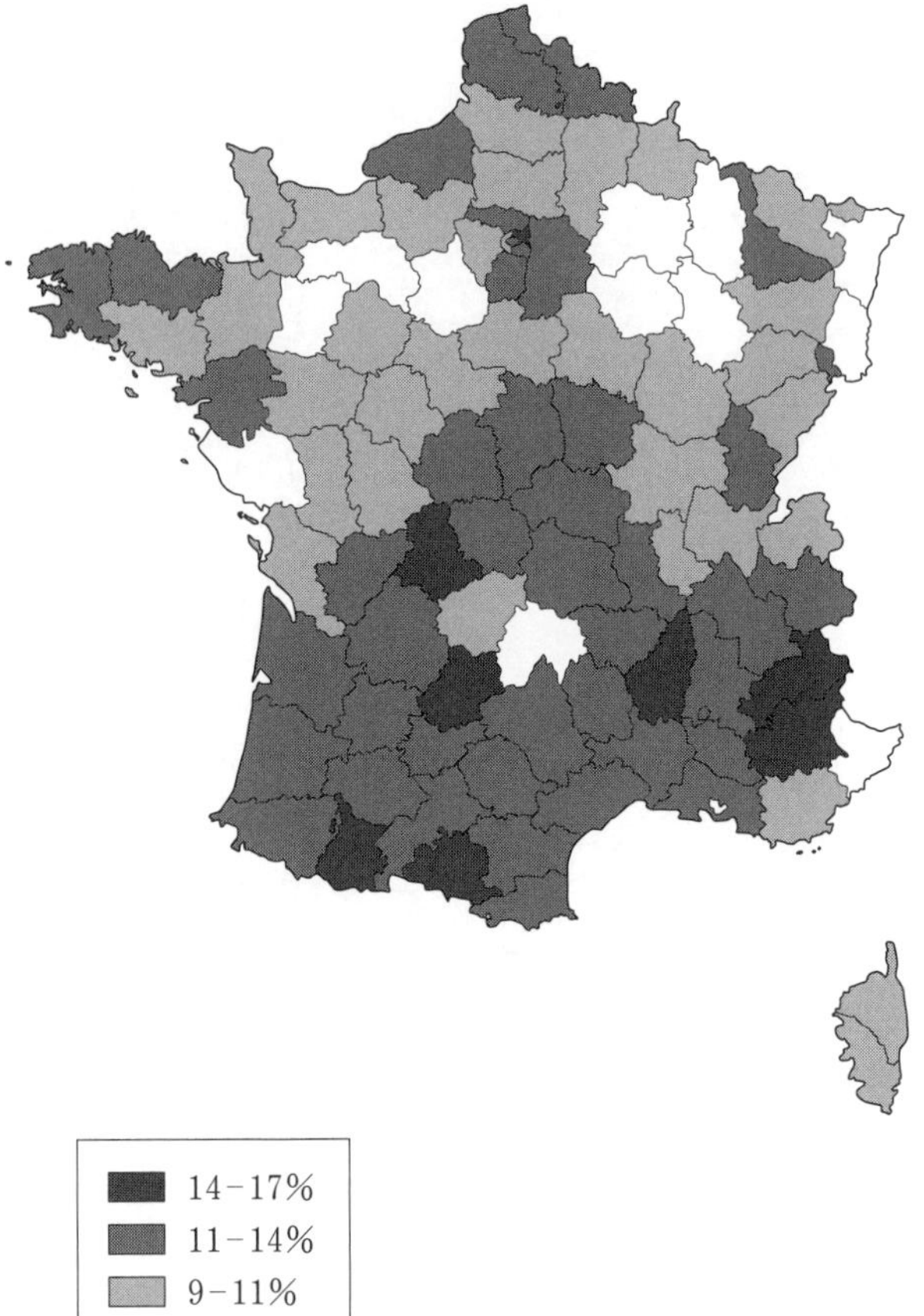

グラフ６　2012年フランス大統領選第１回
ジャン＝リュック・メランションの得票率と平等指向の度合い

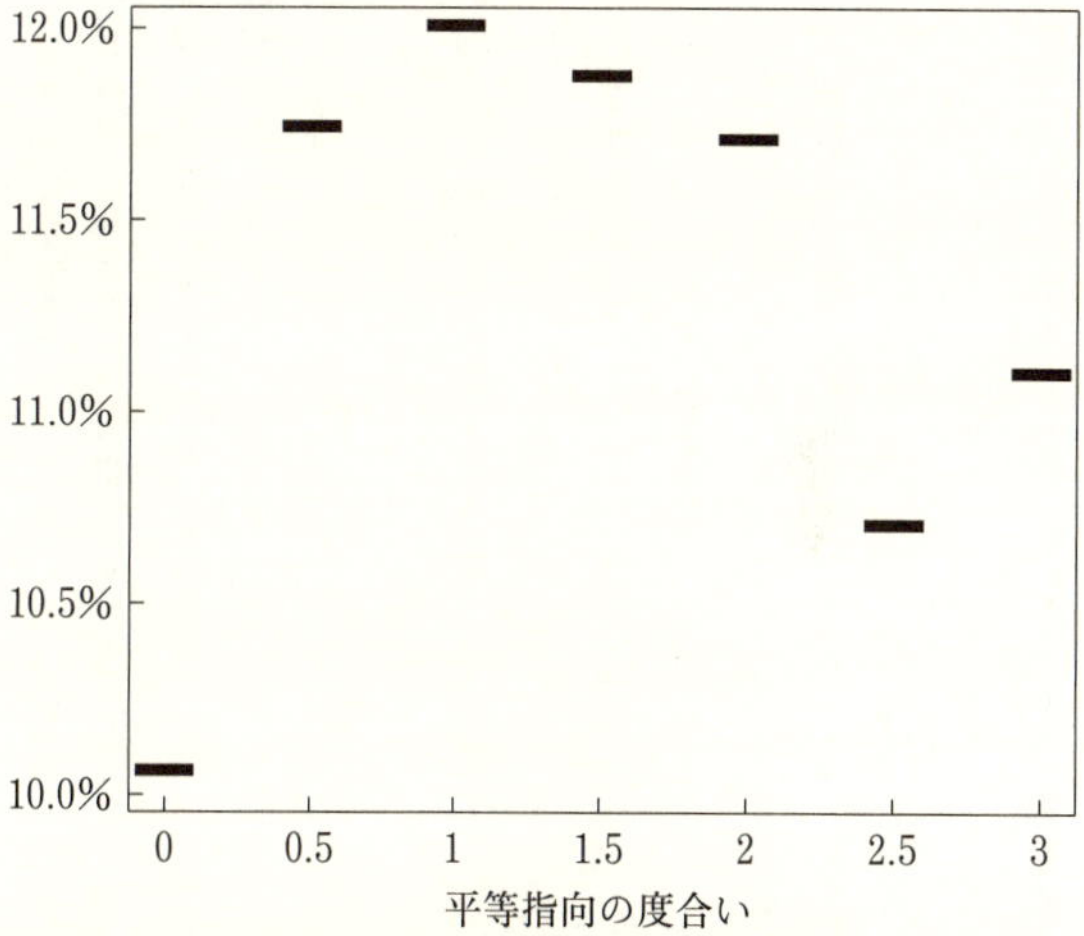

の世界である。そうした人類学的素地の地域では唯一アルザス地方が、メランションに背を向けたのだった。おそらくは、アルザスに存続している政教協約[11]の廃止を提案する演説が気に入られなかったのだろう。

同じ現象を反対側から描くこともできる。メランション版のポピュリズムは、平等主義的個人主義の空間である広大なパリ盆地を惹きつけることに失敗した。**グラフ６**は、平等が最も高く価値づけられている地域で票数が低迷したことを明らかにしている。人類学的観点から見ると、ジャン＝リュック・メランションは、マリーヌ・ルペンとは反対に、国土の中央部に拡がる革命のフランスを見出せなかった。その結果、彼の共和国原理主義は空回りしてしまった。

収まるべきものが収まるべきところへ収まった。われわれは先程、保守と極右が両党に共通する平等主義的な人類学的素地によって水面下で繋がっていることを暴露した。この度われわれは、左翼と極左が不平等主義的な価値観を介して結びついていることを確認する。これによって宗教的あるいはイデオロギー的に慰められることはあるまいが、われわれはこのとんでもない対称性を前にして審美的次元の喜びを味わうことができる。

人間の取るに足らなさとイデオロギーの暴力

ここに提示した人類学的モデルがなかなか受け入れがたいものであることを、私は十分意識している。地図が示しているものが非常に明瞭だとしても、平等主義の度合いによる政治的スコアの差のほうは、さほど圧倒的ではない。

これらの微妙な差に対して私がおこなった解釈は、象徴的な拒否と経済的な破壊に言及している。この解釈は、政治の立役者たちが大きな暴力と欺瞞だけでなく、信念、決意、パワーの持ち主であることをも示唆している。これは果たして現実的な見方だろうか。そういった欲動を、もしどうしてもと言うなら、極右の議員、イスラム原理主義者、あるいは戦闘的な無神論者になら想定できるかもしれない。しかし、自分を中道左派だと思っているような人びとに想定するのはどうだろうか？

たとえば共和国大統領は、お人好しで、取るに足らない、本人の用語によれば「ふつうの」人物だ。社会党員たちにしても、何事につけても穏健な人びとである。したがって一見、われわれの理論は、かくも穏和な人、かくも信念のぼんやりした人、かくもヤワな運動員といった現実と両立しない。こういうわけだから、われわれには次の課題が残っている。不平等主義的で差異主義的といっても決して強烈ではなく、淡く弱いレベルのものでしかないその傾向が、いったいどうして、集団的な形を取ったときに、稀に見るほど暴力的な頑迷さに到り得るのかという点を理解しなければならないのだ。

さて、家族構造をとおして培われる弱い価値がどのようにして強いシステムを生み出すかという点について前章でおこなった検討が、事の解明への道筋を示してくれる。われわれがすべてのネオ共和主義者——社会党員、UMP党員、中道派、あるいは左翼党《フロン・ド・ゴーシュ》のメンバー——に確認するもの、それはいくつかの弱い確信だけなのだが、それらの弱い確信の持つパワーの源泉は、それらが当事者各々の属している社会環境の中に共通のものとして、当たり前のものとして存在しているところに由来する。ちょうど、家族構造起源の諸価値がテリトリーごとに共有されていることによって強いシステムが存在しているように。

価値を担うグループは、すべて県単位や都市単位で定義されるわけではないが、何らかの空間——村、町、界隈、職業的ネットワーク、政党など——の中にある種の形で身体ごと入り込むことによって初めて、諸個人間の日常的な相互作用が発生し、それが信念や行動習慣を活性化させる。ひとつの社会生活環境は、強い信念とは何の関係もない日常的な模倣現象によって存続する。ある社会生活環境が活性化させる価値、そしてその社会生活環境を定義する価値は、個人生活や社会生活の重要な、または取るに足らないさまざまな要素に関与し得る。

今になって分かったことなのだが、弱い価値の集団的パワーと私が初めて接触したのは、都市環境の中での家族システムの永続化を私が分析した時期よりもずっと前だ。私は結局のところ、イデオロギーから出発したのである。一九九二年と一九九五年の間に私は、ヨーロッパ主義者とでも顔を突き合わせて議論すれば、その相手に単一通貨という企てのばかばかしさを証明するのは不可能でないということに気がついていた。ところが、集団のレベルでは、ユーロの不可避性という信念は不死身だった。信念それ自体は弱いものであっても、すでに十分広範な社会的グループによって担われていると、個人が特定の人との会話でいったん考えを覆しても、会話が終わればまたその社会グループに戻っていくように、やはり元の信念に立ち帰ってしまうのである。

思うに、ダニエル・シュネデルマン〔一九五八年生まれのフランス人ジャーナリスト、二〇〇七年九月からインターネット上に有料の報道・討論サイト「@rrêt sur images」を主宰〕は最近、かなりこれに近い直観を抱いて、『リベラシオン』紙に、世間での最近の論議の中心人物二人、大統領府の「実力者」たるジャン＝ピエール・ジュイエ〔高級官僚。二〇一四年四月より大統領府の事務総局長〕と、メディア界の「実力者」たるカトリーヌ・バルマ〔テレビ番組プロデューサー〕のいずれ劣らぬ取るに足りなさを記したのだと思う。「二つの政治現象、つまり公共討論のゼムール化[12]と、かつて右翼と左翼と呼ばれていたものの一体化[13]。そしてその二つの現象を蔭で組織し、こねている二人の人物、ドジ連発屋の官僚と、メモを読んでインタビューに備えるテレビ業界人が脚光を浴びるが、彼らは自分が何をしているのかはまったく自覚していない[14]」。

フランソワ・リュファン〔一九七五年生まれのフランス人ジャーナリスト。北仏アミアン市で自ら創刊した新聞『ファキール』の編集長〕が、ピカルディー地方の社会党議員についてとても見事な考察で捉えたのも、同じもの、あるいはむしろ同じ「無」である。彼は『ファキール』紙に、彼の「空白との出会い[15]」をこう語っている。「まるまる二時間、ぼくは彼女の事務所で、我が選挙区選出の議員パスカル・ボワサールと話をした。自分の経験にかつてないほど、中身が空っぽのインタビューになってしまった。それでそのインタビューのことは忘れることにした。しかしなあ、とぼくは考えた。ぼくのあのインタビューは、あの中身のなさにおいて、あの中身のなさによって、集団的で、脳神経退化的な、ひとつの病気を証言しているんじゃないか……」。

ユーロの失敗が、弱い信念の集団的凝集の数学的な意味でのリミットについてよく考えてみることを促す。個々人のレベルでは、単一通貨への信念はゼロに迫っている。ところが「エリートたち」の集団的レベルでは、その信念は以前と変わらず堅固だ。おそらく個人の信念としてはもはや痕跡程度の状態か、あるいはもうまったく存在しなくなっているのに、それでも永続していく「集団の信念」の存在という仮説を立てることができるのだろう。ユーロは、システム惰性の一例にすぎない。人間ならではのある一つの企てが、その有効性について熟慮されることなしにずるずると続いていくという惰性。単にもともとその企てをもたらしたグループが存在するというだけの理由で、そして個人的にその企てへの信念から脱却する者が続々と出ても、それだけではグループを排除できないという理由で。

個人は弱いのに、システムは強い。フランソワ・オランドのようなある人物が、単一通貨への信念の痕跡を、差異主義的な家族の伝統の名残を、そして、移民の子供たちがネイションの一員になることなど別に優先事項ではないという漠然とした考えを持っていても、それは大したことではない。しかし、五〇〇万人のフランソワ・オランドが毎日顔を合わせ、互いに模倣し合っていたら？　そしてそれが一〇〇〇万人規模で、あるいは数百万人規模で行なわれたらどうなるのか？　そこに出来上がるマシンなら、ユーロに対する信念と「イスラム教徒の異質性」に対する信念を合体させて、とてつもない規模で生命を排除したり破壊したりしかねない頑迷で強力なイデオロギーに仕立て上げることができる。

第4章　極右のフランス人たち

（1） Emmanuel Todd, *Le Destin des immigrés*, Paris, Seuil, 1994, pp. 308–312〔『移民の運命』石崎晴己・東松秀雄訳、藤原書店、一九九九年、四〇八～四一二頁〕.

（2） Sophie Wahnich, *L'impossible citoyen : L'étranger dans le discours de la Révolution française*, Paris, Albin Michel, 1997.

（3）〔訳注〕フランス西部のヴァンデ地方では、一七九三年にカトリック教会を中心とする王党派農民の大反乱が起こった。革命政府軍に鎮圧されたが、夥しい数の犠牲者が出た。

（4） Emmanuel Todd, *Le Destin des immigrés, op. cit.*, p. 275–278〔前掲邦訳書、三六八～三七一頁〕.

（5）〔訳注〕国民運動連合（ＵＭＰ）は、二〇一五年五月三〇日、党名を共和党（les Républicains）に改称した。

（6） Hervé Le Bras et Emmanuel Todd, *Le mystère français*, op. cit., p. 270〔前掲邦訳書、三二四頁〕.

（7）〔訳注〕一七九二年頃から、フランス西部地方で前記のヴァンデの乱（一七九三年）と交錯するようにして起こった王党派の蜂起で、革命軍に対し、主にゲリラ戦を展開した。ヴァンデの乱と同一視されることも多い。

（8）〔訳注〕レイシズムに対する闘いを目的として一九八四年にフランスで結成された非営利市民団体。

（9）〔訳注〕« Touche pas à mon pote! ». 一九八五年に「ＳＯＳラシズム」が創ったスローガンで、その後この同団体の公式スローガンとなった。手のひらにこのフレーズを書いたロゴとともに、今では世界中で知られるようになっている。

（10）〔訳注〕ヴァルス首相は二〇一五年一月二〇日の記者会見でのスピーチの中で、「フランスには領土的・社会的・民族的なアパルトヘイトが存在している」というフレーズを述べ、政界その他でさまざまな意味で過剰な表現だと受け取られ、物議を醸した。
（11）〔訳注〕一九〇五年の政教分離法にもかかわらず、当時はフランスの統治下になく、第一次世界大戦後にフランスに復帰したアルザス地方には、一八〇一年に執政官ナポレオンと教皇ピオ七世の間で結ばれたコンコルダートが現在に到るまで存続している。
（12）〔訳注〕テレビで人気を博するようになった評論家エリック・ゼムールの影響が浸透することをいう流行語。具体的には、発想の単純化、内容の極右化、表現のセンセーショナリズムなどを指す。なお、ゼムールを人気テレビ番組に抜擢したのはカトリーヌ・バルマである。ゼムールについては第1章を参照のこと。
（13）〔訳注〕ジャン＝ピエール・ジュイエは、現在はオランド大統領の側近だが、かつてサルコジ政権の閣僚だった。
（14）Daniel Schneidermann, « Jouyet, Barma, figures de l'ombre en pleine lumière », *Libération*, 16 novembre 2014.
（15）François Ruffin, « Ma rencontre avec le vide », *Fakir*, 20 février 2015.

第5章　イスラム教のフランス人たち

ステファン・ツヴァイクは自殺する少し前の一九四一年、自らの回想録の中で、ユダヤ人たちがナチズムによって改めて一つのグループに集められ、自分たちにとってもはや意味のないカテゴリーの中に入れられたときに感じた深い当惑に言及した。

「しかるに二〇世紀のユダヤ人たちは、ずっと昔からもはや結合体をつくってはいなかった。彼らは共同の信仰を持たず、彼らは自分たちがユダヤ人であることを、誇りとしてよりもむしろ重荷として感じ、いかなる使命をも意識してはいなかった。彼らのかつての聖なる書物の命令からは離れて生活し、彼らは昔の共同の言語をもはや欲しなかった。自分たちの周囲の諸民族の土地に同化し、彼らの仲間に入り、普遍的なものに融け入るということが、あらゆる追放に対してただ安らぎを持ち、永遠の逃走を休止するための、彼らのいよいよ落着かなくなってゆく努力であったのである。そこで彼らの一団は他の一団をもはや理解せず、彼らはほかの諸民族、フランス人、ドイツ人、イギリス人、ロシア人に融け込んで、すでに昔からユダヤ人以上のものになっていた。彼らがすべて一緒にして投げ出され、芥のように街路に掃き出された今において始めて、すなわち、銀行の頭取たちはベルリンの殿堂から、ユダヤ会堂の使用人たちは正統の教会から、追い出され、パリの哲学教授とルーマニアの馭者、屍体洗いとノーベル賞受賞者、演奏会女歌手と葬式の泣き女、作家とブランデー醸造者、有産者と無産者、富貴と微賤者、敬虔な信仰者と啓蒙された知識人、高利貸と賢者、ユダヤ主義者と各国に同化した者、ドイツ・ユダヤ人とスペイン・ユダヤ人、正しき者と正しからざる者、そして彼らの背後に更に、ずっと以前から呪いから脱したと信じている人々の混乱した群れ、キリスト教の受洗者と混血者――これらの一切が追放された今において始めて、ユダヤ人は数百年以来始めてふたたび、彼らがずっと前からもはや感じなくなっていた共同の運命を、強制されたのである。すなわち、エヂプト以来つねに回帰してくる、追放という共同の運命をである[1]」

一九三〇年頃、「ヨーロッパのユダヤ人たち」なるものが存在しなかったように、今日、「フランスのイスラム教徒たち」など存在していない。ところがこの宗教的カテゴリーが、出身国、教育水準、職業、社会階層、宗教実践の程度とタイプによって異なる多くのグループに属する人びと全体の共通分母であるかのように持ち出されている。このように多様な人びとに「イスラム教徒」というレッテルを貼るのは、端的にいってレイシズム〔人種差別〕の行為である。ウィーンのブルジョワ知識人と、ポーランドのシュテットル〔東欧に散在した小規模のユダヤ人コミュニティ〕のユダヤ人に共通のレッテル「ユダヤ人」を貼るのがレイシズム行為であるのと同じことだ。モントーバン〔フランス南西部の町〕でモハメッド・メラに射殺された二人の兵士、イマドジベーヘンジアテン氏とモハメド・ルグアド氏も、犯人のメラに劣らず「イスラム教徒」だったということになるし、クアシ兄弟に殺された警官アーメッド・メラベットも同様だ。問題は一般的だ。「イスラム教徒」というカテゴリーは、最近ますます多用されるようになってきているあの形態では、危険な意味論的フィクションである。

地図 5-1　マグレブ出身の移民の数

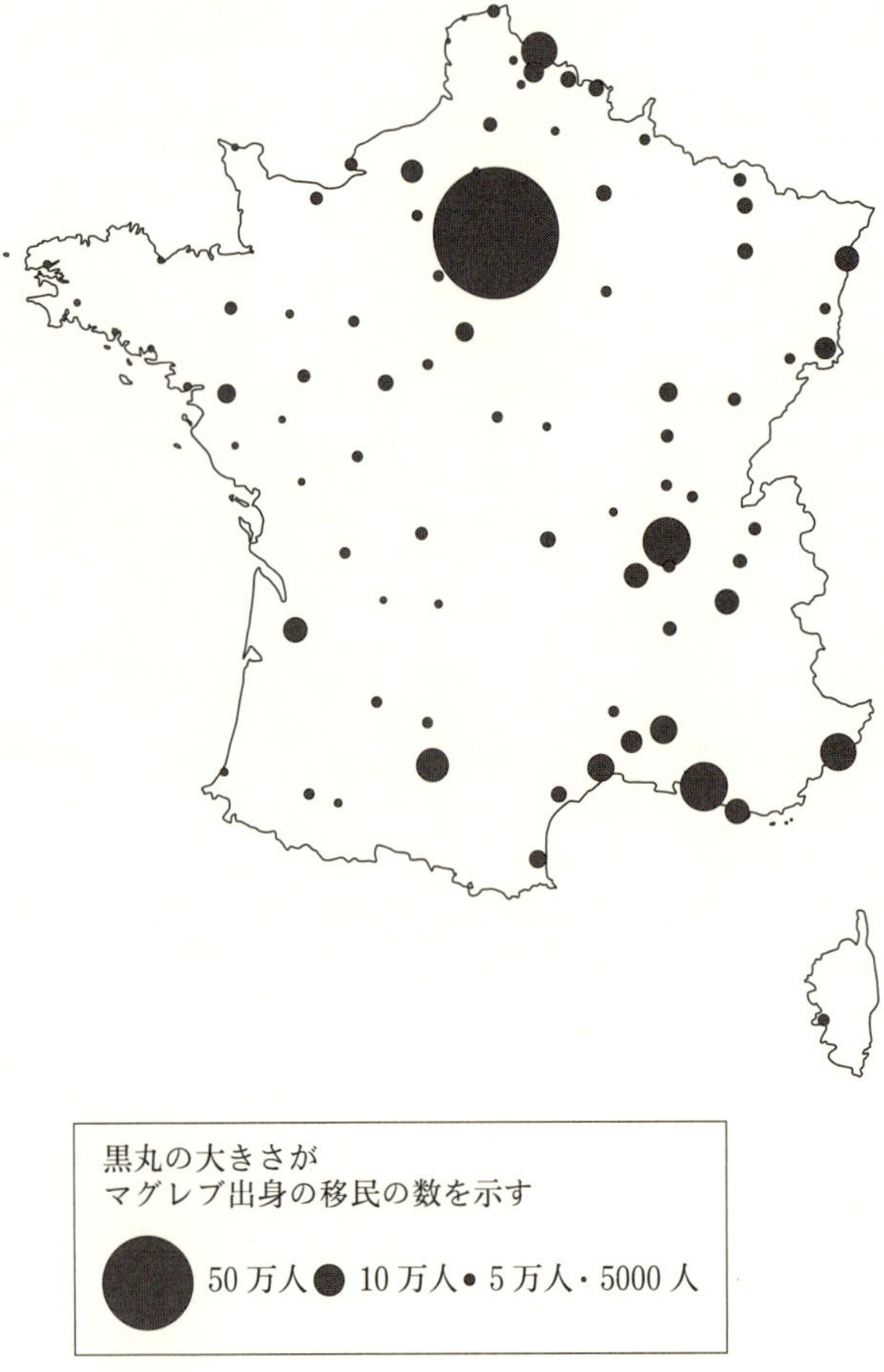

地図５−２　ブラック・アフリカ出身の移民の数

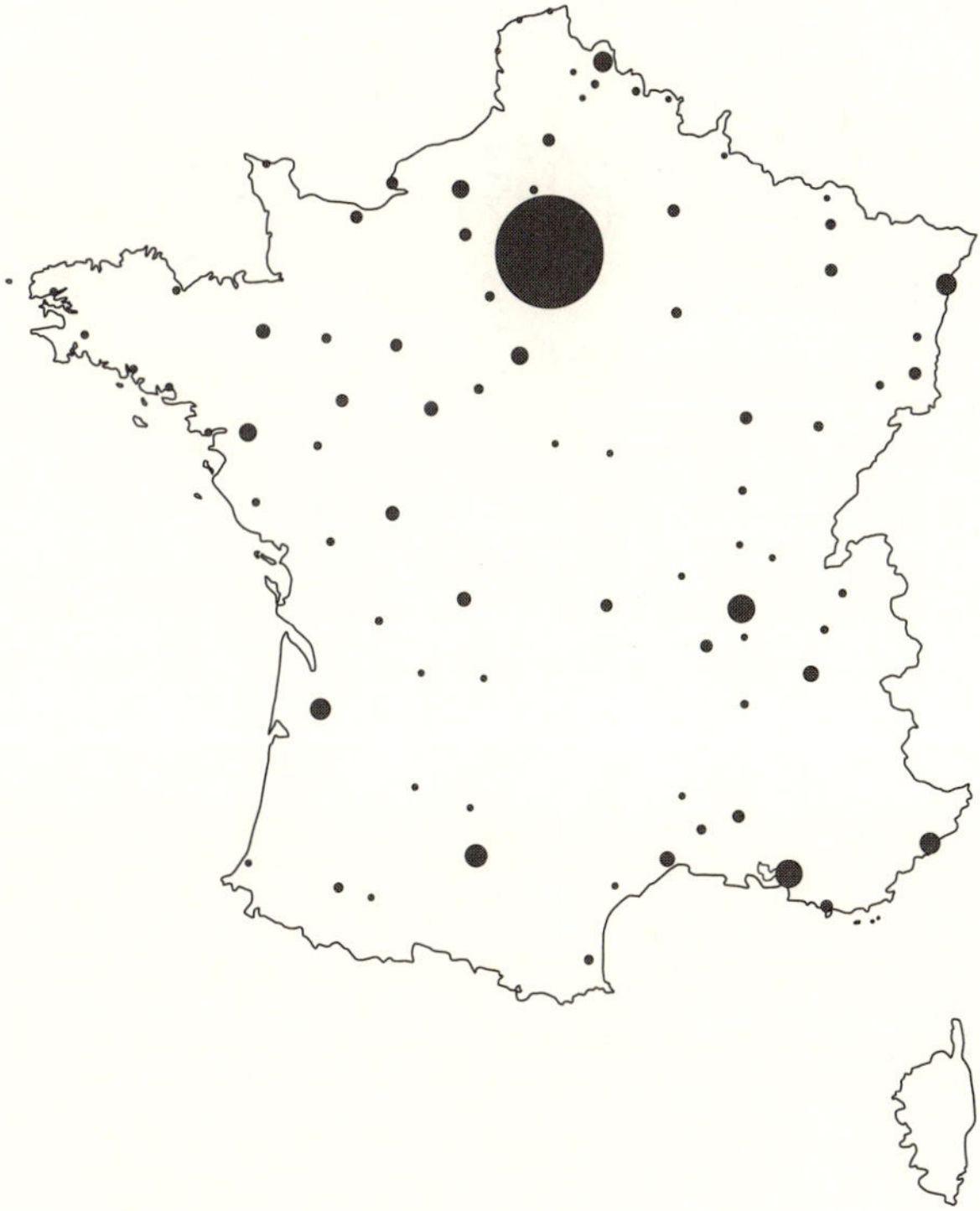

黒丸の大きさが
ブラック・アフリカ出身の移民の数を示す

50 万人　10 万人　5 万人・5000 人

職業と社会経済的カテゴリーから見てみよう。「イスラム教徒」がフランスの社会システムの中で占めているポジションは、世論研究所IFOPが実施した調査によると次のとおりだ。八・四%が労働者、六・四%が平社員、六・六%が小商人、職人、起業家、四・五%が中間職、三・五%が自由業および管理職。[2] 申し分のない社会的多様性といえる。世間に流通している妄想のイメージ、すなわち、貧民地区でへこんでいる若者、麻薬ディーラー、いつなんどきイスラム・テロに走るか知れない連中、というようなイメージとはまったく重なり合うところがない。この観点から見て、クリストフ・ギユイが、現下の経済状況でもうまく切り抜けているイスラム教徒のプチ・ブルジョワが出現してきていると強調しているのは正しい。ただ、彼がそのことをフランスの庶民階層一般に対するひとつの不正であるかのように嘆いているのには首肯できない。[3]

国籍と教育水準を合わせて捉えると、決して同質的でない世界のイメージが確認できる。まず、三〇歳から四九歳のアルジェリア系移民の場合を見てみよう。次に挙げるのは二〇〇八年の数値である。「資格なし」二七%、「職業適格証（CAP）、職業教育免状（BEP）あるいは中等教育前期課程修了免状（BEPC）」三九%、「短期高等教育」九%、そして「長期高等教育」九%。長期高等教育が九%というのは、もっと早くフランスに定着した祖先を持つフランス人における平均値の一九%よりもずっと低い。けれどもこれは、ポルトガル系移民の子供たちの平均八%を少しだけ上まわっている。しかしながら、この九%という数値は、「イスラム」なるもの一般について何も教えてはくれない。なぜなら、チュニジア系移民の子供たちの場合には、長期高等教育を受ける者の率が一五%にまで上がるからだ。そして、モロッコ系の場合は一九%に達する。一九%はいわゆる「真の」フランス人の平均値である。ここから分かるように、社会学的に見てイスラムなるものは存在していない、と言うだけでは不十分だろう。なにしろ、マグレブ人なるもの一般も存在していないのである[4]。

公正に事実を直視しよう。ネオ共和主義のフランスは、学校教育上のこのように印象的な多様性から出発して相対的な平等を生み出している。但し、それが何の平等であるかが問題……。アルジェリア系移民の子供で一八歳から五〇歳の者の失業率は二〇%だ。それがチュニジア系では二二%、サハラ以南のアフリカが親の出身地である者では二一%、トルコ系の場合では二二%となっている。このように学歴と就職の間に比例関係がないのを見ると、意地の悪い研究者なら、フランスはそれぞれの人の宗教的出自に取り憑かれていて、雇用においても資格は何の重要性も持っていないなどと主張するかもしれない。新しい共和国は骨の髄までイスラム恐怖症だということになりかねない[5]。事実がもう少し複雑であることをこれから見ていこう。

モスクの建設は、それぞれの地元当局によって、これまで極力妨げられてきた。したがって、イスラム教の宗教実践についての調査は非常に不足している。なぜなら、信仰の場所を中心とするネットワークが存在しないとなると、直接の観察に頼るほかなくなるからである。こういうわけでイスラム教についてはフランス全体が世俗主義とカトリシズムで二つの地域に分かれていることを確かめさせてくれた宗教社会学的調査に匹敵するものが手元にない。二〇〇八年九月と二〇〇九年二月に実施された調査『軌跡と出自』が教えてくれるところによれば、自分をカトリック教徒と定義する者のうち七六%が宗教は自分にとって重要でないか、ほとんど重要でないと考えている。この無関心の比率がプロテスタントの場合には五二%に落ちる。ロシア正教の信者では五三%、仏教徒では四八%、ユダヤ人では二四%、イスラム教徒では二二%である。因みに、この二二%というのは、アルジェリア系、チュニジア系、モロッコ系、トルコ系、ブラック・アフリカ系にとっての失業率の数値にかなり近い[6]。ユダヤ人に関して提示されている数値についてひと言述べておこう。ユダヤ人というこのカテゴリーは私自身にとって親しいわけだが、フランスのユダヤ人人口のマジョリティを構成する諸個人は完全に世俗化しているので、この調査では宗教的信仰なしに自らをユダヤ人と感じることがあり得るとは想定されていない以上、ユダヤ教からすっかり離れてしまっているユダヤ人は計測されていない。

それゆえ、この種の測定ではイスラム教徒人口のうちのどのくらいの割合が実際に宗教を実践しているのかが分からない。われわれが知っているところでは、ラマダンが遵守されることは頻繁であり、豚肉を食べることの拒否もかなり広範に守られている。たしかに、これまたわれわれが知っているところでは、アルコールに対する態度は遥かに柔軟だ。ともあれ、次のことはいえる。現在の社会的条件の中でも、フランスに暮らすイスラム教徒たちは自らをイスラム教徒と感じている。イスラム教の悪魔化がまだ、彼らが自分たちの宗教を隠さなければならないと感じるほどのレベルには達していないことを喜ぼう。定期的で、標準化されていて、完全な形をもつ観察はかなり稀なので、われわれとしては、調査対象となった人たちの七八％が自分の宗教を真面目に考えているというふうに自己定義したのは、単に私がツヴァイク効果と呼ぶものではないかと考えてみる必要がある。つまり、もし社会全体があなたをイスラム教徒というレッテルのついた袋に入れれば、あなたはイスラム教徒と感じるというわけだ。

ユダヤ人の歴史との比較に立ち返ってみよう。一九三〇年頃、西ヨーロッパで暮らすユダヤ人のマジョリティは、いわば、自らの宗教的アイデンティティの忘却に向かって歩んでいた。一九四五年以降、一人、二人、三人、あるいは四人、祖父母にユダヤ人がいる人はみな、ユダヤ人であることは必ずしも個人的な選択ではないと承知するにいたっていた。要するに、イスラム教への思い入れや関わりの同質性は失業率の同質性と実際に関係づけられるべきなのだ。もっともこのように言うからといって、失業の経験が強制収容所に閉じ込められる経験と同じ程度にドラマチックだというわけではない。

マグレブ文化の瓦解

私は一九九四年に『移民の運命』を上梓し、共同体《コミュニティ》の枠の中でイスラム教圏出身の人びとを描くと主張するのは筋の通らない企てであることを示したつもりだ。移民が自分の周りのフランス社会にパートナーを見つけて異民族間結婚（以後、混合結婚）する率の高さを見れば、そのことが十分納得できるはずだった。共同体を重視する仮説は、一つの文化がその中心に家族組織の文化を持ちながら永続することを前提にしている。ところが、マグレブ系の家族やマリ系の家族において特徴的なことは、まさにその家族がそのまま生き延びていくというよりは、瓦解するということなのだ。なぜ瓦解するかというと、移民の子供たちと受け入れ社会の子供たちの接触が十分長く開かれているために、基本的なフランス的価値、とりわけ男女平等という理念が、メディアでまことしやかに言われているすべてのことに反して、アルジェリア系、チュニジア系、モロッコ系の子供たちに伝わるのだ。移民第一世代が非識字者である以上、実のところ、元々の出身の文化にはどんなチャンスも残されていなかったのである。

アラブ人の内婚制共同体家族においては、父親の権威がすでに伝統的に弱い。それが証拠に、その伝統の中では父親は自分の娘の婿を選ぶことができない。婿の席は慣習的に娘の父方のいとこのものということになっている。その上、文字の読めない父親の権威は息子が中学、高校、あるいは大学へと進学していくとき、自ずから瓦解してしまう。こうして「イスラム教文化」さようなら、となる。その代わり、このプロセスがスピーディに有無を言わせず進行するので、かなりの程度で心理的不安が現れるし、そしてこれも事実なのだが、かなりの数の軽犯罪が発生してしまう。実際、刑務所には移民の子供たちが大勢入っている。だがこれも、彼らの元々の文化が粉々に散ってしまい、もはや彼らを護ることができなかったからなのだ。社会が彼らに勝手に貼ったり、彼ら自身が自分に貼り付けたりするレッテルを超えて、彼らは実はさほどには「アラブ人」でも、「イスラム教徒」でもないのである。

私自身、典型的に同化主義的なフランス人であって、すべての移民が国の中央部の文化に溶け込むことが望ましい将来だと思っている。しかしながら、今日ではすべてがあまりにも早く進みすぎたと考え、移民文化を一時的にある程度存続させ、活かしていく閘門《こうもん》のようなステップ、リトル・アルジェリアや、モロッコ・タウンのようなものがあれば、多くの心理的な被害を避けられたのではないかと思っている。しかし、社会生活全般に関する政策は、経済政策を決めるようには決めることができない。フランスがもともと同化策を選好していて、人びとが外見的な違いにかなり無頓着であるということを考えると、マグレブ文化が急激に壊れることは避けがたかったのだ。

ともあれ、内婚制の共同体家族も、イスラム教も、フランスで生まれた第二世代にとって、ポラニー的な意味での社会的保護の役割は果たすことができなかった。産業社会および、ポスト産業社会の個人主義的価値観との対決は、直接的で、粗暴で、破壊的だった。都市郊外の若者たちがどんなふうに途方に暮れるかを理解するためのよい参考物、それはユーフラテス川の谷とシリアの砂漠で起こっていること〔「イスラム国」の伸張〕ではない。あれらは別世界から生まれてくる蜃気楼にすぎない。それより、第一次産業革命時のイギリスに注目すべきだ。労働者たちが急激にもともとの文化から剥離してしまうという現象が起こったのだ。その結果、家族が脆くなり、教育が困難になり、アルコール依存症が増えた。当時の労働者のうちでも熟練労働者たちにとって生き延びていくための道の一つは、新興セクトのプロテスタンティズムであった。市場によって無に帰されるかどうかという境界線で、人間は最後の支えを宗教的信仰に見つけることができる。信仰が彼に法と希望を与えるからである。

たしかに異民族間の結婚〔混合結婚〕の率は、一九九二年の調査『地域的移動性と社会的統合』と二〇〇八年～二〇〇九年の『軌跡と出自』の間では、むしろ伸びなかった。そしてマグレブ出身人口のフランス国土への分散が止まった。これらの現象については『不均衡という病』の中に詳述した。(7) イスラム恐怖症的なコメントの大勝利は、この点について結果を原因のように提示するに至り、どうすることもできない文化的差異のせいで、都市郊外の若者たちは適応ができないのであり、それが彼らの失業率の高さを説明するというふうに言ってのけることにある。ところが事実は逆で、同化における小休止はすでに述べたとおり、われわれの社会の指導層が経済的停滞と社会の細分化を選択し、その選択がヘゲモニーを握っている社会的集合体MAZによって受け入れられ支持されているという、そういう事情に起因しているのだ。人口学者として繰り返しておきたい。フランスはドイツよりもずっと多くの若者を生み出しているので、通貨政策でドイツを真似ていれば、多くの若者を困難と疎外と不完全さに満ちた生活へと追いやることになる。加害者側や犠牲者側の当事者自身がどう考えていようとも、移民系の若者たちの一種の退却状況は本人の望んだものではない。同化メカニズムを阻害する経済的論理によって押しつけられたものなのだ。一九九二年に測定された混合結婚の率は、事態がうまく進んでいることを示していた。俗論がわれわれに述べることに反して、当時、観察できたのは、文化的に異なる人口が混ざり合っていくプロセスが二〇世紀の後半に信じがたいほど加速したという歴史的事実だった。

ユダヤ人とイスラム教徒における混合結婚

ユダヤ人の同化スピードと比べてみよう。私の母がいつも口癖のように言っていたように、私はここでたまたま手元にある例として私自身を、あるいはより正確には私の家族を取り上げる。出発点はフランス東部アルザスかロレーヌのユダヤ人家族である。この家族はフランス革命によって一七九一年に解放された。私の曾祖母の祖父シモン・レヴィはボルドーのシナゴーグの祭司、グラン・ラバンだった。彼は一八八七年に『モーゼ、イエス、ムハンマド、あるいはセム族の三大宗教』と題する本を出した[8]。これはユダヤ教の擁護と検証であった。彼の場合、常にユダヤ教を標的とする誹謗中傷と闘うことが課題だったのである。シモン・レヴィがわれわれに思い出させるのは、キリスト教とイスラム教の基本的価値がもっぱらユダヤ教に由来しているということである。本のタイトルはイエスをモーゼおよびムハンマドと同じ平面に置いている。それだけでも、ユダヤ人とキリスト教徒の間に今後どんな紛争も起こり得ないということを示唆している。もっとも、キリスト教徒がイエスが神の息子でないことを認めさえすればすぐにでも、というのだった……。しかしながら、彼の婿のポール・ヘッセは、ユダヤ人のブルジョワによくあったように、貴金属鋳造の工場を所有していたのだが、もはやすでに信者ではなかった。彼が残したものの中に、一九一四年の戦争中におこなった議論を記録したノートがある。将校として軍に呼ばれたのだが、彼は食事のたびに司祭たちと神学について討論していたのだ。その自筆原稿の冒頭に、精確な自己定義が載っている。「冒頭、私は宣言する。私は種族においてはユダヤ人だが、信念においては自由思想家である」。種族という言葉は、当時はまだ不吉な暗示的意味を帯びていなかった。その使用は、典型的なフランスの「イスラエル人」家族において、まだ混合結婚はいっさい行われていなかったという事実によって正当化され得た。一九二八年を待って初めて、ポール・ヘッセの孫娘が、門番の息子であり、かつ農民の孫であるブルターニュ半島のエンジニアの息子と結婚した。一七九一年から一九二八年まで、ユダヤ人の解放から最初の混合結婚までに、なんと一三七年、五つか六つの世代が経過したのだった。これを参考にすれば、第二次世界大戦後の加速がいかに際立ったものであったか、分かるのではないだろうか？　大衆コミュニケーションの手段、教育水準の上昇、女性の解放などが、二〇世紀前半までよりもずっと早いスピードで、フランスのイスラム教徒人口を混合結婚へと引っ張った。

　調査『軌跡と出自』（二〇〇八〜二〇〇九年）がわれわれに教えてくれる。アルジェリア系、またはモロッコ系の移民の息子の四四%が、移民でも移民の子供でもない相手と結婚している。

チュニジア系になると、その率は六〇％まで上がる。トルコ系では四二％まで下がっているが、アフリカのサハラ以南を出身地とする移民の息子（このケースではイスラム教徒と非イスラム教徒を区別することはできない）の場合には六五％まで上がっている。女性についていうと、その率はもう少し低い。これは崩壊過程にある父系制文化にとっては通常のことだ。それを差し引いても、その率はたいへん高く、アルジェリア系で四一％、モロッコ系で三四％、チュニジア系で三八％、ブラック・アフリカ系で四九％となっている。[9] 唯一トルコ系の女性の率がかなり低く、七％である。これらの数字は、決してすべてが万事問題なく理想的に推移しているということを意味しない。とはいえ、外婚がまだマジョリティを占めていないながらも、フランス社会との接合は疑問の余地なしに実現している。何をどう考える場合でも、これらの数字の中に「イスラム教徒問題」などというものの存在を読み取ることはできない。ここで強調すべきは、サハラ以南のアフリカを出身地とする人口の社会統合の速さである。これが雄弁に示しているのは、アフリカのことである以上に、フランスのことだろう。受け入れ側の人口はまったくもって肌の色を気にしていないのだ。

しかしながら、「トルコ問題」は指摘しなくてはならない。これは残念ながら、おそらくドイツ問題なのだ。『移民の運命』でも検討した問題である。トルコ人移民の同化に対する抵抗は当時いっそう明らかだった。彼らの人類学的構造にはそれを説明するものは何もないのに。出身地がトルコのどこであっても、いとこ同士の結婚の率はマグレブ諸国のどこよりも低いのだ。地域によっては、この内婚率の低さに女性のステイタスの際立った高さが加わっていた。そこで、フランスにおけるトルコ移民の地理的分布を観察してみると、それは東側の国境に貼り付くような形だった。それゆえ私は、フランスのトルコ人というのは、ドイツを中心とするトルコ移民人口全体の一断片にすぎないと結論した。この移民人口は、ヨーロッパ規模で、つまりフランスでも、ベルギーでも、オランダでも、ドイツで普通になっている差別基準を内面化していたのだ。イスラム教徒との混合結婚率は当時、西ドイツ連邦でとるに足らない数値だった。現在フランスにおいてトルコ出身の男性の混合結婚率がどちらかというと高くなってきているのは、おそらくこの人口における「ドイツモデル」との断絶の最初のステップなのだ。われわれはここで改めてヨーロッパの差異主義の震央《エピセンター》がフランスにあるのではなく、ヨーロッパのより北方、あるいは東方にあるという事実に出会う。これがゆえに、ヨーロッパ建設の一歩一歩が、蓋を開けてその結果を見てみると、イスラム恐怖症の一歩一歩の前進になってしまっているのである。

イデオローグたちと外婚制

では、「統合」と呼ばれるものの真実とは何だろう？　すべての調査が、同化が進んでいること、戦前に比べてその速度が増したこと、最近ブレーキがかかっていることを教えてくれる。これをどう解釈するにせよ、同化は家族構造の瓦解をともない、大きな心理的混乱をもたらす。

一方で、経済的低迷が今日の困難の原因であることは容易に看て取れる。延命を願っている何らかの特定の「意志」が現在の同化の小休止の原因になっているのではない。しかし、イスラム恐怖症が盛り上がってしまっている現況においては、社会学的事実に関する真実を再確立しても、それだけでは足りない。欺瞞を追い払うこともしなくてはならない。イスラム教圏に出自のある若者たちがあまりにもしばしば指弾され、イデオロギー的に断罪されている。彼らが本当に不十分にしか同化していないのかどうかを推し測るために、彼らを上から裁くような態度を採っている面々と比べてみるのが必要かつ公平なことであるように思われる。

今日、社会の「ゼムール化」ということが時折り話題に上り、この苗字を持つイデオローグを文化的アイコンに祭り上げる結果となっている。ここでは人類学の方法を徹底し、かのエリック・ゼムールに、同化の程度を評価する際の通常の基準を適用してみよう。実はいま私の手元に、ペルピニャン〔ピレネー山脈東麓に所在する地方都市〕の政治がどうおかしくなっていったかを研究した非常に見事な論文[10]があるのだが、この論文でイスラム教徒の投票を見積もるために活用されているのは北アフリカ系のファーストネームの地理的分布だ。ここでは、ファーストネームではなく、ファミリーネームのほうを使ってみよう。かのエリック・ゼムールは「政治的に正しくない」やり方の信奉者だから、私が彼の配偶者の旧姓に注目し、ゼムールはモントルイユ〔パリ東郊の町〕の生まれであるにもかかわらず、北アフリカ出身のユダヤ人という所属コミュニティでの内婚にご満悦だったのだろうと言ったとしても、恨みには思うまい。

マグレブに出自をもつ若者たちに対して昔の異端審問所の審問官のように振る舞う彼は、してみると、混合カップルで生きるアルジェリア系二世・三世の半分よりも同化において遅れているということになる。加えて、男性性に関する型どおり地中海的なあのご託を聞けば、彼を判断するには十分だろう。トランス・カルチュラル精神医学なら、おそらくゼムールを「同化不十分のマグレブ人」に分類することだろう。しかし、社会学の視点を維持しよう。ゼムールが文化状況の中心にいるのだから、トランス・カルチュラル精神医学は、フランスの中産階級の精神状態についても何か言わなければなるまい。

次に、アカデミー・フランセーズの方へ寄り道しよう。そこでは平均年齢七八歳の会員たちが過日アラン・フィンケルクロートを選出し、イデオローグをもう一人、紹介してくれた。アラン・フィンケルクロートは、本人ももともとはポーランド系ユダヤ人なのだが、われわれの社会で問題が発生するたびに、その中にいつもいち早く、「アラブ人」的次元、あるいは「黒人」的次元を探し当てる。だが、彼もまた、混合結婚に飛び込むことはしなかった人物だ。この点で、アルジェリア系、モロッコ系、チュニジア系、あるいはブラック・アフリカ系の大勢の若者たちとは対照的だ。

いうまでもなく、よきフランス人であるためには混合結婚が義務、などということはない。私のユダヤ人の祖先は一九一四年から一九一八年までのあの第一次世界大戦では兵士として戦うという国民の義務を果たしたが、それまで混合結婚をしたことは一度もなかった。戦地に赴いた家族との文通はいつも塹壕から塹壕へとリレーされたのだけど、リレーしてくれた人の名前はもっぱらアルファン、ヘッセ、レヴィ、ストロース、ブロッホ、ウォームスというような苗字〔いずれも典型的なユダヤ人名〕だったというエピソードで、かつて祖母が私を笑わせてくれたものだ。しかしながら、後生だから、と言いたい。内婚的にしか結婚しなかったイデオローグたちは、外婚制を実践している移民の子供たちに向かって、フランス的とはどういうことかなどという教訓を偉そうに垂れないでもらいたい！　もう一度、われわれが愛したフランスを、内婚制を好む人たちの内婚を好意的に受け入れ、同時に、あくまでデリカシーをもって、また直接の圧力など加えることなしに、やはり混合的な出自をもつ子供たちを作ることによってこそ、長い歴史の年月の中でナショナルな共同体ができ上がっていくのだということを思い出させてくれるあのフランスを取り戻そうではないか。

若者たちの圧殺とジハード戦士の製造

フランスが――イギリス、ベルギー、デンマークなどと同様に――「イスラム国」のためのジハード戦士を製造しているやり方を分析する前に、ここでも公正を心がけ、シリア問題の扱いがわれわれの国の指導層の無能力さを明らかにしていることを確認しておこう。何カ月もの間、外務大臣ローラン・ファビウスや日刊紙『ル・モンド』その他は、シリアの現体制に対する軍事介入をフランス政府に促した。当時わが国の政府が鳴り物入りで支持した勢力が結局、

「イスラム国」を生み出してしまったのだ。したがって、見習いジハード戦士たちとフランス国は一時、平行した軌跡を辿ったわけである。それにもかかわらず、フランス政府が過激イスラム教主義のうちでも最も危険なものに対して迎合的であったことに関して、ほんの僅かな自己批判も聞いたことがない。だが、これは驚くべきことではない。内務大臣が『シャルリ・エブド』紙の安全確保を怠ったのに完全に免責されているのだから、外務大臣が間違いばかり犯していても罰せられるわけがない。内相カズヌーヴは、二〇一五年二月にコペンハーゲンで平然とデンマーク警察への支持を表明することができたし、外相ファビウスは今もあちらこちらへ旅行する権利を有している。

　ジハードの分析に入るにあたって、われわれはこの本で採用している方法論にあくまで忠実でいなくてはならない。わが国がうまくいっていないことの原因を拙速にイスラム教に求めたり、イスラム教徒に罪があるかのようなことをいう前に、フランスの（そしてこの場合、西洋の）社会的メカニズムがフランスの（あるいは西洋の）若者たちをテロリズムに導いている以上、そのメカニズムをこそ分解し考察してみる必要がある。ジハード戦士になろうとする者の数――二〇一五年初めでおよそ一〇〇〇名――を考えると、当然、この問題は社会学的に扱わなくてはならない。ジハード戦士志願者の中にかなりの割合でキリスト教からの改宗者がいること――二〇一五年二月末の内務大臣のいくつかの発言によると二〇％らしい――を思えば、当然、若者の問題はその一般性において扱われなければならない。

すべての先進国社会に共通する特徴の一つは、若者たちが経済的および社会的に圧し潰されていることだ。グローバリゼーションが、そして何よりも自由貿易が役割を果たしているわけである。まったくオーソドックスな理論でもって、そのことは説明がつく。この問題の発生がジハード主義の登場にどれほど先立っていたかを示すために、ここであえて私は、自著『経済幻想』の再版につけた序文を引用させていただく。一九九九年に書いた一節である。

「自由主義的な経済分析がとても適切に、いったいなぜ、少なくともいったいどのようにして、西洋の若者たちの簒奪が起こるのかを説明してくれる。グローバリゼーションが世界の労働市場を一体化する。第三世界も含めて地球規模で見るとき、若者は比較的大勢いるし、働かせやすい。少数の高齢者が資本を握っている。諸要素のコストが遅かれ早かれ平均化していくという法則により、もしある先進国が自由貿易に門戸を開けば、この場合いちばん夥しく存在する要素は資本であり、人口学的には資本は高齢者層に同定できるわけなので、これが優遇される。そして相対的に希少な要素である労働が、こちらは人口学的に若者たちを指すわけだが、これが不利な立場に置かれる。これこそまさに正確に、われわれが生きている状況なのだ。すなわち、若者たちの労働や消費や移動の自由が、自由貿易によって圧し潰されているのだ。最も権威ある高等教育機関を卒業した僅かなパーセンテージの若者たちだけが現実に、貧困化のこのメカニズムに晒されない場所にいる[11]」

いうまでもなくユーロが、ユーロ圏内では自由貿易のもたらす影響をよりいっそう深刻化させる。ユーロは強くて、安定していて、もっぱらインフレとの戦いを優先させるやり方で管理されている。われわれは現在デフレの中に入ってしまっているわけだが、このデフレがまた、固定的に保障されている所得の持ち主たち、すなわちリタイアした年金生活者たちを有利にする。

西洋諸国民の高齢化によって、いたるところで高齢化した有権者集団が生まれており、この集団の好む方向へと政治的決定が導かれている。自由貿易もそうした政治的決定の一つだ。また年金の優先的な安定化もそれであって、その定義からして文字通り、高齢者にとって好都合な政策だ。物質的な福利を保障するのに、「保障された年金＋自由貿易」、換言すれば「安定所得＋消費財価格の低下」は無敵である。米国でも、イギリスでも、フランスでも、それが今日まで最も高齢な市民層の所得中間値を上げてきたのであり、最も若い市民層のそれを下げてきたのだ。我らが年金生活者にとっては、物価の抑制を確かにしてくれる市場と、所得を護ってくれる国家の間に、いささかの対立も存在しない。

年齢の中間値が五〇歳である有権者集団は、どこからどう見てもやはり、その値が三五歳だった時の集団と同じではない。リウマチに罹るようなもので、デモクラシーの性質が変わってしまう。いわば六五歳以上の自殺率が下がるのだから、政治哲学の危機が告げられる。市民の性質が変わってしまうのだから、より具体的に、より心理面を重視したアプローチが必要になってくる。

われわれのここでの分析に関連していえば、確認すべきは、中産階級の状況がその決定的な支えを高齢世代の存在に見出すということだ。というのも、高齢世代の経済的利害は、たとえその高齢者たちが一般にさほど高学歴でなく、さほど富裕でないとしても、当面、管理職や高学歴者の利害に一致するからである。戦後すぐの貧困――トイレも、浴室も、冷蔵庫も、テレビも、自家用車もない環境――の記憶が残っているかぎり、現在高齢に達している人びとは自分たちの状況をポジティブに評価し、いわゆる「福祉国家」の側に身を置く。

経済的抑圧は、いうまでもなく、誰に対しても等しいわけではない。いちばん厳しい状況に置かれるのは、イスラム圏を出身地とする若者たちだ。なにしろ、各家族がそれぞれの社会的ネットワークの中で、自分たちの子供たちを護ろうと努めるわけで、その家族がフランス社会の網の目の中により深く入っていればいるほど、その目的を達成しやすい。したがって、このサバイバルゲームでは、まったく機械的なこととして、最も最近にやってきた者の効率がいちばん低い。それゆえ、われわれは、移民系の子供たちの失業率が高いことをかなり広範に、差別という仮説に頼ることなしに説明できる。イスラム恐怖症はここでは、事態を深刻化する現象にすぎない。フランス社会に入ってからの年月の短さがマグレブ出身の若者たちの失業率が特に高いことのかなりの部分を説明する。

とはいえ、若者たちが受けている抑圧をその経済的次元にだけ還元するわけにはいかない。有料テレビ局「カナル・プリュス」の若者礼讃主義が云々されているけれども、それを超えて、たとえば午後の時間帯のテレビでよく目にするのは、安全装置付き浴槽だの、尿漏れ対策だの、葬儀費用保険だのを扱うコマーシャルである。われわれは年齢なるものによってイデオロギー的に支配された世界で生きているわけで、この世界の中では、若者たちが雇用を見つけるのにも先立って、引退してからのことを心配するように促されている。精神的に若さを保っている高齢者たちというより、最先進国の社会は、老化のためにプログラムされた若者たちを作り出している。そんな若者たちはできるだけ早く家やマンション――これはリタイアしたときの生活の一部を成す――を買おうとし、そのようにして価格を押し上げ、自らの居住面積の減少に貢献してしまう。この仕組みを完成させるかのように、「中産階級と高齢者たちの福祉国家」は、住居の建設に本気で資金を投じることはない。

もし若者が不満だというなら彼らは外国へ行けばよい。アメリカでも、オーストラリアでもどこでもよかろう、というわけだ。若者の旅行と海外移住は、われわれのメディア、とりわけ高齢者たちを購買層としているメディアの好みのテーマの一つだ。アメリカで学生か料理人、ロンドンでバーテンダー、西アフリカで人道支援者、すべての冒険はやってみるに値する。ならば、失業と軽犯罪にはまっている都市郊外の若者たちの場合、シリアでのジハード戦士もあり得るのではないか？　冗談を言っているのではない。大真面目に、「イスラム国」という蜃気楼は若者の海外移住の一形態だと主張できる。海外移住をひとつの理想として熱烈に推奨しているのが、われわれの社会のニュースマガジンだ。世論研究所ＩＦＯＰのデータによれば、二〇一四年三月の時点で『レクスプレス』誌の読者の四九%、『ル・ポワン』紙の読者の五六%、そして『ヌーベルオプセルバトゥール』誌の読者の五七%が五〇歳以上だという。

カビの生えた宗教的な道徳主義に陥るつもりはないが、それでも先進国社会で若者たちに提案されている社会的、道徳的展望が、率直にいって不十分だということを確認しなくてはならない。技術の進歩は驚くべき水準であり、わくわくするほどであるのにもかかわらず、である。今日のフランスで思春期以降に見えてくる展望は、単にテレビゲームとソーシャルネットワークと解放されたセックスライフだけではない。それはまた格差の拡大や、いまや受け入れられてしまっている一〇%の失業率という、道徳的に頽廃した光景でもある。そしてさらには、互いに対立しているかのように装う政治家たちや、ただの芝居と化している議会の茶番である。また、社会的に保護されている中産階級のエゴイスティックな冷淡さでもある。

まさにその中産階級のクオリティライフをテレビは毎度褒めあげているけれども、その瞬間にも、本書ですでに指摘したように、わが国の刑務所はどんどん満員になっているのだ。入るのは必然的に若者たちで、もちろんそこには、最近の移民の子供たちが高いパーセンテージで含まれている。その上フランスでは、国家が囚人たちに人間らしい待遇を与えるために不可欠の予算を計上しようとせず、狭い空間に囚人の数が多過ぎることが、刑務所の中の不健全な雰囲気をいやが上にも助長してしまう。刑務所がすべてをラディカルにする。そこでは一般の犯罪も軽いものから重いものに変わるし、イスラム教も伝統的だったものがテロリスト的なものになってしまう。幻想の中で歪められたイスラム教がどんなメカニズムを通して、彼らがイスラム教徒であるとないとにかかわらず、刑務所に入ったことがあるとないとにもかかわらず、かくも大勢の若者たちにとって生きたり死んだりする理由になるのかが少し分かり始めてきた。しかし忘れてはいけないことが他にもある。西洋の中でも他の地域を見れば、若者たちの疎外と彼らの極度の苛立ちを迎え入れる捌け口は他にもあり得るということだ。

スコットランド原理主義

一月一一日のデモ行進では、イギリス首相デーヴィッド・キャメロンも気取って先頭を歩いていた。経済メディアは普段からわれわれに彼の政策の「成功」を伝えている。ところが実は彼の政策はユーロ圏のそれと同じくらいに緊縮策で、これまたユーロ圏同様に、国民の所得の中間値が下がっていくのをいっこうに止められないでいる。とりわけ、若者たちの所得の低下がひどく、ときに彼らは、大学等を卒業した後、また親の家に舞い戻ることを余儀なくされている。若者の自立を要求するアングロサクソンの絶対核家族システムのコードとは絶対的に矛盾する事態だ。しばしばプチ・ブルジョワではあるが、国立行政学院（ＥＮＡ）で養成されるフランスの指導層も劣化している。だが、イギリスの指導グループはそれにも輪をかけて滑稽だ。彼らは中等教育の段階からエリートとして選抜され、例のイートン校をはじめ、莫大な額の授業料を取るひと握りの私立校の卒業生ばかりで、皆が「お仲間」なのである。

グラスゴーやエディンバラにはパキスタン出身の移民は少ないし、ジハードへのスコットランドの貢献はおそらくごくささやかなものに過ぎないだろう。しかし、デーヴィッド・キャメロンは彼自身の時代の価値（とりわけ株価）を妄信して、スコットランドの若者たちを統一王国《ユナイテッド・キングダム》からの分離へと導いたのだ。二〇一四年九月の国民投票で、一六歳から三四歳のスコットランド人のうちの五七%が、こうして統一王国からの離脱を選んだ。その離脱を阻んだのは、六五歳以上人口層の七三%だった。統一王国の歴史を知っている者にとって、この内発的崩壊の脅威——若年層の疎外によるものだが——、これは暴力性は低いとはいえ、われわれの国の都市郊外で起こっているジハード主義に劣らずショッキングだ。一七〇七年の連合法が二つのネイションの議会を一体化し、スコットランドの素晴らしい繁栄の時期を拓いたのだった。その後、この北方の小さなネイションがイギリスの知的、科学的な歴史に貢献した度合いは巨大なものであった。デーヴィッド・ヒューム、アダム・ファーガソン〔哲学者、一七二三〜一八一六年〕、アダム・スミス、ジェームズ・ワット、ジェームズ・クラーク・マックスウェル〔理論物理学者、一八三一〜七九年〕、ケルヴィン卿〔名はウィリアム・トムソン、物理学者、一八二四〜一九〇七年〕……ネイションとネイションの接合がこれほど成功した例は珍しかった。統一王国のおかげでスコットランドは近代の先頭ランナーのうちに名を連ねていたのだ。したがって、スコットランドの若者たちの疎外現象は、今日、リズムと形はさまざまであるにしても、いたるところで西洋社会の固有の堅固さが危うくなってきていることを示すものだ。今後はありとあらゆる離脱が考えられる。

ネイションの一体感の問題がフランスでも生じているが、それは必ずしも「イスラム教関連」ではないし、宗教的なものであるとも限らない。遅くならないうちに、このたびの地方制度改革〔フランスでは二〇一五年に、従来二二あった地域圏が合併統合により計一三に再編された〕で忘れられたブルターニュや酷い目にあったアルザスのことを考えておこう。赤いボンネットの秋[12]は、おそらく一つの警告だったのだ。

宗教的なものに対する恐怖症から脱出すること

この段階でわれわれは、努めて次のことを理解しようとしなくてはならない。なぜ、全体として弱い立場に置かれていて、社会的地位の低いマイノリティグループによってフランスに（また他の国に）導入された宗教であるイスラム教が、若者たちを誘惑できるのか。若者たちのうちには、元々の宗教への回帰としてイスラム教に深く入っていく者もいれば、カトリシズムや世俗性の伝統を出自としながら、純然たる改宗をする者たちもいる。

宗教的なものの価値をヒステリックに否定したからとて、われわれは前に進めるわけではない。形而上学的な危機にあるフランスに最も欠けているもの、それはまさに宗教が人びとに与えることができるものについて冷静に考えてみるための最低限の能力である。シャルリは今ではフランスのナショナルアイデンティティとムハンマドを冒瀆する権利を結びつけているが、そのシャルリを苛立たせるリスクを冒しても、われわれはイスラム教が一部のフランス人にもたらすことができるものについて、よく考えてみる必要がある。結局のところそれは、本書ですでに提案したゾンビ・カトリシズムの分析を、他の宗教システムに拡大することにほかならない。われわれの分析は、多くの分野でカトリック教会が果たしたネガティブな役割だけでなく、カトリシズムから生まれた助け合いのモラルが演じたポジティブな役割をも認めた。カトリシズムに対してと同様、イスラム教にもポラニーの考え方を適用してみるべきなのだ。イスラム教一般に、というのではない。そうではなくて、フランスで特定のグループによって担われていて、実践の度合いは人びとが一般に信じているのよりも遥かに低いイスラム教に対して、である。

すべての宗教に関して言えることだが、特定の宗教があらゆる時代、あらゆる状況で進歩に対立すると主張することなど、何によっても正当化されない。それどころか、プロテスタンティズムとユダヤ教という、聖書に基づいていて、非常に文化水準の高い諸民族を輩出したこの二つの宗教が示すのは、社会の発展の中で、信仰のほうが教育の大衆化に先立つということだ。プロテスタントの国、とりわけスカンジナビア半島の国は宗教改革以来、他の国々よりも先に進んでいて、非常に高い教育水準を保っている。イスラエル国家の場合も同様だ。中等教育の生徒たちの学力を計るＰＩＳＡタイプの調査で、フィンランドはトップグループの常連だが、フィンランド人はあのパフォーマンスの多くをルターに負っているのであり、政府に負っている部分は少なく、先進的資本主義には何ひとつ負っていない。あの好成績は、ゾンビのプロテスタンティズムの最も高度な証なのである。フランスでは歴史がそれとは非常に異なっていて、カトリック教会が時代遅れで、後ろ向きで、識字化にブレーキをかけたのだった。たぶんそのような歴史的背景が〔意識化されない〕理由を構成して、フランス人の大半は自国の歴史に囚われているだけに、今日なお、宗教をポジティブに考えることができずにいるのだ。

神の存在と永遠の生命に近づくための諸条件が真実かどうかといった解決のつかない問題とはまったく別に、個人のモラルと、集団のプロジェクトと、将来にありうべき美を組み合わせるひとつの理想の存在は、人びとを助け、意味のない世界に放された脆い動物以外の何物かになる努力へと人びとを導く。だからこそわれわれは、個々人の心理的なバランスに、また学校での良い成績に、そしてまたフランス社会への自らの統合を成功させるために、イスラム教がさまざまな形をとりながら貢献し得る可能性を積極的に考えてみるべきなのだ。都市郊外の社会をイスラム教によって再構造化しようというようなことを思い描いているのではない！　しかしながら、ああした界隈の社会を今日脅かしているのが共同体主義ではなく、むしろ遥かにアノミー〔無規範・無規則状態〕なのだということをしっかり意識すべきだ。ああした地区でも、フランス的な家族的・思想的諸価値の消化吸収はすでに進みすぎるくらいに進んでいる。想像してみることができるのは、それに加えてイスラム信仰が果たし得る貢献だ。その貢献は、知的領域や学校や社会での上昇を目指す努力を始めている家族にとって重要だ。そうした家族の邪魔をしないだけでもよい。できれば、戦闘的な無神論からくる侮辱や攻撃から、またラディカルなライシズム〔世俗至上主義〕という、今ではむしろ信仰の自由に対する新たな脅威となってしまっているものから、それらの家族を護るのがよい。付け加えていえば、この極端な世俗至上主義《ライシズム》はそれ自体が新しい種類の信仰なのだから、カトリシズムや、プロテスタンティズムや、ユダヤ教や、イスラム教とまったく同じように公立の学校の中に入り込ませてはいけないのだ。

イスラム教と平等

フランス社会に対してイスラム教が投げかける問いの主要なものは、形而上学的に空白化している社会の中で、古い宗教として、代替物として名乗り出るが、よろしいか？　ということではない。イスラム教はもはやそんな力を持っていない。もともとイスラム教を担っていた人びとの集団は他の集団と同様に、若干遅れながらも世俗化の過程にある。しかし、イスラム教はカトリシズムやプロテスタンティズムと同じように、その固有の価値観をいまではその信仰を失ってしまった人びとに伝達し、生きた信仰として消えた後も作用し続けることが可能だ。われわれはゾンビのカトリシズムの存在を、次にはゾンビのプロテスタンティズムの存在を認めざるを得なかった。今度はゾンビのイスラム教の存在を考えてみることができなくてはいけない。さて、イスラム教が持っているもので特徴的なのは、人びとの平等という力強い価値観

表２　2002年、2007年、2012年大統領選
第１回投票におけるムスリムの投票行動

	2002年大統領選	2007年大統領選	2012年大統領選
極左　共産党	19	10	21
社会党　左派連合	49	58	57
緑の党	11	3	2
フランソワ・バイル（フランス民主連合）	2	15	6
右派	17	8	7
無所属右派	1	2	2
極右	1	1	4
その他	—	3	1

IFOP, Focus n° 88, 2013.

だ。伝統的なアラブの家族は兄弟を平等と捉える。コーランに述べられている理想的な相続の規則がそうであるように。なお、「女性である場合の不利」の問題については、後ほど言及する。父親の権威が比較的強くないことが兄弟の平等と相俟って、兄弟の連帯という、とても水平的なアラブ家族の組織のあり方の中心的な特徴を生み出している。

イスラム教の伝播力の一部は、聖典のテキストにおいても、それの支えとなった家族構造においても、基本的に平等主義的であるという点に由来している。フランスにおいては、今日ひとつの脅威であるかのように感じられているイスラム教の平等主義は、ひとつの正真正銘のチャンスになるかもしれない。

イスラム教圏出身者の政治行動には、左翼に投票する傾向が強く現れている。この人口集団を構成する階層から見て、また何年も前からこの人口集団が受けているイデオロギー的な攻撃から見て、イスラム教圏出身の有権者たちが政治の磁場で左翼に投票するのは当然であろう。たとえ現在のフランス左翼が深層の価値観において（本書がすでに指摘したように）非常に疑わしいとしてもである。いずれにせよ、ＩＦＯＰの調査でも測定されたこの左方向への力は、固有のイデオロギー的ダイナミズムを考えさせるに十分だ。「イスラム教のフランス人」の八〇％が安定的に左翼を選択している。

反サルコジであることが「緊急性」を要した二〇〇七年の時期を別にすれば、極左への投票傾向が特に注目に値する。もしフランスの労働者全員がイスラム教であれば、左翼党《フロン・ド・ゴーシュ》のジャン＝リュック・メランションは強い政治的パワーを持つだろう……。

しかしながら、女性の地位をあんなに低く位置づける宗教や家族組織を、どうして平等主義的と形容することができるか？　そのように問う人びとが少なくないだろう。こうした疑問は平等概念についての素朴で反歴史的なヴィジョンから出てくるものであり、とりわけ事が家族構造内での平等に関する場合はそうである。

男女の不平等

たしかにパリ盆地では、平等主義的核家族が相続の際に、男子であろうと女子であろうと、すべての子供を平等に位置づける。したがってフランス人にとって、一方では人びとの間の平等を、他方では男たちと女たちの間の平等を考えることはまったく同じ原則の適用にすぎない。しかし、これは一般的なケースではないのだ。たとえば英米やスカンジナビア半島の国々では、女性のステイタスは高いけれども、それが人間の間の平等という原則の不在と組み合わさっている。パリ盆地の平等主義的核家族は一つの長い歴史の所産であり、それ自体がすでにローマ時代に両性の子供たちを平等に扱っていた後期ローマ帝国の平等主義的家族の歴史の延長なのだ。しかしさらに歴史を遡ると、そこには共和主義時代のローマの家族があって、それは男子だけを対称的に捉えていたのである。家族の平等原則の源に必ず見出せるのは——中国でも、北部インドでも、ロシアでも——女子ではない存在としての男子を平等に規定する父系制的な組織形態なのだ。アラブ家族のケースも同様である。

アラブの内婚制共同体家族は兄弟の平等と連帯という原則を中心に構築されていて、男子に限定された普遍主義を表している。メンタルなメカニズムは通常、次のタイプだ。「兄弟が平等ならば、人間は平等だ。諸国民も平等だ。ただし留保があって、それは女性は人間ではないということだ」。

イスラム教はしたがって、フランス革命や、ロシア革命や、さらにいえばローマ帝国のキリスト教と同じように普遍主義なのである。この基本的な理由により、イスラム教は今日、地球規模で、平等への必ずしも明確化はされていない渇望を表現している。平等の理想は今日、経済的グローバリゼーションによってとても酷い扱いを受けている。世界におけるフランスの重みの減少、そして次に共産主義の崩壊が、諸価値の世界的表象システムの中心に一つの空白を作ったわけだ。たとえ今日、回復はしたけれどもかつてほどのパワーは持たないロシアが世界の地政学の中で、諸民族および諸国民の平等を公式に代表する立場にふたたび就こうと努めているとしても。

しかしここで人類学は、普遍主義は一つだけだという直観的には理性的だといえる考え方をわれわれから奪う。そうして普遍的人間という「ア・プリオリ」が特定の家族システムに根ざしていること、そしてフランスの、ロシアの、アラブの普遍主義が、現実には特殊形態なのだということを明らかにする。

イスラム教による平等という価値の表象は、それが明らかに女性たちを除外する以上、一つの問題である。たしかにユセフ・クルバージュと私自身が『文明の接近』の中で、アラブ世界の人口学的推移が女性の地位のスピーディな上昇を予想させることを示した。とはいえ、西ヨーロッパとの一致にはまだまだ年月がかかるだろう(13)。人類学的な距離がかなりあるのだ。平等主義的で普遍主義的な価値観が、ヨーロッパおよびアラブ世界でパレスチナ人にも平等な権利を保障せよと求めている人びとに共通していることがわかる。しかし、それでもわれわれは人類学的システムの深い部分で、女性の地位に関する捉え方の違いがヨーロッパの普遍主義とイスラム教の普遍主義を分離しているという（愉快ではない）事実を考慮に入れなければならない。

ヨーロッパの普遍主義は、フランス普遍主義の内部破裂とドイツの擡頭が原因で凋落の真っ最中だ。イスラム教圏の普遍主義は、目下隆盛である。なぜならば識字率の上昇の結果、家族由来の価値観において平等主義的なアラブ世界全体が、イデオロギー的に活性化されているからだ。もちろんパレスチナ人が被っている不公正が、フランス国内に残っている革命以来の普遍的価値観に訴えかけ、それが連帯心を発動させているけれども、一方で生活様式においてフランス人が近いのは、やはりイスラエル人のほうなのだ。この基本的な矛盾ゆえに、ヨーロッパとアラブ世界の間の相互作用はいつも解決と平和よりも混乱と暴力を生んでしまう。「イスラム国」という蜃気楼がパレスチナという蜃気楼に続いてしまった。それが一部の若者たちを常軌を逸した冒険へと引っ張っている。それはまたフランス社会内部のダイナミズムを分析する者の眼をも見えなくさせている。フランスの普遍主義とアラブの普遍主義というこの二つの普遍主義の間の人類学的紛争は、今後なお数年にわたって中東では解決不可能だが、フランス国内では自然に消滅してしまうはずだ。

都市郊外で暮らすマグレブ系移民二世たちはフランス人であり、すでに生活風俗から見て、男女のステイタスは平等だという概念の方へ道のりの一〇分の九、または一〇分の一〇をすでに歩いたといえる。私はすでにそう述べる機会を得た折、混合結婚を通して、アルジェリア系の若者たちの半分は、社会統合の不成功について得々と語る理論家たちよりも同化の度合いで先に進んでいると指摘した。この要素を立論の中にいったん取り込むと、われわれはもっと先まで進むことができる。統合の失敗について嘆くよりもむしろ、われわれがすべきは、ゾンビのイスラム教がフランスの政治文化をポジティブに回復することに貢献するのではないかと問うてみることである。というのは、人類学的に明白なのが、いったんアラブ文化の中にある反フェミニストな要素が解体されれば、イスラム教はその平等主義にゆえに、パリ盆地ないしは地中海沿岸地方の平等主義と高度に共存可能であることだからだ。

私は今日のフランス社会について、主観的な価値であり、かつ客観的な現実である不平等性の作用を受けていると述べた。不平等への傾向をあらかじめ持っている地域と階層、すなわちゾンビのカトリシズムと社会的上層階級によって、イデオロギー的、政治的権力が握られていることを示した。その結果、フランスの中央部に所在して、平等主義的でフランス革命を成し遂げ、真に共和主義的な共和国の開花の立役者となった文化が相対的に崩壊していることを認めなくてはならない。国民文化のこの転倒の主要な政治的エージェントは社会党であった。社会党こそが一見慎み深く見えながら、強い力をもって不平等主義をプロモーションしているのだ。

平等の価値に照らして、アラブ家族とそのイスラム教は、ゾンビのカトリシズムの地方やネオ共和主義のイデオロギーよりも、フランス中央部の伝統に近い。イスラム教圏出身のフランス人が極左への強い投票傾向――「赤い」郊外地域での共産党への投票の継承性――を持っている点にわれわれはそれを感じとることができた。したがって人類学は、その有効性と固有性の一部分を保ち続けるかぎり、次のように強調する義務がある。アラブおよびイスラム教の文化は、いったん変形されたならば、フランスにおける正真正銘の共和主義の再確立に十分貢献する可能性を持っていると——。この楽観的な結論はもちろん非常に重要であるが、しかしながらわれわれは立論の果てまで行かなければならないわけで、その際に、平等主義的文化が、それがイスラム教的なものであれ、共和主義的なものであれ、場合によっては危険性を発揮する要素を持っていることも無視するわけにはいかない。

都市郊外の反ユダヤ主義

すでに本書第4章の大きな部分を割いて、フランス中央部の共和主義的空間の中心を占める民衆の平等主義の倒錯を論じた。その倒錯は国民戦線《フロン・ナショナル》への投票の形をとって現れる。私はまた同じ第4章で、普遍主義が生み出すその他の倒錯にも言及した。より古い君主制時代の、その後の共和主義時代の倒錯である。すなわち、一六八五年のプロテスタントに対する最終的な拒否、ヴァンデ党員の大虐殺、一七九三年におけるイギリス人恐怖症、一八九八年頃の北アフリカ植民者たちが見せた平等主義のヴァリエーションとしての反ユダヤ主義、一九一四年のドイツ人恐怖症。二〇一五年において、われわれはマグレブ系の若者たちの一部に潜在している反ユダヤ主義を、同じように厳しく扱わなくてはならない。都市郊外の反ユダヤ主義のうちに、平等主義の新たな倒錯を指摘するのは難しくない。

メラ、ネムシュ、クリバリ。ある種の環境で反ユダヤ主義感情が噴出していることはもはや明白であり、議論の余地はなく、自殺率と同じように社会学的事実として扱わなくてはならない。その事実にイスラエル・パレスチナ戦争のフランスへの輸入のみを見るのは間違っている。たとえ遠隔の地でパレスチナ人に対して行われている不正が都市郊外の若い反ユダヤ主義者たちの意識を活性化させているのだとしても、である。庶民階層にあって国民戦線《フロン・ナシヨナル》に投票する平等主義者たちが、自分たちのルサンチマンをアラブ文化がもともと持っている外見的差異に向けたのと同じように、フランスによって元の文化から引き剝がされた移民の子供たちの一部がそのルサンチマンをパリの北東部やその郊外や南フランスの各地に暮らして、宗教を実践しているユダヤ人たちの外見的差異に向けている。ヒステリックになった平等主義は前章で見たとおり、他者を拒絶することにつながる。他者が自分たちと同じようであるはずなのに異なるからといって、相手を最終的に「人間でない」かのように分類してしまう。

パリ地域に関していうと、都市郊外の多くの若者によるユダヤ人的差異の拒否のうち、実際にも、また理論的にも、フランス中央部の文化を特徴づける普遍主義の決定力によるだろうものと、イスラム教的普遍主義の存続に由来しているであろうものとを区別することはできない。

しかしながら、国民戦線《フロン・ナシヨナル》の選挙民におけるアラブ人恐怖症と都市郊外の反ユダヤ主義の間には、構造的な違いが一つ存在する。国民戦線《フロン・ナシヨナル》への投票は、教育の階層化メカニズムによって、民衆が社会的ヒエラルキーの中で自分たちよりも下の階層にスケープゴートを求めるという点にも由来している。ところが郊外の反ユダヤ主義の場合には、若者たちは宗教を実践するユダヤ人たちを社会的に劣等と見ることはできない。そのユダヤ人たちの数が少ないために、お誂え向きのスケープゴートになるという面もたしかにあるが、社会環境の原子化《アトム》という文脈の中では、宗教実践をするユダヤ人たちはむしろ羨まれる状況にあると考えられる。彼らが閉じたコミュニティでまとまっていることにより、フランス社会の周辺部に広がる空白・空虚から彼らは護られるわけだから。

パリ地域で暮らすマグレブ系人口の人類学的素地は、パリ住民であると同時にイスラム教徒であることによって、二重に平等主義的である。その人類学的素地の結果、地域的に支配的な個人主義と内婚率の高い共同体家族の瓦解とが混ざり合って、不安定な状態を作り出す。その結果、現実にはあらゆる集団的な保護が奪われてしまう。マグレブ系の個々人はパリ盆地のフランス人の大半がそうであるように、共同体主義よりも、アノミー〔無規範・無規則状態〕による脅威に晒されている。それと逆に、ユダヤ人文化はそれ自体が差異主義であるので、必要さえあればいつでも効果的に共同体の中に閉じこもることを可能にする。ユダヤ系の家族は兄弟姉妹やいとこたちの近さを強調するけれども、どんな平等原則も含んでいない。旧約聖書は長男（エサウ）[14]への理論上の選好と、実際上は末っ子（ヤコブ）[15]が対象となる選択の間で、常にゆれている。ユダヤ的伝統は家族の観点から見ると外婚制であるが、キリスト教文化とは違って、いとこ間の結婚に対する絶対的な拒否感は持っておらず、グループのサイズが小さいために必要とあらば、いとこ同士の結婚を許容する。その文化はアイデンティティの面や教育の面で強みを発揮する。

いずれにせよ、国民戦線《フロン・ナショナル》への投票と都市郊外の反ユダヤ主義の間にあまりにも明らかに存在する差異を超えて、いずれの場合にも、同化したり融け合ったりすることが一時的に阻外されることで、普遍主義がレイシズム〔人種主義〕として現れてしまう、という唖然とするようなメカニズムにわれわれは直面する。社会構造のより上層部では、不平等の擡頭に支えられて、シャルリが平然として超然とする価値を語り、それらの価値の名において、平等主義的でありながら逸脱してしまっている二つの民衆グループを断罪することができる。すなわち、レイシスト〔人種主義者〕というふうに捉えられる国民戦線《フロン・ナショナル》の選挙民たちと、反ユダヤ主義者と見做される移民二世たちである。ところが、ほかでもないその中産階級が、後ろめたさをいっさい感じずに、実際にはエゴイズムと軽蔑心を繰り出し、社会の下部が壊疽《えそ》に罹って病んでいくことを許容し、日々さまざまなカテゴリーの人口を社会的に周縁化しているのであって、その周縁ではフラストレーションと怒りが蓄積している。反レイシズムの心情告白を超え、反ユダヤ主義と闘うという政府の反復的な公約を超えて、巨大な社会的玉突きゲームの果てに、シャルリがイスラム教のフランス人たちを冷遇することによって、ユダヤ系フランス人たちを危険に晒すことに成功している、というのが真実だ。そして、人びとの生活の現実に対して鈍感で冷酷な経済政策の下、シャルリはその成功の道をなおも歩んでいく。

注

（1） Stefan Zweig, *Le Monde d'hier. Souvenirs d'un Européen*（1941）, Paris, Le Livre de poche, 1993, p. 496–497〔ツヴァイク『昨日の世界――ヨーロッパ人の回想』原田義人訳、上下巻、慶友社、一九五二年、下巻、二六七頁〜二六八頁〕.

（2） ジェローム・フルケが親切に提供してくれたデータである。

（3） Christophe Guilluy, *La France périphérique. Comment on a sacrifié les milieux populaires*, Paris, Flammarion, 2014.

（4） *Immigrés et descendants d'immigrés en France*, INSEE, 2012, p. 167.

（5） *Trajectoires et Origines*〔『軌跡と出自』〕, INED et INSEE, Paris, 2011, p. 56.

（6） *Ibid.*, p. 127.

（7） Hervé Le Bras et Emmanuel Todd, *Le mystère français*, op.cit., p. 222–226〔『不均衡という病い』二六七〜二六九頁〕.

（8） Rééd. Whitefish, Montana, Kessinger Publishing, 2010.

（9） *Immigrés et descendants d'immigrés en France*, *op.cit.*, p. 131.

（10） Jérôme Fourquet, Nicolas Lebourg et Sylvain Manternach, *Perpignan, une ville avant le Front national*, Paris, Fondation Jean-Jaurès, 2014.

（11） Emmanuel Todd, *L'Illusion économique*, Paris, Gallimard, rééd. « Folio », 1999, p. X–XII.

（12）〔訳注〕二〇一三年の秋（一〇月）に農業関連の諸政策、環境税、雇用問題などをめぐって、ブルターニュ地方で民衆が大挙して自発的に政府への抗議デモ・集会をおこなった。参加者がこぞって赤いボンネットを被ったため、広場や街路が赤一色となり、印象的な光景が生まれた。

（13）〔訳注〕Youssef Courbage et Emmanuel Todd, *Le rendez-vous des civilisations*, Paris, Seuil/

La République des Idées, 2007〔『文明の接近――「イスラーム vs 西洋」の虚構』石崎晴己訳、藤原書店、二〇〇八年〕.

（14）ユダヤ人の元来の家族構造については、以下の著作で分析した。Emmanuel Todd, *L'origine des systèmes familiaux*, Paris, Gallimard-Seuil, 2011, p. 541-546〔同書の邦訳は藤原書店より近刊予定〕.

（15）共同体的視点から見れば、明らかに内婚制であるが……。

結論

この結論部で、私はまず過去の共和主義的フランスの簡潔な描写を試みて、それがどんな国であったかを思い出していただこうと思う。そして次に、現在のネオ共和主義的フランスがどんな国になっているかを要約し、その上でいよいよ、今われわれに与えられている選択肢――イスラム教と対決するのか、折り合いをつけていくのか――がどんな選択肢であるのかを述べる。末尾では、これから起こるのではないかと案じられる事態について理性的な節度の範囲内で悲観的な予測をおこない、それをもって締め括りとするつもりだ。

共和主義的な過去の真の姿

改めて確認しておきたい。ドレフュス事件〔一八九四～一九〇六年〕と政教分離法成立〔一九〇五年〕の直後、第三共和制は、ジャコバン主義を称揚していたにもかかわらず、事実においては複文化的であった。「多文化主義」という瞞着《まんちゃく》的な言葉を用いるのは差し控える。多文化主義は、今日あまりにもイデオロギー的になり過ぎているし、そもそも常に、人間の心理や社会の深い部分に潜む不寛容の仮面として機能する。「複文化的なもの」という言葉でイメージすべきはその反対物、つまり、表面上はある種の不寛容が要請されるのに、実態としては皆が自由に生きているような状態である。フランスはその中心部において不信仰だった。周縁部に散在して、国土の三分の一を構成するいくつかの地方には、カトリック教会が君臨していた。教会に帰依する人びとの憧れの的となる人物像を揃えていたし、独自の学校も持っていた。

びとを人口の一つの塊《かたまり》として捉えると、その行動や態度は国全体の標準からかなりかけ離れていた。平均結婚年齢の高さ、夫婦間での受胎調節・家族計画の拒否、その結果である子だくさんの家族。出生率が二五％も高く、カトリック教会が人口競争で共和国を征服しようとしているのではないかとさえ思われるくらいだった。国民文化の中心部には、当時全ヨーロッパに類例のない自由奔放なセックス・ライフが定着していた。イギリス・ドイツ・イタリアの貴族やブルジョワが自由な環境を求めてパリを訪れ、それをそこに見出していた。

世俗文化とカトリック文化は、公式には互いに敵対的であったが、だからといって隙間なく遮断されていたわけではない。カトリック教徒が教会から離脱して自由思想《リーブル・パンセ》の側に鞍替えしない日はなかった。両陣営の間の混合結婚も多かった。たいていの場合、支配的な中心部の文化に好都合なカップル化だった。むろん緊張関係もいたるところに存続していたが、この複文化的宇宙は、ユダヤ教徒やプロテスタントのようなマイノリティがついに自由を見出すことのできた環境でもあった。フランスは気紛れかと思えば規律正しく、内心ではアナーキストなのに、国家をとおしては、または教会をとおしては権威主義的だという具合で、ヨーロッパを魅了していた。「自由、平等、友愛」という標語のおかげだけではなかった。文化的多様性において、他のどのネイションにも優越していたからである。

傑出した遺伝学者で、エキセントリックなイギリス人を絵に描いたような人物だったJ・B・S・ホールデン〔一八九二〜一九六四年。作家ハクスリーの親友でもあった〕の話を聴こう。

彼は政治的に極左だったくせに[1]、万人平等と思っていなかったのだが、実はこの瑕瑾《かきん》ゆえに、さまざまな国が並立する中で、一九三〇年代のフランスの現実をあるがままに見ることができたのだった。

「若い文明は古い文明に比べ、傾向として、多様性を許容する度合いが低い。急激な政治的・社会的変容に成功すると、しばしばその社会の人びとの憧れが画一化され、ある特定の人間類型に集中するようになる。イタリアのファシストは、騒々しいけれども強そうに見えるタイプを自分のモデルにする。アメリカ人は、繁栄の巨大な波に乗せられて、あの繁栄を仕組んで生み出した資本家たち、発明家たちを理想化する。ある種の安定した人間社会では、より寛容な態度が支配的だ。フランス第三共和制の下では、おそらく他のどの社会におけるよりも、さまざまに異なる人間類型の発露が促されている。あそこで名声を得た人間を七人取り上げてみよう。パスツール〔細菌学者、一八二二～九五年〕、ルナン〔歴史家、一八二三～一八九二年〕、アナトール・フランス〔ノーベル賞作家、一八四四～一九二四年〕、フォッシュ元帥〔第一次世界大戦時の連合軍総司令官、一八五一～一九二九年〕、幼きイエズスの聖テレジア〔カルメル会修道女、「リジューのテレーズ」とも呼ばれる。一八七三～九七年〕、サラ・ベルナール〔舞台女優、一八四四～一九二三年〕、スザンヌ・ランラン〔本来の発音に近いカタカナ表記は「シュザンヌ・ラングラン」、テニス選手。一八九九～一九三八年〕。果たしてフランス以外に、人間性のさまざまな側面をこれほど深く代表する一グループを生み出すことのできる国家があるかどうか、私は疑わしいと思う。たとえばイギリスでは、アナトール・フランスの作品のうちのいくつかは淫らだという口実で発禁にされただろう。それでいて聖テレジアは、健やかに生きるのにたいへん難儀しただろうし、死後に真の奇蹟として認められた数々の奇蹟をおこなうのにほとんど超えがたい障害に出会っただろう。

なお、付け加えるまでもあるまいが、こうした人間類型のとてつもない多様さにもかかわらず、フランスは非常に特徴的な一つの文化を有しているし、危機にあっては他のどの国にも劣らないレベルで一致団結するのである[2]」

換言すれば、フランスの複文化的性格が、ジャコバン派〔フランス革命時のロベスピエール、サン・ジュストらのグループ。地方を背景とするジロンド派と対立し、中央集権的国家ヴィジョンを代表していた〕の理論がまったく予期しなかったプロセスのおかげで、さまざまな個人の開花を可能にしたのである。過去のフランスがライシテ〔世俗性〕の下で同質的だったなどと思うのは、根も葉もない幻想である。今日、ラディカルな〔ライシテならぬ〕ライシズム〔世俗至上主義〕が世の中に伝えているのは、純然たるフィクションなのだ。ライシテとカトリシズムの間では一〇〇年以上にわたって激烈な抗争がおこなわれ、ヴァンデの乱では二〇万人の死者が出たのだったが、それにもかかわらず、未だかつて、今日イスラム教徒に要求されているものがカトリック教徒から得られたことなど一度もないのである。

ネオ共和主義的現在

ネオ共和主義は奇妙なドクトリンである。マリアンヌの言語を話すと標榜しながら、事実においては排除の共和国を明示するのだから。ここ三〇年の間に、国土の周縁部に散在するゾンビ・カトリシズムのパワーが擡頭する一方で、世俗主義的な中央部が危機に入り、この二つの現象が化合した結果、大きな転換が起こった。今や周縁部が支配的となり、それにともなって、周縁部に特徴的な平等への無関心、もしくはその拒否も支配的となったのである。歴史上、王政を支持し、保守的右翼を支持し、ついにはヴィシー体制を支持した諸地域が操縦桿を握っている。有機的システムとしてフランスの性質が変わってしまった。

中央部の文化が機能不全に陥ってしまった。その文化が消失してしまったわけではもちろんなく、たぶん潜在的な強い力は保全している。しかし、その文化が担い得るナショナルなシステムへの実際的な貢献は、今日、伝統的な民衆の世界でも、イスラム教徒移民の子女の間でも、平等主義的不寛容の特殊な表現、普遍主義の倒錯の表現となって鳴り響いており、これがまたいうまでもなく、状況を深刻化させている。ナショナルなシステムの二元性がもはや、ホールデンがペンを執っていた時代と違って、人類に最大限可能な多様性を保証しなくなっている。それどころか、中央部システムの原子化《アトム》によって大量に誘発される不安を全体に波及させている。社会解体期固有のアノミー〔無規範・無規則状態〕、不平等主義と平等主義を化合した混成的で不安定な不寛容、これこそがイスラム恐怖症の全国規模での擡頭を導いたのだ。イスラム教をもともとの宗教としている人びとの集団が直面している社会適応上のあらゆる問題と無関係に、自らの不信仰をどうしてよいのかもはや分からなくなり、自ら人間の平等を信じているのか、それとも不平等を信じているのかももはや分からなくなっているひとつの社会で、イスラム教はまさにスケープゴートにされている。この混乱から姿を現してきたのが、ライシテ〔世俗性〕と満場一致を要求するネオ共和主義の言説だ。ここ二〇年、誰もが確認しているように、われわれの社会には「ライシテ」と「共和国」という言葉が遍在している。そのことがまさに、真の共和主義的センスの凋落という現実を露見させている。よくあることだ。真実はそれ自体の否定を仮面にして前進する。

ネオ共和主義の自称「共和国」は、その概念において第三共和制よりもヴィシー体制に近く、自国市民の一部に、人間的に許容しがたいレベルの自己放棄を要請している。つまりイスラム教徒は、善きフランス人として承認されるために、自分自身の宗教を冒瀆することを善いことと認めなければならないのだ。イスラム教徒をそんな状況に置くのは、とりもなおさず、イスラム教徒であることをやめろと求めることだ。何万部も本を売るイデオローグが、強制移送をひとつの問題解決法のように語る世の中になってしまっている〔明らかにエリック・ゼムールを指している記述。本書第1章参照のこと〕。

ヴィシー体制がそうでなかったように、[3]ネオ「共和国」は、独立したナショナルなシステムではない。そうではなくて、複合的なマルチ・ナショナル・システムの中の一部位にすぎない。

その複合的マルチ・ナショナル・システムがヨーロッパ〔Europe〕、あるいはむしろ、ヴァレリー・ジスカールデスタンが著書のタイトル[4]の選択によって正直にも示唆したように「オイローパ」〔ドイツ語*Europa*〕なのだ。オイローパは、フランスのネイション概念を大陸規模に拡げて実現するような、自由で平等なネイションの連合ではない。オイローパは、一つのネイション、ドイツに支配される階層システムであり、他のネイションはきめ細かなグラデーションによって、フランスの自主的隷属から南欧の国々の純然たる隷属にいたるまで、さまざまに配分されている〔詳しくは、エマニュエル・トッド『「ドイツ帝国」が世界を破滅させる』〈堀茂樹訳、文春新書、二〇一五年〉を参照のこと〕。オイローパの存在を念頭に置いて眺望すると、一月一一日の大々的なデモ行進も、システムの中の一地方で展開された地域的現象だったということになる。イスラム恐怖症の重心はフランスではない所にあって、地理的にずれた二つの円環状に配置されている。

イスラム恐怖症のダイナミズムは、一面から見て、ユーロ圏全体の特徴であり、そのユーロ圏は、不平等主義的気質のゾンビ・カトリシズム諸地方によって構造化されている。このイスラム恐怖症C型（カトリシズムの頭文字「C」）は、カトリック教会から受け継いだ普遍主義的センスの残滓によって少し和らげられているが、ユーロの失敗によって活性化されようとしている。ユーロの失敗が支配階層に煩悶をもたらし、スケープゴートを求めさせるからだ。スケープゴートは、いうまでもなくイスラム教である。ユーロ圏の指導階層はおそらく、できることなら、エスタブリッシュメントにとって理想的な外国人恐怖症であるロシア人恐怖症に罹りたかっただろう。しかし、お誂え向きのスケープゴートになるには、ロシア人たちには二つの特徴が欠けている。一つは、西洋の社会空間に身体的に大人数で存在していること、そしてもう一つ、これがより重要なポイントなのだが、弱者であることだ。何といっても、地中海世界から来た移民を叩くほうが、ロシア軍に立ち向かうのよりもリスクが小さい。

二つ目の円環であるイスラム恐怖症P型（プロテスタンティズムの頭文字「P」）はもっと北寄りで、ユーロ圏と一体になってはいない。しかしプロテスタンティズムは、子孫のゾンビに、持ち前の教育への熱心さをよく受け継がせる一方で、普遍的なものに対する根源的にネガティブな関係をも伝えた。すでにかなり以前から、ゾンビのプロテスタンティズムがヨーロッパ――オランダ、デンマーク、ドイツの北部と東部――で、イスラム恐怖症の触媒として作用している。

現代フランスのネオ共和主義システムを支配しているのは、経済システムの危機にまださほど苦しんでいない中産階級である。この中産階級はフランス流の「福祉国家」の掌握権を手中に収め、産業と労働社会層を犠牲にすることを受け入れた。心理的に不安で、イデオロギー的不安定の兆しを露呈するようになってきている。中産階級に属する諸階層の人びとの間でイスラム恐怖症の水準が徐々に高まって来ているのが感じられる。「イスラム教徒たち」という、彼らの妄想のカテゴリーが、こうして民衆層と並び、彼らの二つ目の問題となる。闘いの相手も二重になる。自省的な後ろめたさに欠ける意識で、彼らは勝手に思うわけだ。これからは、〔民衆に非ざる〕民衆主義《ポピュリズム》と闘いつつ、同時に、〔イスラム教に非ざる〕過激イスラム主義《イスラミズム》とも闘わなければならないと。

シャルリは自分の生活様式と自分のいくつかの信念を護る能力を証明した。一月一一日のネオ共和主義による大デモ行進は、シャルリのヒステリーとシャルリの濃密化の刻印を隠し持っていたが、それだけでなく、シャルリの拡大をも意味していたといえる。あの機会に、上流中産階級のすぐ下にいる中間層が改めて取り込まれたからである。一月七日のおぞましい事件がもたらした感情的ショックは、フランスを支配しているイデオロギー、すなわち自由貿易、福祉国家、ヨーロッパ主義、緊縮財政などを改めて念押しする機会を提供した。だが、それだけではなく、新しい現象、冗談でなく心配になるような現象が発生している。「イスラム教」が固定観念と化し、熱狂的に「ライシテ〔世俗性〕」を唱える言説が社会のピラミッドの上半分に拡がっていく現象だ。突きつめていえば、国民戦線《フロン・ナショナル》への投票が民衆層に定着することよりも、これのほうが遥かに危なっかしい。

革命的な地殻変動は、左翼のものであれ、右翼のものであれ、常に中産階級の内部での意見の変動の結果として起こる。民衆の内部からそんな影響が及んだ例はない。民衆は「操作される大衆」にしかならない。マルクス主義は伝統的に好んでプチ・ブルジョワをバカにしてきた。しかし、プロレタリアートと大違いで、プチ・ブルは歴史を作る。フランス革命、ファシズム、ナチズム、そしてコミュニズムに到るまで——。ボルシェヴィキの党は実際にはプチ・ブルのインテリゲンチャによる創設だったのだから。イギリス人およびアメリカ人中産階級の穏やかさが、英国と米国におけるリベラル・デモクラシーの安定性を作り出したのである。

この結論部の冒頭で示唆したように、今、フランスは岐路に立っている。二つの道が、われわれの前にある。

未来のシナリオ1　対決

もしフランスがイスラム教との対決の道を歩み続けるなら、フランスはただ単に縮み、亀裂を起こしていくにちがいない。若い世代の中では、「イスラム教徒」に分類されるフランス人はおよそ人口の一〇%を構成する。ラディカルなライシズム〔世俗至上主義〕の信奉者らの警告に反して、「イスラム教徒」がどっと増えるわけではないのだ。なにしろ、これらの「イスラム教徒」の大半は実はさほど熱心な信者ではないし、また、しばしば彼ら・彼女らの父母・祖父母よりも古くからのフランス人の子や孫と結婚するのだから。とはいえ、今日以降、フランス社会のいたるところに、そしてすべての階層にイスラム教徒がいるという状況になる。すでに彼らのうちのかなり多くがその家系によってフランス社会の幹のような部分に強力に接合されている。したがって、イスラム教に対する闘争を強めることは、何がどう転んでも教徒の数を減らすことにはつながらない。反面、すでに完全にフランス社会に同化しているイスラム教徒を疎外するだろう。フランスの都市郊外や地方で穏やかに暮らしているイスラム教徒の自己防御的な信仰を硬化させるだろう。失業率がいっこうに下がらず、ユーロという「金の仔牛」を崇めるヨーロッパの先行きが暗く、理解可能な将来が見えない状況の中で、そのような強行策を採れば、まず確実にイスラム過激主義への賛同者が増えるだろう。ヨーロッパ出身の若者のイスラム教への改宗が特に多数に及ぶのは、国土の中でも人類学的素地が核家族的で個人主義的な地域、つまり広大なパリ盆地、すなわちノルマンディ、ピカルディー、シャンパーニュ、トゥーレーヌ、ブルゴーニュといった地方であるに違いない。世代間の連帯がさほどしっかりしておらず、若者が放置されていることの多い地域だからである。

理解すべきは、仮に一部の若者たちが「意味」に飢え、「宗教的なもの」に飢えているとすれば、イスラム教を罪あるものとして標的にするのは、その若者たちにイスラム教を現実からの理想的な脱出口のように見せるだけだ、ということである。年寄りの目には実に厄介な問題と見えるものが、若者の目には実に素敵な解決策と映る。もし、メディアでしばしば解説されているように、途方に暮れた若者にとって本当にイスラム教が悪夢の展望となりつつあるのだとすれば、それなら、高校で生徒たちにライシズム〔世俗至上主義〕という新しい宗教を吹き込もうとするのも、市民奉仕活動に学生や失業者を動員するのも、若者を次々に刑務所に放り込むのも、彼らが出て来るところを尾行するのも、事態の深刻化にしかつながらない。

現代のフランスに、そんな対決を続けていけるような体力はない。この国がプロテスタントの追放[5]とヴァンデの乱を超えて存続できたのは、当時はヨーロッパで人口の最も多い国だったからにほかならない。今日、若者の一〇%を格下の市民のような立場に追いやり、彼らのうちの最も優秀な者たちがさしずめ英米へでも逃げていってしまえば、それは取りも直さず、中級国家としてのフランスの終わりを意味するだろう。

それに、レイシズム〔人種主義〕がいったん人びとの意識を占領したら、その標的は決して特定のカテゴリーに固定されはしない。イスラム教との対決はすでに反ユダヤ主義再来の呼び水になった。この反ユダヤ主義の伝搬は、社会が宗教をめぐる問題に取り憑かれていて、かつ経済的に停滞している状況では、首都や地方の大都市の郊外だけにとどまっていはしまい。タチの悪い感情はたちまちのうちに中産階級にも浸透し、そうなれば自ずと古いカトリック的な反ユダヤ主義が再活性化し、ゾンビ・カトリシズムなりの反ユダヤ主義となって害を及ぼす。そんなことになれば、ユダヤ人たちも、イスラム教徒にも増してすぐに、大勢で、国外へ出て行ってしまうだろう。そのような国がアジア出身の市民たちの目に魅力的に映るとは、私には考えにくい。中国系のフランス人のうちからも、なんとかフランスを離れようとする者が少なからず出てきて、おそらくは米国を目指すだろう。

文化的同質性を確保するために毅然たる対応をとれと勧めてくれるイデオローグたちは、フランスがヨーロッパでそれなりの地位にとどまっていられるのはもっぱらその多様性のおかげだということすら、分かっていないのではないか？　フランスには、イスラム教圏出身の、アフリカ出身の、ユダヤ系の、あるいは中国系の市民たちが、ヨーロッパの他のどの国よりも多くいる。パリが一都市でありながら世界でもあるのは、彼らの存在のおかげなのだ。

私はまた、次のようにも確信している。イスラム恐怖症のフランスが浮上して、国内のマイノリティの内でも最も活力ある部分に見捨てられたなら、実はフランス本土のいくつかの地方までもが終いにはうんざりするだろう。私はすでにブルターニュ地方とアルザス地方に言及した。だが、最近の地方制度改革で地域圏として拡大されたローヌ＝アルプ地方[6]はどうするだろうか？　あそこもまたゾンビ・カトリシズム地域で、特に東部では、ヨーロッパ規模の磁場の政治的・経済的効果がひしひしと感じられる。

危機に陥っている西洋世界の特殊性の一つは、集団レベルでのナルシシズムの表れで、これは疑いもなく、時代の雰囲気である個人的ナルシシズムの集合体だ。西洋のグローバルなシステムと、ナショナルな下位システムが、その内部の個人同様、自らが世界の人びとの注目を浴び、世界中の憧れの的になっているような気でいる。このナルシシックな西洋は、モスクワを「国際社会から孤立している」と見る。まさにその瞬間に、中国の中央銀行がロシアの通貨ルーブルを救い、トルコがロシアに、ヨーロッパによってブルガリアでブロックされているパイプラインのサウス・ストリームの通路に名乗り出て、イランとインドがロシアの軍事機材を大量に買っているというのに。NATOのありようだけ見ていても、すでに十分滑稽だ。

ところが、フランソワ・オランドのフランスは今や、ナルシシズムの眩暈《めまい》でも最大級のやつに襲われている。我らが大統領は、二〇一五年一月一一日、パリを世界の首都と宣言した。なるほど、襲撃事件の翌日、弔意と哀悼のメッセージが巨大な波のようにわが国に届いたのは事実だ。しかし、それはほんの数日間のことだった。テロに見舞われた後の最初の発行だった一月一四日付のあの『シャルリ・エブド』紙が、また改めてムハンマドを叩いていて、歴史上かつて一度もなかったほどの精神的孤立へフランスを導いた。わが国はたしかに、諷刺画におけるる師匠にあたるデンマークを、例の割礼問題の理論家であるドイツを、イスラム恐怖症の人物の暗殺において悲しいかな先頭に立っているオランダを頼りにできる。だが、他にはどこの国を頼りにできるのだろう？

英米の活字メディアは、二〇一五年一月一四日付の『シャルリ・エブド』を転載するのを拒否した。ロシア人、日本人、中国人、インド人はこぞって、われわれのことを無益に侮辱的で、要するに行儀が悪いと判断した。どちらを向いても批判的な視線にしか出会えないので思わず忘れそうになったが、イスラム教世界全体がどう反応したかは言うまでもない。真実はといえば、国内でしか通用しないラディカルな〔ライシテならぬ〕ライシズム〔世俗至上主義〕なんぞに閉じ籠もったがために、われわれは独りぼっちになり、悲劇的なまでに「田舎の名士」風の自己満足を示し、いわばちょうど、大方の無関心や不賛同のただ中でどこかのエスニック・グループが訳の分からぬ偶像を拝んでいるような具合になってしまったのである。グローバリゼーションの今日、他者たちの文化的シンボルを戯れに侮辱する勿れ。

外国出身の宗教的マイノリティから出てきたエリートの流出、地方の離脱、グローバル化した世界での精神的孤立。そう、フランスの終わり、今やそれも、考えられない見通しではないのだ。イスラム教の過ちのせいではなく、イスラム恐怖症患者たちの過ちのせいで。

未来のシナリオ2　共和国への回帰——イスラム教と折り合いをつけること

もちろんこのシナリオは、ナショナルな自由が再度見出された文脈においてでなければ意味を持たないだろう。ユーロからの離脱なしには、まともな経済政策は不可能で、失業率を下げることはできず、経済的に最も脆い者たち——イスラム教文化圏出身であるとないとを問わず若者たち——の状況改善も考えられない。ヨーロッパ主義とイスラム恐怖症は今や利害を共にしている。対称的に、イスラム恐怖症と反ユダヤ主義の制御は、ヨーロッパ主義の泥濘《でいねい》からの脱出なくしては考えられない。

あらゆる誤解を避けるため、イスラム教と折り合いをつけていくという選択を検討する前に、共和国契約〔基本的に共和主義的普遍主義の諸原則を指す〕の核心を念押ししておかなくてはならない。共和国契約は、共和国が何については絶対に譲れないのかを明確にする。

①冒瀆の権利について

（a）冒瀆の権利は絶対である。警察は冒瀆者の身体的安全を保障しなければならない。この任務〔『シャルリ・エブド』編集部の安全確保〕に失敗した内務大臣はネイションに対して釈明しなければならない。

（b）社会において被支配的立場にあるグループの宗教を冒瀆することを無益で卑怯だと考えるフランス市民は、本人がイスラム教徒であるとないとを問わず、テロリズムを擁護しているとも、よきフランス人でないとも非難されることなしに、その考えを言う権利を有する。国家はその市民の表現の自由を保護しなければならない。

②必要な展望としての同化について

（a）あらゆる出自のフランス人たちの運命は、自由で平等な個人として共に生きることにある。このことは、精確に期日を定められる必要のない将来において、さまざまなグループが、グループの境界を越える混合結婚の自発的な増加により、徐々に融合していくことを含意する。

（b）さまざまなグループの人びとが混ざり合えば、宗教的な差異が消えていくことが予想される。それゆえに宗教的懐疑論と自由思想《リーブル・パンセ》が優勢になることは許容しなければならない。

（c）男性と女性の地位の平等は、混合結婚の前提条件の一つである。この平等は、共和主義の空間においてはひとつの信仰箇条でなければならない。夫婦はどうあるべきかということについての見解の一致だけが、異なる出自の複数の個人の間の結婚を正当化する。したがって、学校施設の中でのイスラム・スカーフの禁止は、女性の平等性とフランスにおける外婚制の要請を象徴するのであって、良きものである。当該の法令の制定はポジティブな一ステップであった。そして当該の法令はなお必要である。

かくして私は、今も同化主義者である。しかし、それでもなお私は、ライシスト〔世俗至上主義者〕の言説が女性の地位の低さとイスラム教神学を結びつけるとき、また、コーランに含まれている民法体系とフランス民法典との間に重大な矛盾があると断定するとき、その言説は無知であるか、欺瞞的であるかだと思う。イスラム教は、ローカルな慣習が聖典に優先することを常に許容する。イスラム教世界の何処においても、コーランに書かれている相続の規則は適用されていない。女性の相続額が男性のそれの「半分」だという規則がよく話題になるが、その規則はアラブ世界の農民たちに承諾されていない。逆に、ムハンマドのメッセージからまったく自由に、最も東方に位置するイスラム教は男子よりも女子を優遇する。実際、インド洋の向こうでは、イスラム教は女性を家族の中心に配置する。インドネシアは、イスラム教国のうちで人口が最も多いわけだが、母処婚〔妻方居住婚〕が優勢だ。そして、宗教実践が最も徹底しているエスニック集団は、ミナンカバウ人をはじめ、はっきりと母系制社会を形成している。そこでは、男性がときに苦労するのだ。男女関係から見て平等主義のイスラム教がすでに存在し、二億五〇〇〇万人のインドネシア人がそれを生きているのである。

同化だけを展望とするからといって、原則を教条的に反生産的なやり方で適用するのはよくない。夢を堅持しつつも、世界の現実を、生活のリズムを、その時々の社会的・経済的困難を考慮する必要がある。普遍的人間のイデオロギーを堅持しつつも、受け入れ社会の市民も、移民も具体的なあるひとりの人間なのであって、具体的なひとりの人間であることをやめるわけにはいかないのだということを忘れてはならない。せっかちにならず、時間の要素を考慮して気長に見ていくべきなのだ。移行にともなう不完全さを生きることを受け入れ、人びとがそれぞれに持っている弱点もやさしく見ていくほうがよい。なぜか？ そのような態度はそれ自体として良いものである――事実、良いものだ――からだけではなく、親切さは長い目で見て対決よりも効率的だからだ。対決はいつも憎しみを生み出し、双方を極端にする。

イスラム教圏出身の移民の子供たちの同化はすでにとても進んでいるのだが、現在は経済的な困難により、また、フランス社会そのものが自らの目標について確信のない状態に陥っているという事情により、その速度が落ちている。社会構造がバラバラになっていく原子《アトム》化現象と空白または空虚の存在が先進世界の危機にともなっているというか、より正確にはむしろ特徴づけているが、それがいたるところで避難のメカニズムを生じさせている。それがいわゆる共同体化《コミュノタリザシオン》であるが、これはおそらくゾンビ・カトリシズムの世界や、ユダヤ人人口の一部で、家族構造の観点から見るとよりバラバラになっているイスラム教圏出身の人びとの間でよりも強く起こっている。このような文脈において、フランスはイスラム教徒の市民たちに対し、彼らが彼らの宗教を自由に実践することを、そして、もし彼らがそう思うならば、ムハンマドの諷刺は猥褻だと言うことを拒否できるわけがない。今述べたことは、問題のごく小さな部分でしかない。イスラム教はもうそろそろ全体として受け入れられ、かつてカトリック教会がそうだったように、ネイションの構成要素として正統化されるべきなのだ。われわれはモスクの自由な建設を受け入れるべきだし、さらにはこの領域での遅れを取り戻すべきである。

いまざっと描いてみたのはユートピアではない。これは共和国の実在した過去への復帰の要請なのだ。世俗至上主義《ライシズム》が支配的なこの時代においてわれわれは、かつてカトリシズムに与えたものをイスラム教に与えなければならない。イスラム教圏出身の人口規模はささやかなものだし、それがさらに郊外で細分化されているのだから、カトリック的周縁部の諸地方との比較は不用意に推し進めるわけにいかない。イスラム教徒は、年寄りたちを数えるか、若者たちに注目するかで数値が揺れるが、せいぜい五%から一〇%までの間だ。しかも、グループは分散していて、元の国籍も、宗教実践の度合いも同質的でない。そこから考えて、かつてカトリック教会の傘下にいた人口ほどの重みを持つことは将来にわたってあり得ない。カトリックだった諸地方は国土の三分の一を占め、当時ははるかに同質的で、中産階級や指導階層にも、今のイスラム教徒人口に比べたら遥かに多く人を擁していたのだ。というわけで、ややもすれば今後まとまって出現してくるかのように言われているイスラム教の人口は、その勢力において、かつて共和国の中でカトリック教会が代表したものの三分の一から二〇分の一というところだ。

結局、リアリズムと実際上の必要の名において、ずばり完全に、しかも愉快な気持ちで、今後フランス文化の中に、ネイションとしてのわれわれの存在の中に、イスラム教の一地方が存在するということを認めればよいのである。また、新たなヴァンデ戦争を避けるということも大事だ。ヴァンデ戦争というあのぶつかり合いは、むしろカトリック教会を強化したからだ。第二次世界大戦後にひとりでに溶解していったのは、共和国に受け入れられたカトリシズムだった。さて、カトリック教会が階層秩序の原則に則り、あらゆる点で共和主義的理想と対立していたのとは反対に、われわれの新しい一地方であるイスラム教は平等を信じる。したがって、イスラム教を積極的に統合すると、共和国文化の転覆よりも、むしろ強化に役立つだろう。

われわれはイデオロギーよりも、むしろ時間の働きに期待して、緊張の緩和と平和的な人間関係の到来を待つべきだ。そのことが、より多くの宗教的相対主義へ、より多くの混合結婚・異民族間結婚へ、そしてさらに、自らの信仰と宗教的な出自を問われるとやや当惑し、そう易々と、すらすらと、明確に述べることのできないフランス人の発生へとつながるのだから。

たしかに、先進資本主義が生み出す、ポラニー的な意味での空白を考慮すると、当該人口の速いテンポでの同化が再開するかどうかは不確実だ。しかし、折り合いをつけるという選択は、対決が失敗するしかない局面で、成功する可能性を持っている。実のところ、折り合いをつけるという選択は、その成功の確率がどんなレベルであっても受け入れることができる。なぜなら、対決が失敗に終わる確率は一〇〇％であるから。

予測可能な状況の深刻化

対決、受容。二つの選択肢が存在する。だが、われわれは、フランス社会が今日、対決の道へ入っていってしまっているということを認めなければならない。シャルリの利己主義的な恍惚、国民戦線《フロン・ナショナル》の得票率、都市郊外の反ユダヤ主義を思うと、方向転換の可能性は疑わしく思える。

フランスが必要としているであろうもの、それは、ネイションのすべての構成要素が一堂に会するような新たな連盟祭〔一七九〇年七月一四日のフランス革命一周年記念祭。パリのシャン・ド・マルスで開催された〕だ。しかし、今のところ、ネイションと寛大さを結合するために、古くからの庶民層とイスラム教徒のフランス人たちを和解させるために、フランスをヨーロッパと呼ばれている硬化組織から解放することをやってのけられるかもしれない政治組織が一つも存在していない。そのような勢力が存在するとすれば、平等主義核家族の地域から出発し、平等主義ドクトリンの名において、貧困化しつつある若い高学歴層、都市周縁部に追いやられている民衆、そしてマグレブ出身のフランス人を結束させるだろう。彼らが一致団結して、不平等主義の許容と特権の擁護のために管理職と高齢者とゾンビ・カトリシズムを接合する歴史的集合体MAZを蹴散らす……。だが、このようなパワーの登場は、中期的に考えた場合でさえ、あまりありそうにない。

左翼が不平等主義の地域を支配し、右翼が平等主義の地域で支配的だという政治システムの

グラフ7　60歳時点での平均余命

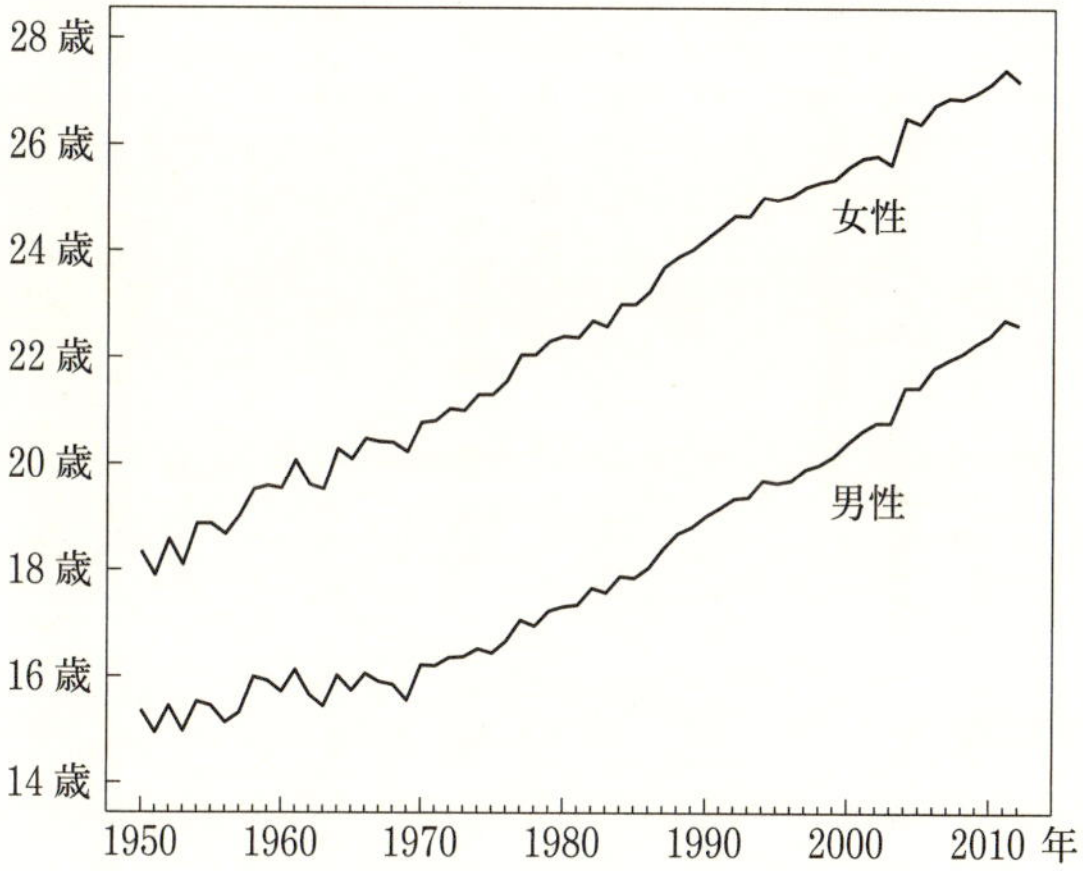

変調はこれからも続き、あと何年かにわたって深刻化していくだろう。有権者集団は高齢化し続けている。これは、さらにいっそう痙攣したシステムが居座る可能性を告げているかもしれない。二〇一五年に年齢の中央値が五〇歳に近いだけでなく、その値が毎年〇・二歳から〇・三歳上がっていくような市民たちに、「良心」の危機を感じて奮い立つことを期待できるだろうか[7]？

グラフ7を見ると、かつては誰ひとり予測しなかった高齢化のスピードが把握できる。六〇歳に達した時、それが一九五〇年頃なら、男はあと一五年生きることを希望し得た。それが二〇一五年には、二二年にまで伸びている。女性は一九五〇年にはあと一八年の人生を見込めたのだが、二〇一五年の今なら、まだ二七年残っていると思っていいのだ。フランス国立人口統計学研究所（ＩＮＥＤ）の所長だったフランソワ・エランは、天才的なメタファーでもって、高齢者の人数が一挙に増加するのは、予測もされず、調節もされなかった大量移民現象のように分析され得るということを理解させてくれた[8]。

シャルリは歳をとっていく。すると、彼の後ろめたさのなさに拍車がかかっていく。彼はますます、自分の幼少時代へのノスタルジーの作用を受けるだろう。その時代のフランスには、ほとんど白人ばかりが暮らしていて、街にハラール精肉店〔イスラム法で食することの許されている肉だけを扱っている〕がない代わり、学校の食堂で金曜日は魚と決まっていた〔カトリック教会ではキリスト受難の金曜日には鳥獣の肉を食すことを避ける〕わけで、教会と革命が共存していたのである。

そう、事態はたぶんもっと深刻になっていくだろう。その後、好転することはあるのだろうか？

共和主義再生の秘密兵器

フランス中央部の文化はパリ盆地の中心と地中海沿いで支配的なのだが、平等主義的価値観をよい方向で活かすことがなかなかできないでいる。しかし、この文化はまだ、その秘密兵器を戦闘に投入していない。

社会科学の多様性をテーマにした見事な記事の中で、ノルウェー人のヨハン・ガルトゥング

〔平和研究で著名な社会学者、数学者。一九三〇年生まれ〕が、今から三〇年前のことだが、アングロサクソン、ドイツ人、フランス人、日本人の知的スタイル（彼の用語では、サクソニック、チュウトニック、ガリック、ニッポニック）を比較していた。彼が提示したイギリス人またはアメリカ人の知識人は、経験主義的で、ほどほどのサイズの夥しい数のピラミッドを考案し、それらの小さな建造物の無効性が証明されても少しもガックリ来ることがない。ヨハン・ガルトゥングは、日本の知識人を回転する円盤状の輪を持っている男性（または女性）として描いた。その輪のおかげで、日本人は万物の有為転変と、世界が一筋縄ではいかないことを忘れず、明確化され過ぎた一つのモデルに固執し過ぎることを避ける。ドイツの知識人は建築家で、あっと驚くようなただ一つの見事なピラミッドを創るのだが、もし彼のシステムが間違っていることが証明されようものなら心理的に壊れてしまう人物として描写されていた。ヨハン・ガルトゥングは最後にフランス人を扱い、ドイツ人同様に大きな理論の構築者と見做すのだが、フランス人が構築するのは二つの極の間に張ったハンモック状のもので、決して作り手自身にまじめに受け取られていない。第一その作り手自身、根本の議論もそこそこに逃げ出して美味しい食事の方へ行ってしまう。ガルトゥングの言うことに耳を傾けよう。「思うに、ドイツ知識人（チュウトニック）は自分の言っていることを本当に信じている。これを、彼のフランスの同僚（ガリック）は絶対に本当にはやらない……。フランス知識人はどちらかというと、自分のモデルをひとつのメタファーのように見做す傾向があるようで、それはたしかに現実に少し光を当てるけれども、しかしまじめに受け取られすぎてはいけないものだと思っている」[9]（傍点筆者）。

この記述に、フランス人の軽さという、さんざん使い古されてきたテーマのスカンジナビア版しか見ないことも可能ではあろう。しかし、事がレイシズム〔人種主義〕に関するとなると、きまじめ精神の有る無しは重要な社会学的ファクターである。というのも、何かレイシズムを危険にするものがあるとすれば、それはまさに、きまじめ精神だからだ。きまじめ精神が働くからこそ、アメリカの白人の一〇〇家族が、彼らの住む通りに一家族か二家族の黒人が住みついたとたんに大挙して余所へ引っ越すなどということが起こる。あるいは、第一次世界大戦の真っ最中、戦争遂行努力で手いっぱいのはずのドイツ人たちがわざわざ時間を費やし、ユダヤ人たちがきちんと軍事義務を果たしているかどうかをチェックしたのだ。最近も、その同じきまじめ精神がやはりドイツを突き動かして、男の子の割礼をめぐるあの信じられない「討論」をさせ、最後にはわざわざ法律でもって、イスラム教徒とユダヤ人にとってはそれは適法だと結論を下した。フランス人は、このたぐいのきまじめさ、イデオロギーによって決められた線や境界線を現実に尊重するように人間に要求するようなきまじめさには、到底ついて行けない。これはフランス中央部の文化に典型的な態度だが、これにかぎっては好ましいことに全国の周縁地域にも拡がっていて、シャルリにも、FNの選挙民にも、都市郊外の若者たちにも存在しているのだが、これは他のどんな領域でよりも鮮明に、男女の関係で明らかになる。〔いま男の視点から説明すると……〕学問の人類学ではなく具体的人類学が、イデオロギー上の普遍的人間を日常生活の普遍的女性に転じてくれる。また、差異を有する具体的人間を差異を有する具体的女性に転じてくれる。具体的女性となると、これは到底、概念みたいに簡単には拒絶できない。まして、すごく綺麗な女性だったりしたら尚更である。異国風の美女と、国産のブスの間で躊躇すると、フランス人の普遍主義者は一般によき選択をする。フランス人女性も同じように行動するに違いない(10)。男女関係におけるイデオロギー的なきまじめさの不在は、その上にものを打ち立てることのできるいっぱしの台座だ。フランスがフランスであり続けられるのはこのようにしてであって、間違っても、冒瀆に関するイデオロギーを育てることによってではない。ライシテ〔世俗性〕の優先的擁護だとか、その他諸々の大仰な空文句を振りかざして、公民教育強化への努力を鼓舞することによってでもなければ、その他諸々の、大仰な空文句によってでもない。フランスはもしかしたらいつの日か、現下の袋小路から抜け出すかもしれない。なぜなら——神さまよ、ありがとう！——フランスは決して完全にはまじめでないから〔つまり、きまじめではないから〕だ。

私は長い間、あらゆる出身の移民——ユダヤ人、アジア人、イスラム教徒、黒人——を同化する自分の国の能力に絶対的な信を置いていた。今、白状しなければならない。少し以前から、疑いが私の内に忍び込んできている。パリはおそらく、いろいろな困難にもかかわらず、やはりいつの日か地球上の驚異の一つとなるのだろう。世界中のすべての民族の出身者らが融合する街、ホモ・サピエンスが地球上のいたるところへ分散したときに分かれて、以後一〇万年以上分かれていた表現型《フェノタイプ》の数々がついに混ぜ合わされ、かき混ぜられ、再組成されて、あらゆる人種意識から解放された一つの人類に再構成される、そんな新たなエルサレムになるのかもしれない。しかし、たとえフランスが何とか本来の姿に立ち返れるとしても、それまでの道のりは、私が二〇年前に想像していたのよりも遥かに混沌としていることだろう。私の世代が約束の地を見ることがないだろうことは、すでに確実である。

注

（1）〔訳注〕ジョン・バードン・サンダースン・ホールデンは、一九三七年から一九五〇年までイギリス共産党の党員だった。

（2）J. B. S. Haldane, *The Inequality of Man*, London, Penguin, 1932, p. 42–48.

（3）〔訳注〕ヴィシー体制は、フランスがナチス・ドイツに屈して休戦協定に調印してまもなくの一九四〇年七月一〇日、第三共和制の国民議会が自ら共和国を廃止する議決をした結果成立した。

（4）〔訳注〕Valéry Giscard d'Estaing, *Europa - La Dernière Chance de l'Europe*, Paris, Editions Xo, 2014.

（5）〔訳注〕ルイ一四世がナントの勅令を廃止した一六八五年のことを指しているものと思われる。

（6）〔訳注〕フランスでは二〇一四年一二月一七日に地方制度改革の法案が成立し、従来二二あった地域圏（レジオン）が計一三に統合された。ローヌ＝アルプ地域圏も西隣に位置するオーヴェルニュ地方と合併され、オーヴェルニュ・ローヌ＝アルプ地域圏となった。成立した法律全体の施行は二〇一六年一月からだが、二〇一五年一二月の地域圏選挙は、同法の規定により、新しい地域圏割りに合致する形でおこなわれた。

(7) 社会生活において年齢が持つ構造化の次元については、Hakim El Karoui, *La Lutte des âges. Comment les retraités ont pris le pouvoir*, Paris, Flammarion, 2013. を参照のこと。

(8) François Héran, *Le Temps des immigrés*, Paris, Seuil/La République des Idées, 2007, p. 87–89.

(9) Johan Galtung, « Structure, Culture and Intellectual Style : An Essay Comparing Saxonic, Teutonic, Gallic and Nipponic Approaches », *Social Science Information*, Sage, 20, 6, 1981, p. 817–856.

(10) ここで優先的に男性の視点に立って事態を描写しているのは、決して潜在的な性差別意識のゆえではない。差異主義はとりわけ、支配的なグループに属する男性が被支配的グループに属する女性とカップルになることを拒絶するという形で表われるのだ。したがって、たとえば米国における異人種間の混合結婚の率は、黒人女性の場合、黒人男性における率の四分の一、ないし五分の一にとどまっている。

日本の読者へ――パリISテロ事件を受けて

『シャルリとは誰か？』にはフランス社会の危機についての分析を提示しておいたのですが、二〇一五年の終わりに、その分析の正しさが悲劇によって確認されました。一一月一三日、前例のない規模のテロ攻撃がパリで起こり、死者が一三〇名にも及んだのです。

またも都市郊外で育った移民系の若者たちによる犯行だったのですが、このたびは、ベルギー由来の要素も関与していました。ベルギーには、正真正銘の共同体主義が存在しています。モロッコ出身者たちが他から離れて暮らす状況を背景に、ブリュッセル市内のモレンベーク地区のように、治安コントロールのまったく行き届かない界隈が生まれたのです。モレンベークはヨーロッパの真ん中に位置していて、この大陸におけるテロリズムのターンテーブルに、シリアまたはイラクで計画されるダーイシュ〔「イスラム国」〕の行動の中継地になっています。

フランス社会の現状を特徴づけているのは共同体主義ではなく、故障した同化主義です。都市郊外地区の孤立ではなく、むしろ風化、アノミー〔無規範・無規則状態〕です。ただ、言語――フランス語――が共通であるため、フランス・モデルとベルギー・モデル（むしろアンチ・モデル……）が、シリアにあるジハード戦士たちの訓練地で、倒錯した形で合体したのです。

一一月一三日の襲撃は、ありとあらゆる出自のフランス人と外国人を無差別に標的にしました。最大の被害を被ったのはセーヌ川右岸の東寄りで、共和国広場やバスティーユ広場に近い、パリで最も生き生きとしている界隈です。ブルジョワや高齢者の多い西方地区からは遠く、北東の貧しい地区とも区別される区域なのです。それゆえ、殺された人びとのうちに、若い高学歴の個人が圧倒的に多いという結果になりました。

事件への反応は、二〇一五年一月七日のテロ事件の直後とはかなり違ったものになりました。一月の折には、標的がイデオロギー的・宗教的に特定可能で、具体的にはイスラム恐怖症の新聞、ユダヤ人、警官でした。しかし当時、心理的ショックが政府によって利用され、国民の一致団結が演出されました。そんな一致団結はしかし、本書を通読していただければお分かりになるであろうように、実は存在していなかったのです。都市郊外の若者や一般の労働者は、一月一一日に全国各地でおこなわれた巨大デモにほとんど参加しませんでした。特に高いパーセンテージで参加していたのは、最近までカトリックだった諸地域の人びとでした。『シャルリ・エブド』が襲撃されたために、イスラム教とイスラム恐怖症をめぐる問題系が劇的に浮かび上がりました。ムハンマドを諷刺する権利が、テロリストたちと抗議デモ参加者たちの双方にとって、主要な関心事となりました。

これに対して一一月一三日の連続テロで表出されたのは、ほとんど混ざり気のないニヒリズムでした。中東で組織され、都市郊外の若者によって実行されたにもかかわらず、その殺戮行為は、現実のどんなイスラム教ともはや無関係なように感じられました。ダーイシュ〔「イスラム国」〕自体と同様、その行為が表示したのは、イスラム教の病的な崩壊であって、どんな再活性化でもありませんでした。

フランス社会の反応はしたがって、イスラム教をめぐる問題という形では直接的かつ公式に構造化されませんでした。事件直後の数日間、今やフランスでイスラム恐怖症のコードネームとなっている「ライシテ〔世俗性〕」という言葉と主張はほとんど耳にしませんでした。フランス社会全体がショックを受けた状態にあり、そしてこのたびは、イスラム教徒のフランス人も他のフランス人同様にショックを受けた状態にあることが明白でした。

しかし、政府による危機への対処はまたも、現政府と、現政府が代表しているフランス中産階級の無能力さを浮き彫りにしました。相変わらず、真の問題に取り組み、自らの責任を全うすることができないでいるのです。悲しみの中でネイションが一つになったことは明白でした。ですから、それは芝居がかった演出の対象となりませんでした。ダーイシュ〔「イスラム国」〕によって選ばれた暴力による対決を受け入れる好戦的で権威主義的なスピーチが、社会党政府が示した主要な反応でした。つまり、シリアをもっと空爆する、警察と軍隊によってフランスをくまなく警備する、憲法がすべてのフランス人に与えているいくつかの保障を消し去ることになる非常事態宣言を発令する、といったことです。その一方で、都市郊外の荒廃、労働階層の荒廃については何も考えないのです。したがって、経済政策とユーロの失敗についても、高齢者層が有する許されるべきでない特権についても、若者たちの経済的・心理的・道徳的圧殺についても、何も考えないのです。今度もまた、オランド大統領とそのチームが事件の中に見たのは、失業率が上がり続ける国にあって、政治的な言い訳を探す機会だけでした。政権の座にある社会党が権威主義にのめり込んで行く安易さときたら、共和主義の伝統におよそ沿わないものです。本書は、社会党がフランス・カトリシズムの伝統の中にイデオロギー的に根ざしているという事実がどのようにしてこの権威主義的逸脱を説明するのかを述べています。

若者たちを圧し潰すこの状況において、最も驚くべきは、マスメディアに流通するコメントの中で若者たちが表象される、その表象のされ方でした。報道システムは、カフェのテラスで一杯やりながらリラックスして友達との歓談に興じる幸せそうな若いフランス人女性という、幻想の光景をわれわれにたっぷり浴びせかけてくれたのです。一一月一三日の夕べにカフェのテラスに坐っていた客たちが殺戮された後、一杯やることがいっとき、「われわれの文明を護る」ことの同義語になったのです。高齢化したわれわれの社会はどうやら、若者であることの困難を、大人の人生に入っていく移行がどんなに苛酷な体験であるかを、もう憶えていないようです。今日では、すべての世代が経験してきた心理的な困難に、経済的困難までもが重なっているにもかかわらず。

二〇一五年一二月六日、地域圏議会選挙の第一回投票がおこなわれ、航空母艦シャルル・ドゴールの戦闘爆撃機がシリアへ飛び立つ光景から遠く離れて、われわれはフランスの社会学的現実への急着陸を余儀なくされました。選挙で左右の「政権担当政党」が敗れたことは明白でした。社会党は二三・一%の票しか得られませんでした。保守の得票率は二六・六%、極右で外国人恐怖症の国民戦線《フロン・ナショナル》（FN）のそれは二七・七%でした。迎合主義的なジャーナリストたちが呆然として、やむなく明白なことを言いました。政府の権威主義的態度、治安問題の偏重、フランス国旗の礼讃が極右を有利にした、と。もちろん、そこへ、シリア難民が大挙して押し寄せてくるのではないかという不安も加わったのでした。しかし、その不安は非現実的なものでした。なぜなら、シリア難民で、行き先にフランスを選ぶ人はごく僅かなのですから。いったいどうしてイスラム教徒の難民が、失業率一〇%が正常だと思われているような国、中産階級が反ムハンマドでデモをするような国を、夢見ることができるというのでしょうか？それにしても、一一月一三日の襲撃後、政府が国境を必要なものとして語るのを拒んだことから、さらにいっそうの不安が生まれてきていることは確かです。非常に長いスパンで見て、国土の安全を現実に防衛することをフランスの政治指導集団が拒否すれば、それはその集団の失墜につながるにちがいありません。ひとつの政治指導集団は、経済が沈滞しても、格差が拡大しても、生き延びることがあり得ます。しかし歴史上、領土の安全という基本的な人間的必要をきちんと考慮に入れることを拒むような政治指導集団が生き延びた前例はありません。しかし、われわれはまだその段階に来ていません。有権者集団が高齢化している以上、すべてがゆっくりなのです。

短期的には、政治的コメントは全般に、国民戦線《フロン・ナショナル》の成功という行き過ぎた解釈にはまり込みました。

有権者の半分が棄権する中での二七・七％の得票率というのは、たしかに選挙情勢の中に安定的で重みのあるポジションを占めたことは意味しますが、雪崩現象とまではいえません。まして、権力も金銭も持っていない、弱者たちがFNの選挙民の大半です。生産年齢の若者と労働者が高い率で極右支持層にいるのです。二五～四九歳の年齢層の三五％が、労働者の五〇％がFNに票を入れました。六五歳以上となると、FNへの投票は一九％に落ちます。完全な意味での高学歴者では一三％です。今回投票したのは、ナショナリスト化または極右化した社会というよりも、政治的崩壊過程にある社会なのです。そこでは、人口学的な社会的諸グループが、相互に闘っているというよりも、相互に分離している。デモクラシーがフランスでは機能していません。このところ、選挙のたびに瓦解しています。特徴的なことに、フランス人たちは深い意味でレイシスト〔人種主義者〕でないがゆえに、外国人恐怖症ではフランス社会を一体化させるのに不十分なのです。読者が本書の中でご覧になったように、たしかにフランスには、イスラム恐怖症やアラブ人恐怖症が蔓延しています。けれども、国民戦線《フロン・ナショナル》と、「共和主義の」と一応いわれている保守派は、イスラム恐怖症において一致しそうな傾向を示しながら、相変わらず互いに異質だと捉え合っています。(1) 労働者たちが中産階級から離れ、若年層が高齢層から離れています。ムハンマドを侮辱するのでは、フランスというネイションを再建するのには不十分なのです。

社会的崩壊のこのプロセスを、『シャルリとは誰か?』は、一月七日のテロという最初の悲劇的事件から出発して描いているのです。新たな危機の一つひとつが、この同じ崩壊プロセスをその度に改めて明白化するわけで、そうした危機が今後数年にわたって増えていくのではないかと心配されます。今のところ、『シャルリとは誰か?』の結論部の核を成している短期的・中期的な悲観的未来予測の正しさが、悲しいかな、確認されているといえるでしょう。

日本語版のためのこの短い一文は、一一月一三日のテロについて私が書いた最初の文章です。『シャルリとは誰か?』を発表したことで六カ月にわたって多くの侮辱を受けた私はついに、表現の自由が、そしてとりわけ討論の自由が、現時点においては、フランスでもはや本当には保障されていないと認めるに到ったのです。

二〇一五年一二月八日

エマニュエル・トッド

（1）本書の第4章で、FNに投票する選挙民がイスラム恐怖症であるよりもアラブ人恐怖症であるという点を考察した。

エマニュエル・トッド（Emmanuel Todd）

1951年生まれ。フランスの歴史人口学者・家族人類学者。国・地域ごとの家族システムの違いや人口動態に着目する方法論により、『最後の転落』（76年）で「ソ連崩壊」を、『帝国以後』（2002年）で「米国発の金融危機」を、『文明の接近』（07年、共著）で「アラブの春」を次々に〝予言〟。『「ドイツ帝国」が世界を破滅させる』（文春新書）は、13万部を超える大ベストセラーに。

（訳者）

堀　茂樹（ほり　しげき）

1952年生まれ。慶應義塾大学総合政策学部教授（フランス文学・思想）。翻訳家。アゴタ・クリストフの『悪童日記』をはじめ、フランス文学の名訳者として知られる。

文春新書

1054

シャルリとは誰《だれ》か？
人種差別《じんしゅさべつ》と没落《ぼつらく》する西欧《せいおう》

2016年(平成28年) 1月20日　第1刷発行
2017年(平成29年) 4月25日　第5刷発行

著　者　エマニュエル・トッド
訳　者　堀　茂樹
発行者　木俣正剛
発行所　株式会社 文藝春秋

〒102-8008　東京都千代田区紀尾井町3-23
電話（03）3265-1211（代表）

印刷所　理想社
付物印刷　大日本印刷
製本所　大口製本

定価はカバーに表示してあります。
万一、落丁・乱丁の場合は小社製作部宛お送り下さい。
送料小社負担でお取替え致します。

ISBN978-4-16-661054-9

◆日本の歴史

日本人の誇り　藤原正彦
皇位継承　高橋 紘・所 功
平成の天皇と皇室　高橋 紘
美智子皇后と雅子妃　福田和也
皇太子と雅子妃の運命　文藝春秋編
昭和天皇と美智子妃 その危機に　加藤恭子・田島恭二監修
対論 昭和天皇　原 武史・保阪正康
古墳とヤマト政権　白石太一郎
天皇陵の謎　矢澤高太郎
謎の大王 継体天皇　水谷千秋
謎の豪族 蘇我氏　水谷千秋
謎の渡来人 秦氏　水谷千秋
女帝と譲位の古代史　水谷千秋
継体天皇と朝鮮半島の謎　水谷千秋
四代の天皇と女性たち　小田部雄次
皇族と帝国陸海軍　浅見雅男

学習院　浅見雅男
天皇はなぜ万世一系なのか　本郷和人
「阿修羅像」の真実　長部日出雄
謎とき平清盛　本郷和人
藤原道長の権力と欲望　倉本一宏
戦国武将の遺言状　小澤富夫
信長の血統　山本博文
名字と日本人　武光 誠
県民性の日本地図　武光 誠
宗教の日本地図　武光 誠
合戦の日本地図　武光 誠・合戦研究会
大名の日本地図　中嶋繁雄
貧民の帝都　塩見鮮一郎
中世の貧民　塩見鮮一郎
江戸の貧民　塩見鮮一郎
戦後の貧民　塩見鮮一郎
旧制高校物語　秦 郁彦
天下之記者　高島俊男

評伝 川島芳子　寺尾紗穂
伊勢詣と江戸の旅　金森敦子
日本文明77の鍵　梅棹忠夫編著
「悪所」の民俗誌　沖浦和光
甦る海上の道・日本と琉球　谷川健一
江戸城・大奥の秘密　安藤優一郎
幕末下級武士のリストラ戦記　安藤優一郎
旗本夫人が見た江戸のたそがれ　深沢秋男
徳川家が見た幕末維新　徳川宗英
日本のいちばん長い夏　半藤一利編
元老 西園寺公望　伊藤之雄
山県有朋　伊藤之雄
昭和陸海軍の失敗　半藤一利・秦 郁彦・平間洋一・保阪正康・黒野 耐・戸高一成・戸部良一・福田和也
昭和の名将と愚将　半藤一利・保阪正康
あの戦争になぜ負けたのか　半藤一利・保阪正康・中西輝政・戸高一成・福田和也・加藤陽子
なぜ日本軍は満洲大油田を発見できなかったのか　岩瀬 昇
特攻とは何か　森 史朗
昭和二十年の「文藝春秋」　文春新書編集部編

昭和天皇の履歴書　文春新書編集部編
零戦と戦艦大和　半藤一利・秦 郁彦・前間孝則・鎌田伸一・戸髙一成・江畑謙介・兵頭二十八・福田和也・清水政彦
ハル・ノートを書いた男　須藤眞志
東京裁判を正しく読む　牛村 圭・日暮吉延
東京裁判 フランス人判事の無罪論　大岡優一郎
対談 昭和史発掘　松本清張
父が子に教える昭和史　半藤一利・藤原正彦・中西輝政・柳田邦男・福田和也・保阪正康他
昭和の遺書　梯 久美子
帝国陸軍の栄光と転落　別宮暖朗
帝国海軍の勝利と滅亡　別宮暖朗
指揮官の決断　早坂 隆
松井石根と南京事件の真実　早坂 隆
永田鉄山 昭和陸軍「運命の男」　早坂 隆
硫黄島 栗林中将の最期　梯 久美子
十七歳の硫黄島　秋草鶴次
評伝 若泉敬　森田吉彦
司馬遼太郎に日本人を学ぶ　森 史朗
「坂の上の雲」100人の名言　東谷 暁

徹底検証 日清・日露戦争　半藤一利・秦 郁彦・原 剛・松本健一・戸髙一成
よみがえる昭和天皇　辺見じゅん・保阪正康
日本型リーダーはなぜ失敗するのか　半藤一利
同時代も歴史である 一九七九年問題　坪内祐三
原発と原爆　有馬哲夫
児玉誉士夫 巨魁の昭和史　有馬哲夫
伊勢神宮と天皇の謎　武澤秀一
国境の日本史　武光 誠
西郷隆盛の首を発見した男　大野敏明
「昭和天皇実録」の謎を解く　半藤一利・保阪正康・御厨 貴・磯田道史
孫子が指揮する太平洋戦争　前原清隆
昭和史の論点　坂本多加雄・秦 郁彦・半藤一利・保阪正康
二十世紀 日本の戦争　阿川弘之・猪瀬直樹・中西輝政・秦 郁彦・福田和也
大人のための昭和史入門　半藤一利・船橋洋一・出口治明・水野和夫・佐藤 優・保阪正康他
日本人の歴史観　岡崎久彦・北岡伸一・坂本多加雄
新選組 粛清の組織論　菊地 明

◆経済と企業

金融工学、こんなに面白い　野口悠紀雄
臆病者のための株入門　橘 玲
臆病者のための億万長者入門　橘 玲
売る力　鈴木敏文
安売り王一代　安田隆夫
熱湯経営　樋口武男
先の先を読め　樋口武男
明日のリーダーのために　葛西敬之
こんなリーダーになりたい　佐々木常夫
もし顔を見るのも嫌な人間が上司になったら　江上 剛
定年後の8万時間に挑む　加藤 仁
強欲資本主義 ウォール街の自爆　神谷秀樹
ゴールドマン・サックス研究　神谷秀樹
新自由主義の自滅　菊池英博
黒田日銀 最後の賭け　小野展克
日本経済の勝ち方 太陽エネルギー革命　村沢義久

ハイブリッド　木野龍逸
石油の支配者　浜田和幸
石油の「埋蔵量」は誰が決めるのか？　岩瀬 昇
エコノミストを格付けする　東谷 暁
就活って何だ　森 健
ぼくらの就活戦記　森 健
新・マネー敗戦　岩本沙弓
自分をデフレ化しない方法　勝間和代
JAL崩壊　日本航空・グループ2010
ユニクロ型デフレと国家破産　浜 矩子
新・国富論　浜 矩子
東電帝国 その失敗の本質　志村嘉一郎
修羅場の経営責任　国広 正
出版大崩壊　山田 順
資産フライト　山田 順
脱ニッポン富国論　山田 順
税務署が隠したい増税の正体　山田 順
円安亡国　山田 順

通貨「円」の謎　竹森俊平
日本型モノづくりの敗北　湯之上 隆
松下幸之助の憂鬱　立石泰則
さよなら！ 僕らのソニー　立石泰則
君がいる場所、そこがソニーだ　立石泰則
日本人はなぜ株で損するのか？　藤原敬之
日本国はいくら借金できるのか？　川北隆雄
高橋是清と井上準之助　鈴木 隆
ビジネスパーソンのための契約の教科書　福井健策
ビジネスパーソンのための企業法務の教科書　西村あさひ法律事務所編
会社を危機から守る25の鉄則　西村あさひ法律事務所編
サイバー・テロ 日米vs.中国　土屋大洋
非情の常時リストラ　溝上憲文
ブラック企業　今野晴貴
ブラック企業2　今野晴貴
エコノミストには絶対分からないEU危機　広岡裕児
『ONE PIECE』と『相棒』でわかる！細野真宏の世界一わかりやすい投資講座　細野真宏
日本の会社40の弱点　小平達也

◆政治の世界

◆アジアの国と歴史

- 韓国人の歴史観　黒田勝弘
- 中国人の歴史観　劉　傑
- 中国4・0　エドワード・ルトワック　奥山真司訳
- 「南京事件」の探究　北村　稔
- 百人斬り裁判から南京へ　稲田朋美
- 中国雑話　中国的思想　酒見賢一
- 旅順と南京　一ノ瀬俊也
- 若き世代に語る日中戦争　伊藤桂一　野田明美(聞き手)
- 新　脱亜論　渡辺利夫
- 中国共産党「天皇工作」秘録　城山英巳
- 外交官が見た「中国人の対日観」　道上尚史
- 中国の地下経済　富坂　聰
- 中国人一億人電脳調査　城山英巳
- 緊迫シミュレーション 日中もし戦わば　マイケル・グリーン　張宇燕・春原　剛・富坂　聰
- 中国人民解放軍の内幕　富坂　聰
- 習近平の密約　加藤隆則　竹内誠一郎
- 現代中国悪女列伝　福島香織
- 中国停滞の核心　津上俊哉
- 日米中アジア開戦　陳　破空　山田智美訳
- 日中韓 歴史大論争　櫻井よしこ・田久保忠衛・古田博司　劉江永・歩平・金燦栄・趙甲濟・洪熒
- ソニーはなぜサムスンに抜かれたのか　菅野朋子
- 竹島は日韓どちらのものか　下條正男
- 在日・強制連行の神話　鄭　大均
- 東アジア「反日」トライアングル　古田博司
- 歴史の嘘を見破る　中嶋嶺雄編
- 〝日本離れ〟できない韓国　黒田勝弘
- 決定版 どうしても〝日本離れ〟できない韓国　黒田勝弘
- 韓国・北朝鮮の嘘を見破る　鄭　大均　古田博司編
- 韓国併合への道　完全版　呉　善花
- 侮日論　呉　善花
- 朴槿恵の真実　呉　善花
- 「従軍慰安婦」朝日新聞vs.文藝春秋　文藝春秋編
- 韓国「反日」の真相　澤田克己
- 金正日と金正恩の正体　李　相哲
- 女が動かす北朝鮮　五味洋治
- 北朝鮮秘録　牧野愛博
- 独裁者に原爆を売る男たち　会川晴之

(2016. 4) C

◆食の愉しみ

発酵食品礼讃　小泉武夫
毒草を食べてみた　植松　黎
中国茶図鑑（カラー新書）　工藤佳治　兪向紅　写真・丸山洋平
チーズ図鑑（カラー新書）　文藝春秋編
ビール大全　渡辺　純
ウイスキー粋人列伝　矢島裕紀彦
イタリアワイン㊙ファイル　ファブリツィオ・グラッセッリ
スタア・バーのカクテルブック　岸　久
一杯の紅茶の世界史　磯淵　猛
牡蠣礼讃　畠山重篤
すきやばし次郎　鮨を語る　宇佐美　伸
鮨屋の人間力　中澤圭二
歴史のかげにグルメあり　黒岩比佐子
世界奇食大全　杉岡幸徳
辰巳芳子　スープの手ほどき　和の部　辰巳芳子
辰巳芳子　スープの手ほどき　洋の部　辰巳芳子

新版　娘につたえる私の味　一月〜五月　辰巳浜子　辰巳芳子
新版　娘につたえる私の味　六月〜十二月　辰巳浜子　辰巳芳子
小林カツ代のお料理入門　小林カツ代
小林カツ代のお料理入門　ひと工夫編　小林カツ代

◆スポーツの世界

植村直己　妻への手紙　植村直己
力士の世界　33代　木村庄之助
宇津木魂　宇津木妙子
イチロー・インタヴューズ　石田雄太
野球へのラブレター　長嶋茂雄
プロ野球「衝撃の昭和史」　二宮清純
ワールドカップは誰のものか　後藤健生
本田にパスの36%を集中せよ　森本美行
サッカーと人種差別　陣野俊史
山で失敗しない10の鉄則　岩崎元郎
駅伝流　渡辺康幸
新日本プロレス12人の怪人　門馬忠雄
全日本プロレス超人伝説　門馬忠雄
東京五輪1964　佐藤次郎

◆アートの世界

丸山眞男 音楽の対話　中野 雄
小澤征爾 覇者の法則　中野 雄
クラシックCDの名盤　宇野功芳・中野 雄・福島章恭
ジャズCDの名盤　悠 雅彦・稲岡邦弥・福島哲雄
クラシックCDの名盤 演奏家篇　宇野功芳・中野 雄・福島章恭
新版 クラシックCDの名盤　宇野功芳・中野 雄・福島章恭
新版 クラシックCDの名盤 演奏家篇　宇野功芳・中野 雄・福島章恭
クラシックCDの名盤 大作曲家篇　宇野功芳・中野 雄・福島章恭
ウィーン・フィル 音と響きの秘密　中野 雄
モーツァルト 天才の秘密　中野 雄
ボクたちクラシックつながり　青柳いづみこ
巨匠たちのラストコンサート　中川右介
外国映画 ぼくの500本　双葉十三郎
日本映画 ぼくの300本　双葉十三郎
外国映画 ハラハラドキドキ ぼくの500本　双葉十三郎
うほほいシネクラブ　内田 樹

黒澤明が選んだ100本の映画　黒澤和子編
天皇の書　小松茂美
日本刀　小笠原信夫
名刀虎徹　小笠原信夫
岩佐又兵衛　辻 惟雄
春画入門　車 浮代
美術の核心　千住 博
ぼくの特急二十世紀　双葉十三郎
ガンダムと日本人　多根清史
悲劇の名門 團十郎十二代　中川右介
天才と名人 中村勘三郎と坂東三津五郎　長谷部 浩
天才 勝新太郎　春日太一
宮大工と歩く奈良の古寺　小川三夫 塩野米松・聞き書き
マイルスvsコルトレーン　中山康樹
僕らが作ったギターの名器　椎野秀聰
今夜も落語で眠りたい　中野 翠
昭和の藝人 千夜一夜　矢野誠一
昭和芸能史 傑物列伝　鴨下信一

シェーの時代　泉 麻人
最後の国民作家 宮崎駿　酒井 信
ラジオのこころ　小沢昭一

◆考えるヒント

聞く力　阿川佐和子
叱られる力　阿川佐和子
退屈力　齋藤 孝
坐る力　齋藤 孝
断る力　勝間和代
愚の力　大谷光真
選ぶ力　五木寛之
生きる悪知恵　西原理恵子
家族の悪知恵　西原理恵子
ぼくらの頭脳の鍛え方　立花 隆・佐藤 優
人間の叡智　佐藤 優
サバイバル宗教論　佐藤 優
寝ながら学べる構造主義　内田 樹
私家版・ユダヤ文化論　内田 樹
誰か「戦前」を知らないか　山本夏彦
百年分を一時間で　山本夏彦

男女の仲　山本夏彦
誰も「戦後」を覚えていない　鴨下信一
誰も「戦後」を覚えていない［昭和20年代後半篇］　鴨下信一
誰も「戦後」を覚えていない［昭和30年代篇］　鴨下信一
ユリ・ゲラーがやってきた　鴨下信一
民主主義とは何なのか　長谷川三千子
唯幻論物語　岸田 秀
わが人生の案内人　澤地久枝
丸山眞男 人生の対話　中野 雄
勝つための論文の書き方　鹿島 茂
世界がわかる理系の名著　鎌田浩毅
東大教師が新入生にすすめる本　文藝春秋編
東大教師が新入生にすすめる本2　文藝春秋編
頭がよくなるパズル〈東大・京大式〉　東大・京大パズル研究会 東田大志・
頭がスッキリするパズル〈東大・京大式〉　東大・京大パズル研究会 東田大志・
つい話したくなる 世界のなぞなぞ　のり・たまみ
成功術 時間の戦略　鎌田浩毅
一流の人は本気で怒る　小宮一慶

「秘めごと」礼賛　坂崎重盛
夢枕獏の奇想家列伝　夢枕 獏
常識「日本の論点」　『日本の論点』編集部編
10年後のあなた　『日本の論点』編集部編
27人のすごい議論　『日本の論点』編集部編
世間も他人も気にしない　ひろさちや
イエスの言葉 ケセン語訳　山浦玄嗣
お坊さんだって悩んでる　玄侑宗久
信じない人のための〈法華経〉講座　中村圭志
静思のすすめ　大谷徹奘
なにもかも小林秀雄に教わった　木田 元
論争 若者論　文春新書編集部編
完本 紳士と淑女　徳岡孝夫
日本版白熱教室 サンデルにならって正義を考えよう　小林正弥
泣ける話、笑える話　徳岡孝夫・中野 翠
金の社員・銀の社員・銅の社員　秋元征紘・田所邦雄 ジャイロ経営塾
何のために働くのか　寺島実郎
「強さ」とは何か。　鈴木義孝・構成 宗 由貴・監修